ダブル

永井するみ

双葉文庫

目次

ダブル

第一章　ねじれ

1

柴田乃々香《しばたののか》はドアを開けると、よっこらしょ、と自分でもいやになるようなセリフとともに玄関に腰をついた。

外出すると、とても疲れてしまう。

妊娠中なのだから仕方がない、とは思う。ホルモンバランスが、常とは違っているのだから。それでも、急にいくつも歳をとったような気分になって、なんだか情けなくなってくる。

疲れたときは、無理をせずに休むこと。

自分に言い聞かせながら、乃々香は廊下を這いずるようにして寝室に入った。スタンドライトだけを点け、ベッドに横たわり、目頭を指で揉む。

帰りの地下鉄は、思っていた以上に混んでいた。午後五時半を過ぎた東西線が、勤め帰りの人々で溢れ返るのはよく分かっていたのだが、ついつい帰るのが遅くなった。それに、ここのところ体調が良かったので、大丈夫だろうとたかをくくっていたのもある。

つわりの真っ最中だったときは本当にひどい目に遭った。無理をして友人の結婚披露宴に出席し、ちょっとだけ、ちょっとだけ、と誘われて二次会にまで顔を出し、帰るのが夜十時近くになってしまった。土曜日の夜の地下鉄は混んでいて空席はひとつもなく、車内にはアルコールのにおいが立ち込め、おまけに、暖房が効きすぎているのか、ひどい暑さ。吐き気に襲われ、乃々香は次の駅で下車して、トイレに駆け込まなければならなかった。胃の中のものを吐き出し、すっきりしたはずなのに、今度は激しい頭痛に襲われた。なんとか家に帰らなければと思い、再び電車に乗った。ハンカチを口元に当て、ドアに背を預けて立っているのがやっと。電車が揺れると、すぐそばにいた男女が無遠慮にぶつかってくるのが、耐え難かった。十五分余りのあの時間。拷問としか言いようがなかった。

あれから一ヶ月経ってつわりも治まり、最近、よく外出するようになった。だから、きょうも大丈夫だと思っていたのだ。けれどやはり、満員電車はしんどかった。

「家でのんびりしてればいい」夫の哲《てつ》は言う。

もちろん、乃々香だってそのつもりだ。基本は自宅でのんびり。でも、それはあくまで基本である。一日中、家に閉じこもっていたら、肥満のもとだし気分が塞《ふさ》いでしまう。それに、マタニティ雑誌などを見ると、妊婦は皆、毎日をアクティブに過ごしているのである。

「妊娠中は普段よりもパワーが漲《みなぎ》る感じ。いろんなことにチャレンジしたくなるんです。マタニティ・スイミング、ヨガ、エアロビクス、ウォーキング。他にもクラシックのコンサートに出かけたり、オペラや歌舞伎を見に行ったり、さまざまな刺激が楽しくてたまりません。充実している、ってこういうことを言うのでしょうか」などという投書も、雑誌でよく目にする。

とにかく皆、マタニティライフを充実させることに余念がない。それでこそ、今を生きる妊婦だと思う。妊娠を理由に臆病になったり、引っ込み思案になったりしていては、自分自身はもとより、お腹の子供のためにならない。

それで、きょうマタニティ・ヨガ教室に参加してみたのだった。健康食品を扱う企業が主催している教室は、飯田橋にある。一階はガラス張りの明るい店舗になっていて、綺麗なパッケージに入った健康食品が売られていた。ヨガ教室は、ビルの二階の多目的室と呼ばれる広い和室で行われた。

インストラクターは四十代後半と思われる女性で、ほっそりとした贅肉《ぜいにく》のない体にシンプルなウエアがよく似合う。柔らかな声音が耳に心地よく、まずはゆったりした腹式呼吸から、と言われて、その通りに繰り返していたら、それだけで体の力が抜けていった。その後、妊婦の大敵である腰痛を防止するポーズや、股関節を柔らかくするポーズ、全身のバランスを保つポーズなどに移っていく。最後の瞑想の時間には、あまりの気持ち良さに寝息を立てて、本当に寝入ってしまったほどだ。

とてもリラックスできたし、凝り固まっていた筋肉も解きほぐされた。その意味では、マタニティ・ヨガ教室に参加したのは正解だった。いけなかったのは、一緒に参加していた他の女性たちと、教室が終わったあとにお茶を飲んでしまったことだろう。そのせいで帰るのが遅くなり、混んだ電車に乗るはめに陥ったのだ。

あのむっとした空気。

女の化粧のにおいと、男の整髪料のにおい。そこにタバコの脂《やに》くささと、何だか分からないが食べ物のにおいが混じる。それだけでも気分が悪いのに、他の乗客たちの意地悪さや、自分本位なこととときたら、どうだろう。乃々香が青ざめた顔でようやくのことで吊革に摑まっているというのに、誰一人として席を譲ってくれようとしない。勤め人には見えない乃々香に対して、どうせどこかで買い物でもしてきたんだろう、遊んできたやつが疲れただの、気分が悪いだの言うのは贅沢《ぜいたく》だ、とでも言いたげな視線を送ってくる者もいた。妊娠四ヶ月に入っても、もともとほっそりとしている乃々香の体型の変化は、目立つほどではない。これまでと同じ服を着られるのは助かるが、周囲が少しもいたわってくれないのには閉口する。電車の中の熱気で気分が悪く、ふらふらしていても、誰も心配も同情もしてくれない。

周囲の思いやりのなさにげんなりすることも多いが、ある程度は我慢しなくてはいけない。そのくらいのことは、乃々香も分かっている。

哲だって毎日満員電車で通勤し、乃々香が不自由なく暮らせるだけの金を稼いでくれている。きょう、電車に乗り合わせた不愉快な乗客の多くも、哲と同じように混んだ電車で通勤し、単調な仕事を黙々とこなし、気の進まない付き合いの場にも顔を出し、それでなんとか家族を支えているのだ。疲労して、うんざりした気分でいるときに、他人への思いやりがなくなり、自分勝手になるのは仕方のないことだ。そう。そのくらいは我慢しなくては。

ベッドに寝そべったまま、お腹がすいた、と乃々香は呟く。

元気が出ないのは、疲れた上に空腹のせいに違いない。キッチンに行って、何か作ろう。そう思うのだが、なかなか立ち上がれない。乃々香は腕を伸ばして、ベッドの傍らの引き出しを開けた。中には読みさしの本や爪切り、アロマオイル、タオルなどの小物が入っている。本を手に取って広げる。栞代わりにしているのは、新聞記事の切り抜きである。

女性がトラックにはねられ死亡

××日午後10時ごろ、江戸川区中葛西の環状7号線で、鉤沼《かぎぬま》いづるさん（28）が大型トラックにはねられ死亡した。調べに対してトラック運転手は、「女性が突然、道路に飛び出してきた」と供述している。警察は事故と事件の両面で調査をしている。

素っ気ないと言ってもいいほどの短い記事である。日付は、ほぼ一ヶ月前。

これまでにも、乃々香はこの記事を何度も読み返した。今のように疲れたとき、気分が鬱々《うつうつ》としたとき、不安に襲われたとき。短い文面を舐めるように読んだ。読むたび、元気が湧いてくる。疲れが癒される。

乃々香にとっての活力剤である。

きょうもその記事の効果は衰えていなかった。

目を瞑り、ゆっくりと開ける。視界が開けたような気がする。丁寧に切り抜きを畳んで本の間に戻すと、その本を引き出しにしまった。そして、引き出しの奥からもうひとつ別の物を取り出す。乃々香が密かに『記念品』と呼んでいるものだ。携帯ストラップかキーホルダーについていたのだろう。プラスチックの小さな飾りである。どこか懐かしさを覚えるキャラクター。

指先でつまみ、じっと見つめる。

今度、細くて丈夫な上、綺麗な紐を通して携帯のストラップにしてみよう。

ベッドに横たわっていた乃々香は、上体を起こした。むかむかしていた胸が、すっとしていた。

「さて」自分に動き出す合図を与える。

何かおいしいものを作ろう。

哲と自分自身と、そして、お腹の子供が喜ぶ、おいしいものを作ろう。

2

『粘り腰』というのは、おそらく誉め言葉なのだろうが、何度聞いてもそうは思えない。少なくとも、女性を誉めるときの言葉ではないのではないかと思う。

それでも相馬多恵《そうまたえ》は、愛想のいい笑顔をデスクの清里《きよさと》に向けた。

「その粘り腰が、多恵ちゃんの最大にして唯一の武器なんだからな」清里は言う。

「ありがとうございまーす！」という、明るすぎるほどの礼には、反発を込めているつもりなのだが、清里はいっこうに気が付かない。

「ほとんどの連中はもう諦めてるけどさあ、あの『いちゃつきブス女事件』、追ってみるのもいいんじゃないの？　ま、やってみれば。必要な資料は、揃ってたはずだよ。事件が起きた当初、うちの雑誌でも取り上げたから。そこら辺、探してみてよ」

多恵はバッグの中から一冊のファイルを取り出してみせる。清里の言う、そこら辺を漁って、中から要るものを選び出してあった。

「あ、もう見つけたんだ。やる気満々じゃない。あの事件、どっから見ても、付き合ってた男が怪しいけど、物証がないわけでしょう。こういうのが一番難しいんだよなあ。怪しいやつがはっきりしているのに、事故の可能性が捨てきれず、他殺とする決め手がなくて、犯人が挙げられないっていうパターン。しめしめと、男がにやついているのが見えるようだよ」

「でも、本当にそうなんでしょうか。付き合ってた男性が犯人なんでしょうか」

「他にいないじゃん」清里の答えはあっさりしたものだった。「何？　多恵ちゃんは違うと思ってるの？　じゃ、あの事件の何を追うのさ。付き合ってた男を追って追って、とことん追って、真相を明らかにしたいっていうんじゃないの」

「真相を明らかにしたいっていうのは、その通りなんです。付き合ってた男性が怪しいっていうのも、分からないではありません。ただ、私があの事件に惹かれたのはそれだけではなくて……」

多恵が話し出そうとしたとき、清里の携帯電話が鳴り始めた。悪いね、と言って清里は電話を受ける。ああ、どうもその節は、などと言って、妙に真面目な顔をしてみせるが、口元がだらしなく緩んでいる。相手は女性だろう。

多恵が待っていると、清里は送話口を手で塞いで、いいよ、行って、と言う。それでいいから、などと適当に追い払おうとする。不満だったが、仕方がないので多恵はうなずく。だいたいがいい加減なのだ。最初から清里は、多恵の書くルポルタージュなど当てにしていない。いいのができたら取り上げてあげるよ、とは言うものの、いつも、うーんと首を捻られるだけで終わる。評判がいいのは、収入を得るためと割り切って書いている『女たちのアルバイト』というコラムだけだ。簡単に言えば、風俗ネタである。OLや主婦の口から、かつて経験したアルバイトという形で語らせてはいるものの、要はどんなふうに男性を喜ばせたことがあるかという話。

多恵が本当に書きたいものは、人間という生き物の不思議さ、しぶとさ、哀しさが伝わるもの。それを言うと、女の子が経験したアルバイトの話も、十分に人間の不思議さ、しぶとさ、哀しさが伝わるよ、と清里は言うのだが、そういう意味ではなく、もっと根元的なもの。何を頼りに人は生きているのか、というようなこと。あるいは、何を失ったら人は生きていけなくなるのか、といったこと。

それで、先ほどの事件なのである。清里は被害者に対する思いやりのかけらもなく、『いちゃつきブス女事件』と呼んだ。

事件が起きたのは、一ヶ月前の二月初旬。江戸川区の路上で、二十代の女性がトラックにはねられて亡くなった。女性が突然、道路に飛び出してきて、避けることができなかったと運転手は言った。女性は酔ってふらふらと車道に出てきたわけではないらしい。ふいに誰かに押され、あるいは体当たりを食らわされて車道に飛び出し、尻もちをついたようだったと。それはトラックの後ろを走っていたタクシーの運転手の言葉でも裏付けられた。

警察は、事故と他殺の両面から捜査を開始し、その過程で、被害者の恋人に疑惑の目が向けられた。

当初は簡単に解決を見るかと思われたのだ。被害者となった女性と恋愛関係にあった男性が参考人として事情を訊かれたと分かり、これで決まりだな、という空気がマスコミ関係者にも流れた。ところが、意外にもその男性は事情を訊かれはしたものの、それだけで終わった。女性の方が先に地下鉄を降り、自分はその先まで乗っていった、彼女の死とは一切関係がないと男性が主張し、それを覆す材料は見つからなかった。物証が挙がらない以上は、いくら疑わしいとは言っても、追及する手だてはなかったのだろう。結果、逮捕の一報はいつまで経ってもなく、今となっては事故というセンで落ち着きそうな気配が濃厚である。

ところで、多恵がその事件に興味を惹かれたのは、被害者となった女性のキャラクターによるところが大きい。

『週刊フィーチャー』で取り上げた際の鉤沼いづるという女性の写真を手に取る。どうひいき目に見ても、美人だとは言えない。二十八歳、かなりの肥満。目が細く、唇が厚い。肌には吹き出物が目立つ。はっきり言えば、ブスである。

一年前、彼女はネットのオフ会で佐藤宏隆《さとうひろたか》という男と知り合い、付き合うようになるが、周囲が口を揃えて証言したところによれば、彼女の方が圧倒的に積極的だったということである。とにかく彼女は佐藤にぞっこんで、一緒にいるときは腕を絡めるばかりでなく、全身でもたれかかるようにしてぴったりと寄り添っていたという。レストランや喫茶店でも決して向かい合わせの席には座らず、隣に座り、佐藤を上目遣いに見やり、彼の話に熱心にうなずいていた。別れの時間が近付くと、涙を浮かべることもしばしばあったという。

「見てる方が気分悪くなった」

「かわいい女の子にされるんなら嬉しいけど、あれじゃあね」

「時と場所を考えてほしい」

「ほどほどってことを知らないのかなって思った」

「ようやくカレシができて嬉しくてたまらないって感じだった。この人を逃したら、もう次はいないって思ってたんじゃないかな」

ネット仲間の談話である。

一方、惚れられていた方の佐藤は、「僕のことが好きなんだなって思って、嬉しかった」などとおっとりしているのだった。

このあたりのことはすべて、『週刊フィーチャー』に載っている。被害者を揶揄《やゆ》する内容ととれなくもないので、いづるの家族から抗議を受けるかと心配したのだが、何もなかった。

「やっぱりなあ。家族だって分かってたんだよ。娘が周りからどんなふうに見られているか」と清里は言った。

「それに恋人の佐藤だって、内心では迷惑がっていたはず！」

それが、取材に当たった記者はもちろん、清里をはじめとする男性陣の意見である。

「いくら自分に惚れてるとはいっても、ブスはいやだよなあ」などと、身も蓋《ふた》もない。

「たとえば、他にもっとかわいい子がいるとする。その子と仲良くなるチャンスが訪れたとき、いづるみたいのに、べったりくっつかれたりしてたら、どうにもならないじゃないか。かといって、別れようと言ってすんなり別れてくれるとも思わない。なんとかの深情けって言うからな。佐藤はいづるが邪魔になったんだよ。で、強引な手段で手を切ることにした。そうに違いない」

それが佐藤の犯行動機だと決めつけて譲らない。

彼らの意見を聞きながら、男というのは何とも身勝手で、単純なものだと多恵は思った。たとえば、いづるが肥満体型でなく、そこそこかわいい女の子だったとする。その子が佐藤にべた惚れだったとしたら、周囲の目も違っていたはずだ。佐藤は幸せなやつだと言ったかもしれないし、二人は仲の良いカップルだった、うらやましい、と言う人もいただろう。ブスの深情けが面倒になって、相手の男が殺したんだ、などという安易な推論に飛びつく輩《やから》はいなかったはずだ。

被害者にとって、いろいろな意味で気の毒な事件である。事故か他殺かが判然としないこともあるが、佐藤が本当のところ、いづるをどう思っていたのかも分からない。おまけに無責任な世間の人々は、気の毒ないづるの容姿について、にやりと笑って話題にする。

被害者になるにしても、容姿が整っていないと同情もしてもらえない。

多恵は捜査が進展するのを期待してその後のなりゆきを見守ってきたが、どうやらこのままうやむやになりそうな気配だ。そして、鉤沼いづるという女性は、『いちゃつきブス女』としてのみ人々に記憶される。

このままでいいはずがない。と多恵が思ったのは、純粋な正義感とは違う。鉤沼いづるの人生を調べたら、おもしろそうだという打算含みの判断もあった。そしてまた、多恵が以前から知りたいと願っていた、人間の不思議さ、しぶとさ、哀しさがそこにあるような気がした。

やってみれば、と言った清里の言葉は、許可というよりは、どうでもいいよ、そんなの、ということなのだろうが、今は都合よく、背中を押してくれたのだと思うことにした。

まず、容疑者の気配が濃厚な、いづるの恋人の佐藤を訪ねてみることにした。佐藤の勤め先はファイルに記されてあった。都内に本社のあるソフトウエア会社である。電話番号を確認し、プッシュする。

「ティンバック・ソフトウエアです」男の声がした。

「佐藤宏隆さんいらっしゃいますか」

「佐藤は僕だけど」と男が応じた。

「M出版の相馬と申します。『週刊フィーチャー』編集部の者です。亡くなられた鉤沼いづるさんのことで、お話を伺いたいのですが」

佐藤が一瞬黙る。

「ご都合はいかがでしょうか」重ねて訊いた。

「別に」

すねた小学生のような口調だった。佐藤の気分を害してしまったのかと思い、多恵は慌てる。けれど、それは見当違いの心配だった。

「別に、構わないけど」と佐藤が続けたのだ。

「では、これからお伺いしてもよろしいでしょうか」

「だから、別にいいって言ってる」

「分かりました。では、よろしくお願いします」と多恵が言い終わった瞬間、電話がぷつんと切れた。

佐藤宏隆の勤めるソフトウエア会社は、中央区新富町にある。表通りから一本入ったところで、銀座にも築地にも近いが、華やぎとも賑やかさとも無縁の閑散とした雰囲気である。

受付で名乗り、佐藤宏隆さんにお目にかかりたいのですがと告げる。

「そちらでお待ちください」

受付の女性に言われて、ソファに腰掛ける。

何となく周囲に目をやりながら待つ。どこの会社の受付嬢も綺麗だなと思いながら待つ。さらに待つ。

呼び出してもらってから、十分以上経った。佐藤はまだ来ない。

受付の女性と目が合った。

「もう一度、呼んでみます」と言って、電話に向かう。

佐藤と話しているらしい。お客様がお待ちですので、と念を押す彼女の声が聞こえた。

佐藤は会うのを躊躇《ちゅうちょ》しているのだろうか。先ほどの電話では別に構わないと答えたものの、実際に出版社の人間と会うことになったら、気が進まないのだろうか。

そのとき男が一人、ロビーに入ってきた。グレーのセーターに、はき古したジーンズ。足下は、もとは白かったのであろうが今は薄汚れたソックスにサンダルである。中肉中背。少し猫背気味。多恵を見て、歩み寄ってきた。

「佐藤さんでいらっしゃいますか」

多恵は立ち上がり、名刺を取り出した。

「そうだけど」

多恵の名刺を受け取り、ちらりと見るとすぐにズボンのポケットにしまった。向かい側のソファにだらしなく腰を下ろす。

「ああ、疲れた」佐藤が言った。

多恵は無言で見返す。

「プログラムのテストしてた。なかなか通らなくて何度も。でも、できてよかった。疲れたけど」

散文調の言葉をまとめると、多恵を待たせて、佐藤はプログラムテストをしていたということだ。もちろん、それが彼の本来の仕事なのだから優先させたい気持ちは分かる。けれど、お待たせして申し訳ありません、と言うのが社会人というものではないのだろうか。

「コーヒーちょうだぁい」佐藤が受付を振り返り、甘えた声を出す。

「お二人分でよろしいですか」受付の女性が訊いた。

「うん。そうだねえ」というのが佐藤の答え。

佐藤はソファの背に体を預け、しきりに瞬きしている。

「目がお疲れになったんですか。大変ですね」言いながら多恵は、佐藤におもねるような自分に嫌気が差した。

佐藤は答えずに、瞬きを繰り返すだけだ。

「佐藤さん」

「うん？」

「鉤沼いづるさんのことを伺いたいんです」

「いいよ」

「鉤沼さんと親しくお付き合いされていたと聞きましたが、どういうきっかけで知り合われたんですか」

「ネットのオフ会。隣にいづるが座ってた」

「そのオフ会というのは、どういう集まりなんですか」

「ワッキー・レースィズ」

「は？」

「ハンナ・バーベラ・プロダクションの。知らない？」

突然、佐藤が口を大きく横に引き、ひっひっひっひっと笑い出したので、多恵はびっくりした。

「こういう笑い方をする犬が出てくる。ケンケンっていう犬」

ああ、と多恵がうなずいた。

「チキチキマシン猛レース」

「邦題はそれ」と佐藤もうなずく。

コーヒーが運ばれてきた。佐藤は待ちきれないという様子で、受付の女性が手にしているトレーから自分でコーヒーカップを取った。ミルクと砂糖をいれて飲む。多恵も一口飲んでから訊いた。

「鉤沼さんとは、実際にはどういったお付き合いをされていたんですか」

「オフ会で会ったって言ったじゃん」

「それ以外にという意味です」

「それ以外？」

「たとえば、休みの日に映画に行ったり、食事に行ったりする。佐藤さんも鉤沼さんも一人暮らしだったそうですから、お互いの部屋を行き来するといった」

「そんな感じ」

佐藤の返事を聞いていると、脱力しそうになる。ちゃんと考えて答えているのか、と訊きたくなる。

「鉤沼さんが亡くなられた日も会ってらしたんですよね。買い物に行って、そのあと、食事にいらしたとか」

ファイルにあった記事を思い出しながら言った。いづるは亡くなったとき両手にデパートの紙袋を提げていた。そのせいでバランスを崩して、車道に出てしまった可能性があるとの警察の推測も載っていた。

「そ。最初、いづるがここに来てさ。ちょうどそこ」と多恵が座っているソファを指差した。「そこに座って待ってた」

「鉤沼さんが、佐藤さんの会社にいらしたんですか」

「そうだよ。僕の仕事が何時に終わるか分からないからさ、ここでいづるに待っててもらったんだ」

そして佐藤はいづるをさんざん待たせた挙げ句、ああ疲れた、などと言ってこの場に現れたのだろう。

「あの晩のことですけど、お二人は東西線の車内で別れたんですね？ 鉤沼さんのアパートは、江戸川区中葛西にあった。佐藤さんのアパートは西船橋ですよね。同じ東西線沿線にお住まいで、東京方面から帰るときは、鉤沼さんが先に降りることになる」

「そうだね」

「一緒に葛西で降りて、送ってあげなかったんですか」

「それはないよ」

「どうしてでしょう？ 別れた時間は午後十時過ぎだったと聞いています。女性を一人で帰らせるよりは送ってあげた方がいい時間のように思えますけど？ それに、鉤沼さんは両手に荷物を提げていたんじゃありませんか」

「そうだよ」

「先ほど、お互いの部屋を行き来していたとおっしゃいましたよね？」

「いづるが僕の部屋に来ることはあったけど、僕は行かなかった」

「それは何か理由があって？」

「いづるの部屋には、ろくなもんがないから」

「ろくなもん？」

「パソコンも古いのが一台だけだし、液晶テレビも、ＤＶＤレコーダーもない。ゲームソフトもいいのがない。フィギュアだって、まともなのは、ミルクちゃんだけだって言ってた」

「佐藤さんのお宅にはそういったものが揃っているんですね。だから、佐藤さんの部屋に鉤沼さんが来ることが多くなった」

「そう」

「でも、それと、帰りに女性を送っていくっていうのとは、別の話だと思いますけど？」

「そうかな。同じだよ。送っていっても、おもしろいもんがないんじゃ、いやだよ」

幼児性の強い男だ。自分が興味を持ったことしかやろうとしない。相手の気持ちにはお構いなし。自分勝手でわがまま。

おもしろい、と多恵は思った。この男に鉤沼いづるは夢中だったのだ。それがおもしろい。

「亡くなった日、鉤沼さんは先に降りて、一人で帰っていった。佐藤さんはそのまま東西線に乗っていったんですね」

「そう」

「東西線に乗っているときに、何かありませんでしたか。たとえば、知り合いの誰かに会ったとか、酔っぱらいにからまれたとか」

「ないよ」と言って、佐藤はあくびをする。

「鉤沼さんが亡くなったと聞いて、どう思われました？」

「驚いた」

「今はどうですか。亡くなられて一ヶ月経ちましたけど、鉤沼さんが亡くなったことをどんなふうに感じてらっしゃいますか」

佐藤が首を捻った。彼が考えているそぶりを見せたのはこれが初めてだった。これまでは、ほとんど反射のように答えていたから。

「今もやっぱり驚いてる」考えた末の佐藤の答えがこれだった。

事故か他殺かがはっきりしていないが、それについてはどう思うか、他殺だとしたら犯人に思い当たる人物はいないか、などという質問を考えてきたのだが、佐藤に問いを投げかけたところで、分かんない、そうかもね、別に、などといった答えが返ってくるのがおちだ。

それで多恵は別のことを訊いた。佐藤と相対しているうちに、どうしても訊いておかなくてはと思ったのだ。

「聞いたところによると、鉤沼さんは佐藤さんのことがとても好きだったみたいですね。

ご自分のどこが、鉤沼さんにとって魅力的に映ったんだと思いますか」

私には少しも魅力的に映らないけど、一体どこにその魅力が隠れているの？　という意味を込めた質問だったが、佐藤は気を悪くしたふうもなかった。

「自分の道を歩いているところが好きだって、いづるは言ってたよ」

自分の道を歩いている？

なるほど、そういう言い方もできるのか。わがままで幼稚にしか見えない佐藤だが、いづるの目には自分の道を歩いていると映ったのだ。

「では、佐藤さんは鉤沼さんのどんなところが好きだったんですか」

「なんでも言うことを聞いてくれたからね」

その意味するところを考えた。性的な意味で言っているのかとも思ったが、佐藤の茫洋《ぼうよう》とした表情から生臭さは感じられない。多恵は重ねて訊いた。

「たとえば？」

「あれ買っておいて、これ買っておいてって言っておくと、買っておいてくれた」

「佐藤さんの代わりに買い物をしてくれたということですか」

「そうだね」

「亡くなった日も、お買い物にいらしたんでしたね？」

佐藤がどうでも良さそうにうなずく。

「何を買ったんですか」

「あの日は僕のほしいもんじゃないよ。いづるの買い物に付き合っただけ。中華鍋やフライパン、食器なんかを買ってた」

「中華鍋やフライパンや食器？　いろいろ新しく買い揃えたんですね」

「うん。今度、僕のところに持ってくるって言ってた。うちは、そういうものがあんまりないから」

「だったら佐藤さんが持って帰ってあげればよかったのに」

思わず言うと、佐藤が唇を尖らせた。

「中華鍋は使う前に焼きをいれるでしょ。それをやっとくからっていづるが言ったんだ」

ひと通り話を聞き終え、最後に佐藤にネット仲間の女性の連絡先を教えてほしいと頼んだ。

これまで『週刊フィーチャー』をはじめとする雑誌が取材をしたのは、もっぱら男性ばかりだった。いづるは倉庫会社で事務をしていたが、職場の女性社員とは付き合いはなかったらしい。それでも、同性の友人、それが無理なら知人の一人くらいいないはずはない。多恵は同性の目に鉤沼いづるがどんなふうに映っていたのかを知りたかった。

「いづるの友達？」佐藤は不思議そうな顔をした。「知らないよ」

「ネットのお仲間にも、女の人がいたんじゃありませんか」

「いづる以外に？　いることはいたなあ。ちっこい子」と佐藤は親指と人差し指の間にわずかの隙間をつくり、おやゆび姫ほどのサイズを示してみせる。

「その方の連絡先を教えてください」

佐藤は携帯電話を操作して、過去のメールかアドレス帳の中から、おやゆび姫のメールアドレスを見つけ出した。佐藤がそれを読み上げるので、多恵は大慌てでメモを取らなければならなかった。

「電話番号は分かりませんか」

「知らない」

佐藤は携帯電話をポケットにしまった。「まだ何かある？」

「いえ。きょうのところは」

「じゃ、いいかな」佐藤が立ち上がる。

「お時間を頂きまして、ありがとうございました」

佐藤は、むうというようなうなり声を発しただけだ。多恵に対しては、愛想もへったくれもないのに、受付の女性には笑いかけている。女性の方は迷惑顔だが、彼はそんなことには気付かない。

やがて佐藤はエレベーターホールへと消えていった。受付の女性に歩み寄り、ちょっといいですか、と話しかけた。名刺を渡し、少し話を聞かせてほしいと頼む。

「佐藤さんと佐藤さんの彼女が、よくここで待ち合わせをしていたそうなんですが、ご存じですか」

受付の女性はちょっと困ったような顔をして、うなずいた。

「どんな様子でした？」

そうですね、と考えてから、「女性はソファに座って待っていました。退屈そうでもなくて、雑誌を見たり、携帯電話をいじったりしながら。それで佐藤さんが来ると、ぱっと顔を明るくして駆け寄るんです」

「待たされて怒ったりはしていませんでした？」

「いいえ。とても仲が良さそうに見えました」

「良すぎるくらい？」

多恵の質問の意図が分かったのか、女性は苦笑を漏らし、「確かにオフィス向きではなかったかも」と言った。

「どんなふうだったんです？」さらに突っ込んでみる。

「腕を組んだり、体を寄せ合ったり」

そこまで話したとき、別の来客があった。彼女は、すみません、と言って仕事に戻ってしまった。軽く頭を下げ、多恵はオフィスビルを出る。

佐藤から聞いたおやゆび姫のアドレスに宛てて、メールを打った。事情を説明し、お目にかかりたい、と書いた。すぐに返事がくるかと思ったが、案に相違して着信はない。

連絡が取れないのでは仕方がない。彼女に会うのはまた後日ということにして、鉤沼いづるのアパートを見に行くことにした。いづるがいつも使っていた東西線に乗る。

夕方五時を過ぎて、かなり混雑していた。勤め帰りの会社員は一様に疲れた顔をしている。その中で甲高い声でポケモンの歌を唄っている子供がいた。母親はときおり、口元に人差し指を当てて静かにするように注意するが、子供はいっこうにやめない。うるさいな、こんな時間に子供を電車に乗せるなよ。周囲の男たちが腹の中で呟く声が聞こえるようだった。

佐藤のことを考える。

摑みどころのない男だった。彼の口をついて出る言葉には、思いやりや配慮といったものが一切ない。無遠慮で無神経。その一方で、婉曲《えんきょく》にしたり、嘘をついたりしてはいない、正直に話しているという印象もある。

彼は警察からの事情聴取に対しても、あんな調子で受け答えをしたのだろう。誰に対しても同じ口調で物を言いそうだった。社会人としてはどうかと思うが、事件の参考人として見た場合、佐藤には信頼してもいいと思わせる部分がある。正直な男、というよりは、嘘をつくことさえ面倒くさがりそうな男、という意味で。

葛西に着いた。かなりの数の人が降りる。多恵も人の波に押されるようにして、ホームに降り立った。あらかじめ調べてあったので、いづるの住んでいたアパートまでの道筋はだいたい頭に入っている。

改札を出て、右手に向かう。明るい商店街を過ぎ、環状七号線に沿って歩いていく。今はまだ午後六時前なので人影もあるが、夜十時を過ぎた頃には、歩いている人はまばらになるのだろう。

佐藤と別れて、一人家路を急ぐいづるを思い浮かべた。暗い道。寒い夜。両手にぶら提げた紙袋。中には、佐藤の部屋で使うための調理用具や食器が入っていた。佐藤に預けてしまえばよさそうなものを、いづるはわざわざ自分のアパートに持ち帰った。

いづるはどんな気持ちだったのだろう。送ってもくれなければ、中華鍋はともかくとして他の荷物は僕が持ち帰るよ、とも言い出さない佐藤の冷淡さに腹は立たなかったのだろうか。そんな相手を想うことに、虚しさを感じなかったのだろうか。それとも、佐藤と一緒に過ごした時間を思い出しながら、温かな気持ちで足を運んでいたのだろうか。

しばらく行ったところに『注意！　死亡事故発生地点』という立て看板が置かれていた。

ここだ。

多恵は足を止めた。

車の行き来が激しい。

がん、がん、がらがら。

中華鍋が道路に転がる音が聞こえたような気がする。

しばし呆然と立ち尽くす。一人の人間の命が消えた場所。それを思い出させるのは、たった一枚の無骨な立て看板だけである。

多恵はしばらく路面を見つめていたが、やがて思い切ったようにさっと顔を上げると、再び歩き出した。

いづるが暮らしていたのは、そこからさらに十分近く歩いた先だった。交差点で左に折れ、細い道を入る。モルタル造りのアパートである。出窓があるのが外から分かる。

二〇七号室。

階段を上がって、一番奥の部屋である。ノックしてみた。返事はない。空室のままになっているらしく、ドアノブに『電気の使用を開始するときは』という説明冊子がぶら下がっていた。

隣の部屋の住人に当たってみることにする。テレビの音が漏れ聞こえていたので、在宅しているようだった。ドアフォンを鳴らすと、男の声で返事があった。どなた、とも訊かずに、ドアが開けられる。ジャージの上下を着た若い男が出てきた。多恵を見て、驚いた顔になる。

「誰、あんた」

「出版社の者ですが、二〇七号室に住んでいた鉤沼いづるさんのことでお訊きしたいんです」

「出版社の人っていうと、雑誌記者かなんか？　ほんとかよ。そんな感じに見えないけど」

「本当です」と言って、名刺を渡した。

男は名刺と多恵の顔を交互に見て、にやりと笑った。気持ちの悪い男だと、多恵は顔をしかめそうになったが、堪えて微笑みを浮かべる。男が嬉しそうな顔をした。このぐらいのことはできる。もともと愛想笑いは得意だ。

「で、隣に住んでた女のことを調べてる？」男が訊いた。

「はい。お隣の方のこと、何かご存じでしたか？」

「ご存じねえ。一応、顔っていうか、姿は知ってた」

「姿、ですか」

「そ、姿。姿が印象的だったからさ。階段なんかですれ違うときはひと苦労さ。太ってただろ、あの女。だからそこの階段で会うと、いやだったよ。なんか弾き飛ばされそうで」

「話をしたことはありましたか」

「ないね。あの女はいつも下向いて歩いてたしさ。挨拶《あいさつ》もしたことない。世間話なんか、するわけないし、したくもない」

「したくもない、というのは、どうして」

「タイプじゃないからさ。次は隣にもっとタイプな女が来てくれるといいなあ。そうだ、あんたどう?」

多恵は笑って受け流し、「鉤沼いづるさんのことで何か覚えてらっしゃることは、ありませんか」

「姿以外にってことか」

「はい」

「ないなあ」と言ってから、男は急に口調を変えた。「そうだ。あのさ、太った女が汗くさいのもいやだけど、香水ぷんぷんてのもいやだろ? あの女はそれだった」

「香水をつけていたんですね」

「うん。それも思いきりね」

男はぼりぼりと頭をかく。肩にふけが落ちる。

他人を批判できるようなタマか。そう言ってやりたい衝動に駆られたが、多恵はなんとか堪えた。

男に礼を言ってアパートをあとにしながら考える。いづるの恋人だった佐藤は、少なくともいづるの体型のことを揶揄したり、ばかにしたりはしなかったな、と。

もしかしたら、いづるが佐藤に夢中になった理由は、その辺りにあったのかもしれない。

3

長電話が趣味のひとつ。

メールもいいが、やっぱり電話で喋るに限る。会話の間と言えばいいのだろうか。息遣いのようなもの。乃々香が話した内容に対する反応はもちろんだが、えっ？　と驚いて息を呑んだ気配だとか、うん、うん、と相槌を打つときの小気味よいテンポ、大丈夫？　と心配しているときの声の調子。メールでは感じとれないものがたくさんある。


「で、ヨガ教室は続けることにしたの？」寧子《やすこ》が訊いた。

寧子とは病院の母親学級で知り合った。出産予定日の近い母親たちを集めて、助産師がさまざまなアドバイスをしてくれ、相談にも乗ってくれるのが母親学級である。体調の変化や不安に思うことが同じせいか、母親たちは容易に打ち解け、親しくなる。

「続けたい気持ちはあるんだけど、帰りの電車が混むでしょう。それがつらくて。吊革に摑まって立っていたら、目眩《めまい》がしちゃった」

「前もそんなことがあったわよねえ。ほら、女の人の香水のにおいがきつくて気分が悪くなったって言ってた」

た。

「ああ、うん」乃々香は曖昧《あいまい》に応じ、「あのむっとした空気、ほんとに苦手なの」と続けた。

「そんなにいやなら、お友達とお茶しないで、さっさと帰ってくればいいじゃない」寧子が言った。

「誘われると、お先に失礼します、なんて断ることもできなくて」

「その気持ちは分かるけど」

「ヨガは気に入ったから続けたいのよ。すごくリラックスできるんだもん。そうだ。寧子さんもやってみたら？」

「私はスイミングに通ってるから」

「ああ、そうよね」

「乃々香さんも、ヨガをやめてスイミングにしない？」

「スイミングかあ」

妊婦にとってスイミングが、とても良いものだというのは分かっている。重くなった体も水の中なら楽に動かせるし、筋力アップにもなる。けれど、せり出したお腹でスイムウエアを身に着けることを考えると、二の足を踏んでしまう。ぴったりしたスパッツをはくヨガだって同じようなものじゃないと寧子に言われそうだが、ヨガの場合はスパッツの上に大きめのTシャツを着るから、腹の部分は隠れるのだ。

「寧子さん、きょうは何してるの？　遊びに来ない？」乃々香は話題を変えた。

「ごめーん。きょうは杉並の義母が来ることになってるの」

杉並の義母、と言うときの寧子の口調は独特である。面倒くさい、困っちゃう、というニュアンスと、裕福な家に嫁いだ自分を誇らしく思う気持ちとがないまぜになっている。

「都内に夫の両親が住んでるっていうのも、考えものよ。何かと理由をつけて遊びにきちゃうんだもん」寧子は言う。「乃々香さんのところみたいに、実家は近く、夫の両親は遠くっていうのが理想よ」

哲の両親は新潟県に住んでいる。義兄家族が同居しており、賑やかに暮らしている。乃々香のお腹にいる赤ん坊は四人目の孫になるためか、義母も義父もそれほど強い関心を示さない。元気な子供が産まれればそれで万々歳だよ、と言うだけである。うるさいことを言われないのは気楽でいいが、寧子の話を聞いたりすると、ときに物足りない気分になる。もっとあれこれ気を揉んでくれてもいいのではないかと思う。

「赤ちゃんのものを選ぶのが何より楽しい、なんて言っていろいろ買ってくれるのは有り難いんだけどね、すごく高価なものを手にとって、これにしましょう、なんて平気な顔で言うからびっくりしちゃうの。でも、義母が選ぶものって、ブランド色がはっきり出てて、ちょっとどうかなあっていう感じなのよ。私としては、もうちょっとシンプルなデザインがいいって思っても文句も言えないし」寧子はこぼしているとも、自慢しているともとれることを言う。

乃々香が黙っていると、寧子が続けた。

「きょうはあいにく予定が入ってダメだけど、今度、ランチを一緒にしましょうよ」

「ほんと？　嬉しいわ」乃々香が応じる。

「何にする？　和食、フレンチ？」

「何でもいいわよ」

「妊娠すると、食べ物の好みが変わるって言うけど、乃々香さんは、どう？」

「果物は以前にも増して好きになったけど、基本的な好みは変わらないわ」

「私もよ。いくらでも食べられるっていうのは、前と違っているけどね」寧子が笑う。

さぞかし食べるんだろうな、と乃々香は思った。寧子は明らかに太りすぎである。妊娠する以前の寧子を知らないので何とも言えないが、本人の弁によれば、もともと痩せてはいなかったけど太ってもいなかった、妊娠した途端、脂肪がつき始めた、ということである。医者から体重についてチェックが入っているはずだ。

乃々香も食べることは好きだが、節度は心得ている。腹八分目は基本中の基本。それができないのはどうかと思うが、貴重な妊婦友達である寧子を失いたくないので口には出さない。

それからしばらく他愛もないことを話し、電話を切った。時計を見ると、午後一時を過ぎている。あくびが出る。

なんだか眠くなってきた。

ひと休みしよう。


二時間ほど眠ったら、すっきりした。洗面所に行って顔を洗い、髪を直す。乃々香は大きく伸びをしてから、さてと、と呟いた。

何をしよう。

新しい服を買いに行きたいけれど、給料日前だから我慢しなければ。哲は今夜も飲み会で遅くなると言っていた。一人なら、夕飯もあり合わせで済ませればいい。と考えているうちに思い付いた。一人で食事をするなんてつまらないし、不経済だ。実家に行こう。

週に一度は母を訪ねる。あるいは、母が乃々香の顔を見にやってくる。乃々香の実家は千葉県市川市にある。葛西の自宅からは東西線とバスを乗り継いで二十分ほどだ。今週はまだ母の顔を見ていないから、いい頃合だろう。

電話をすると、すぐに母が出た。

「あら、乃々香。今、こちらから電話をしようと思ってたのよ」と言う。

「なんか用事?」

「どうしているかと思ってね」と母が言った。

「暇してるの。これから行ってもいい？」乃々香は甘えた声を出す。

「これから？　夕飯の支度はどうするの」

「きょうは哲さん、飲み会なの。だからいいの」

「あら、そう」母の声が弾む。「体調は？　出歩いて大丈夫なの？」

「平気よ。歩いた方がいいって、お医者様にも言われてるの。これから支度して出るわね」

「はいはい。まだ風が冷たいから、暖かくしていらっしゃいね」

電話を切り、手早く身支度を整えた。喉が渇いたので水を一杯飲み、ついでに煎餅をつまもうと思ったが、やめた。母がいろいろと用意してくれているはずだ。乃々香の好きな和菓子にクッキー、手の込んだ夕食。お腹をすかせていくのが、礼儀というものだろう。妊娠初期は空腹時に吐き気を覚えたものだが、今はだいぶ落ち着いている。

乃々香は水を飲んだコップを流しに置き、ジャケットを羽織って外に出た。足下はタイツにローヒールの靴。

ゆっくり歩いて駅に向かう。環状七号線を渡り、しばらくまっすぐ行くと商店街である。ファストフード店の前に、学校帰りと思しき中高生が群れを成している。エネルギーの塊といったふうの彼らは、声も動作も大きい。乃々香はなんとなくその集団を迂回《うかい》した。

葛西の駅に着き、改札を抜け、ホームで地下鉄が来るのを待つ。

地下鉄と言っても、葛西駅を通るときは地上を走っている。外の景色を眺められる地下鉄というのも、贅沢《ぜいたく》なものよ、というのは母の口癖だ。確かにそうかもしれない。夕暮れ時の江戸川沿いの風景は、なかなか美しいのだから。

電車がホームに滑り込んできた。ドアが開く。男二人が揉み合うようにして降りてきた。男たちのすさまじい形相に、乃々香はぎょっとして立ちすくんだ。次の瞬間、男の肩がぶつかり、乃々香はよろめいた。慌てて体勢を整えようとしたが、またも男がぶつかってきた。二人のうちの一人がものすごい勢いで駆け出し、そのはずみで乃々香を弾き飛ばしたのだ。乃々香はあっと声を上げ、膝をつく。バッグの中身がばらけ、散乱した。かき集めるようにして、バッグに戻す。

「オヤジ、逃げんなよ！」怒鳴っているのは、若い女だ。

「うるさい。手を放せ。俺は触ってない」きんきんと響く。男の声にしては甲高い。

皆がそちらを注目し、ホームにへたり込んでいる乃々香に手を貸そうとする者はいない。乃々香はバッグを抱え、お腹をかばいながら、ホームを這いずって人のいないところへと身をよける。

「すみません。こっちです」駅員を呼ぶ男の声が響いた。

スーツ姿の男性が、きんきん声の男の腕をしっかりと摑んでいる。二人の男の体格は、気の毒なほど違う。腕を摑んでいる方の男性は、上背も肩幅もあり、屈強という言葉が似合いそうだ。もう一人の方は、小柄で、薄っぺらな体つきをしており、貧相という表現がぴったりくる。

「やめてくれ」貧相な男が叫ぶ。「間違いだと言っているだろう。痴漢なんかじゃない」

駅員が二人走ってきた。屈強男が貧相男を目で指して何か言い、駅員がうなずく。

「やめろ！　離せ！　やめろ！」

駅員に両側を挟まれ、貧相男がもがいている。極端に短い丈のスカートを身に着けた女子高生が、唾でも吐きかけそうな顔で男を睨み付けている。周囲に人垣ができていた。眉を寄せている主婦。ひそひそと話している初老の夫婦。笑っている女子高生。停まっている電車の中から、何事かと顔を覗かせている男女。

各駅停車西船橋行きが発車いたします、というアナウンスが流れ、人垣が乱れ、覗いていた顔が引っ込んだ。

男二人と女子高生が駅員に先導されて階段を下りていってしまうと、ホームはようやく落ち着きを取り戻した。

乃々香は椅子に座っていた。乗るはずだった電車はとっくに行ってしまい、そのあと、何本も見送った。

動悸がしていた。背中に冷たい汗をかいている。不安でたまらなかった。

一体なんだって、あんな騒ぎに巻き込まれなければならないのだろう。間違いだと叫んでいた男と、逃がすまいとしていた男と女子高生。どちらの言い分が正しいのかは知らないが、そんなこと、乃々香にはどうでもよかった。それよりも問題なのは、さっきの転び方だ。

大丈夫だろうか。

お腹……。

そっと手を下腹に当てる。痛みはない。

長く息を吐いてみる。もう一度。そして、もう一度。

母に電話をして迎えにきてもらおう。そう思うのだが、バッグから携帯電話を取り出すという、たったそれだけのことができない。手が震えていた。いや、震えているのは手だけではない。全身が小刻みに震えていた。

震えながら乃々香は思う。

あの貧相な男。

二度もぶつかってきた。

そしてあの声。きんきんと響いていた。なんという耳障りで、不快な声だったことか。

掌に顔を埋めた。目を瞑ると、瞼の裏に星が飛び散る模様が見える。

「お客さん」

頭の上で声がした。そろそろと顔を上げると、駅員が心配そうな顔で覗き込んでいた。

「大丈夫ですか。気分でも悪い？」

駅員の言葉に、乃々香はようやくのことでうなずいた。

4

「多恵がそんなことに首を突っ込むのは、どうかと思うよ」八木聖司《やぎせいじ》は言った。音響機器メーカーに勤める彼とは、共通の知人を介して知り合った。付き合うようになって三年ほどになる。

「どうかと思うって言われてもね。私だって、仕事らしい仕事がしたいのよ」

多恵の部屋のベッドはごく普通のシングルサイズである。だから、二人で横たわるには窮屈である。なのに、不思議と聖司となら狭さを感じない。草原にでもいるような伸びやかな気分になる。それは聖司がうまく多恵に体を添わせてくれているせいだろう。

「だいたい、なんで事件だか事故だか分からないことを、調べ直さないとならないわけ？」

「調べ直さないとならないんじゃないの。私が調べ直したいの」

「だから、なんで」

「気になるから」

「何が気になるの」

「全部」

　聖司は、呆れたという顔で多恵を見る。

「ねえ、聖司、もしも私が事故か他殺か分からない死に方をしたら、どうする？」

「それは調べるだろうな。殺されたのだとしたら、犯人を知りたいと思う。事故なら事故で、経緯を知りたいし、償うべき人間にはきちんと償いをしてほしいと思う。だけど、それとこれとは別だよ。多恵は、亡くなった鉤沼いづるっていう女の恋人じゃないんだから」

「恋人ではないけど、親しい人がそういう亡くなり方をしたら気になるでしょう?」

「親しい人? 鉤沼いづると親しかったっけ?」

「親しくなった気がするの」

「思い込みが激しいなあ」

「それが私のいいところでもあり、悪いところでもあるの。鉤沼いづるの一件を明らかにしたら、みんなが私のことを認めてくれるでしょう」

「みんなというのは、編集部の人のこと? 清里とかいう上司?」

「それも含めて世間一般」

「世間一般に認められたいわけ?」

「そうよ。どんな仕事をするにせよ、目立たなくちゃ。認められなくちゃ。鉤沼いづるがそのきっかけを与えてくれそうな気がするの」

「鉤沼いづるねえ」

聖司の表情を見て、多恵は軽く笑った。

「聖司も他の男の人たちと同じね。鉤沼いづるの外見にとらわれてる。あのブス女とかなんとか、心の中で思ってる」

聖司は何も答えなかった。

「私ねえ、鉤沼いづるのことをとても気の毒に思ってる。亡くなったあとまで、見ず知らずの人からブス女なんて思われるのは、かわいそうよ。反面、腹が立ってくるの。彼女が生きていたら、もうちょっとなんとかしなさいよ、って言ってやりたい。ブスを嫌いなのは、男だけじゃないのよ。女の方が、もっともっと嫌うの。今は化粧品もいろいろあるし、ダイエット食品だって選り取り見取り、プチ整形くらいなら、ちょっとお金を貯めればできないこともないわ。そういう時代なのに、なんだって正統派ブスのまま図々しく生きていたのよ、って思うわけ」

「ひどいな」

「ひどくたって、本音なんだから仕方ないでしょ。正直言って、私、鉤沼いづるのことが理解できない。たぶん、と言うか、絶対、生前の彼女とは友達にはなれなかった。だからこそ、彼女のことを知りたいと思うのよ。彼女が生きていたら、絶対に理解し合えなかったと思うけど、亡くなった彼女のことなら、少しは理解できるかもしれないでしょ」

うーん、と聖司がうなる。

「それにね、綺麗な女の人が亡くなった場合、世間はその女性のことを悼《いた》むでしょう。まだ若いのに気の毒に、なんて。ところが、鉤沼いづるのような女性の場合は、みんな、かわいそうに、気の毒にって言いながら、亡くなったのも気の毒だけど、若い女の子があの外見でいうのも気の毒だった、なんて思っているわけ。人々の心の中に、二重になって印象が残るのよ。鉤沼いづるは取材ターゲットとしては、そういう意味での魅力があるの」

「多恵は鉤沼いづるを利用しようとしているんだ」

「そうよ」多恵は悪びれずに肯定する。「綺麗な花を咲かすには、肥料がいる」

「なるほどね」聖司が苦笑する。

「ひどいなって言いたいんでしょう」

「別に」とだけ言って聖司は黙ってしまった。

翌日、鉤沼いづるの友人だった女性のもとを訪ねた。チキチキマシン猛レースを共通項として集まった、ネット仲間の一人だという。その女性は、錦糸町の百円ショップで店員をしていた。佐藤から聞いたアドレスにメールを送ったところ、休憩時間なら会ってもいいという返信をもらった。

彼女の職場近くにある喫茶店で待っていると、小柄な女性が入ってきた。女の子と言った方がよさそうな、幼い印象である。目印にと持ってきた『週刊フィーチャー』を多恵が振って見せると分かって、さっと頭を下げた。

「すみません。お時間を頂いて」

多恵の言葉に、女性は、いえ、いえ、いえ、と三回言って、また頭を下げた。名刺を渡し、来訪の目的を告げる。女性は終始、目を見開いて聞いていた。驚いているのかと思ったが、それが彼女の普段の表情のようだった。女性は、三谷《みたに》ユズと名乗った。

いづるさんのことは、そんなに知りません、と三谷ユズは言った。言いながら、慌てて店員を呼び止め、コーヒーとサンドイッチを注文し、また慌てたように多恵を振り返って、サンドイッチも頼んじゃいましたけどいいですか、と訊いてくる。多恵はうなずいて、どうぞ、と言った。

「ネットで知り合ったそうですね。ワッキー・レースィズ」佐藤が言っていたのを思い出し原題を口にすると、ユズの顔がほころんだ。

「私はキザトトくんが好きだったんです。だって、かっこいいでしょう」ぽわんとした目で遠くを見る。「いづるさんはミルクちゃんが好きだった。セクシーでかわいいからって言ってた」

「いづるさんの恋人の佐藤さんは？」

「佐藤さんはメカに詳しいの。マシンのこと、なんでもよく知ってる」

なるほどね、とうなずき、多恵はバッグから、チキチキマシン猛レースについての資料を引っ張り出す。インターネットで調べておいたものだ。十一台の車と、それぞれのドライバーたちのイラストとデータ入りの資料である。

「いづるさんが好きだったミルクちゃんって、これよね。プシーキャットっていう車に乗ってる」指を置くと、ユズがうなずいた。「こういう言い方って、いづるさんに対して失礼だとは思うんだけど、彼女、ちょっとたっぷりした体型だったでしょ。顔立ちも、地味というか、美人とは言えなかった。だから、このミルクちゃんに憧れたのかしら。それで、ミルクちゃんのファンになった？」

肯定の返事が返ってくるものとばかり思ったのに、ユズはまた、いえ、いえ、いえ、と三回言った。

「違うの？」

「違うって言うか」とユズが言ったとき、コーヒーとサンドイッチが運ばれてきたので、一時会話が中断された。

いただきます、とユズは嬉しそうに玉子サンドを小さくひと口かじる。もぐもぐと咀《そ》嚼《しゃく》しながら、なんでしたっけ？　と訊いてくる。

「いづるさんがミルクちゃんを好きだったたって話」

ああ、とユズはうなずき、コーヒーをひと口飲んだ。それから話し出す。

「いづるさんは、ミルクちゃんに憧れてたっていうのとはちょっと違うと思うんです。自分のことを、ミルクちゃんだって思ってたんじゃないかな」

「ええっ？」

どう見ても違うのに。どこをどう押したら、自分をミルクちゃんだと思い込んだりできるのか。

「うらやましかったなあ」ユズが言った。「私は、いつもこんなふうでしょ。自信がなくて、おどおどしちゃって。背も低いし、胸もなくて幼児体形だし。食べるの、遅いし。好きな男の人ができても、いっつも遠くから見ているだけ。話なんかできない。ただ見てるだけ。なのに一度、ストーカー女なんて呼ばれたこともある。なんでいつも見てるんだよって怒鳴られた。気持ちが悪いって」今にも泣き出しそうな顔になる。

「いづるさんは違ったの？」

「いづるさんは自分に自信を持ってた。最初にネットで知り合ったんだけど、そのときは、ずいぶん自分の意見をはっきり言う人だなあって思った。誰かがちょっとふざけたことや、失礼な書き込みをすると、びしって怒ってたし。すごいなあって思ってた。で、オフ会で会ったら、やっぱりその通りだった。自信があって、自分の意見もはっきり言ったし、男の人とも平気で話をしてた。太ってたし、綺麗でもなかったけど、いづるさんはそんなこと、大して気にしてなかったんじゃないかな。だから、佐藤さんとも仲良くなったんだと思う」

「うちの雑誌で前に話を聞いたんだけど、ネット仲間の男性陣は、ひどいことを言っていたのよ。いづるさんが佐藤さんにべたべたしていて、見てる方が気分悪くなった、とか、かわいい女の子にされるんなら嬉しいけど、あれじゃあね、とか、ようやくカレシができて嬉しくてたまらないって感じだった。この人を逃したら、もう次はいないって思ってたんじゃないかな、なんてね」

「知ってる。週刊誌で読んだから。でも、そんなの、関係ないんじゃないかな。いづるさんと佐藤さんがいいと思ってたんだから、それでいいでしょ」

正論なので、返す言葉がなかった。ユズはゆっくりとサンドイッチを食べる。草食動物のようだ。

「うるさくまとわりつかれるのがいやになった佐藤さんが、いづるさんを殺した犯人だっていう説もあるのよ」

「それも知ってる。でも、それは違うでしょ。だって、佐藤さん、いづるさんのことがいやになったなら、もう会いたくないって言えばいいだけでしょ。それに、佐藤さん、いづるさんのこと、いやになってたの？」

「それは分からないけど」

「いやになってないと思うけどな。いやになってたら、あんな物、買わないと思う」

「あんな物って？」

「ミルクちゃんのセル画。レア物。いづるさんが亡くなる何日か前、ネット・オークションで競り落としてたもん。私もそのサイトを覗いて見てたから、知ってるんだ。佐藤さん、あれ、いづるさんにあげようと思ったんじゃないの」

「それって高価なものなの？」

「三千円くらいから始まって、九千五百円で競り落としたはず。そんなに高いわけじゃないけど、落札するの、大変なの。値段じゃないのよね」

分かってないなあ、という顔でユズに見られ、多恵は恥じ入った。

「私、いづるさんがうらやましかった。あんなすてきなプレゼントをもらえるなんて」ユズが遠くを見つめて呟いた。

それ以上は大した話はしなかったのだが、ユズが食べ終わるのを待っていたら一時間以上経っていた。

「大変。休憩時間オーバーしちゃった」と食べ終わるやいなやユズは言って、すみません、と頭を下げて店を出て行った。

あとに残された多恵はなんとなくぼんやりする。自分の容姿にコンプレックスを持ち、引っ込み思案だっただろうと思っていた鉤沼いづるが、どうやらそうではなかったと聞いて意外の感に打たれていた。おまけに、無神経で自己中心的だとばかり思っていたいづるの恋人の佐藤にも、優しいところがあるらしい。いづるは案外、幸せだったのかもしれない。

多恵のぼんやりした気分は、編集部に戻ってからも続いていた。頼まれていた資料整理をしながら、ときどきあらぬ方を見て、ふうと息をつく。なぜ溜息をつきたくなるのか、自分でも分からなかった。

「なんだよ。ふやけた顔をして」と、しまいには清里に言われる始末だった。

「ふやけてますか」

「ああ。麩《ふ》まんじゅうみたいだ。どうしたんだよ」

きょうは暇らしい。経験上、多恵の話を聞いてやろうという姿勢が見える。こういうときを逃してはならないと、多恵は知っていたので、清里の前に椅子を引っ張っていって座り、これまでのことを報告した。ふん、ふん、と清里は軽く相槌を打ちながら聞いていたが、最後には鼻を鳴らして言った。

「なんだよ。鉤沼いづるがけっこう幸せ者だったって分かって、多恵ちゃんはがっかりしているのか」

「がっかりしていると言うか、意外だったと言うか」

「先入観に凝り固まってるな」

恋人の佐藤が犯人だと決めつけていた清里に、言われたくはなかった。

「容貌の劣る女子は、不遇でなければならない。いじけて生きていたはずって思ってたのか」

多恵は肯定も否定もせず、黙っていた。

「それはさあ、多恵ちゃんみたいにそこそこかわいい女子の驕《おご》りってもんだよ」

そこそこかわいい？　清里の表現はどうも引っかかる。

清里は続けた。

「自分より見劣りする女は、恵まれない人生を歩んでいるに違いないって決めつけてる。よく言うだろう、美人は三日見れば飽きるけど、ブスは三日で慣れるって。見た目は多恵ちゃんより劣る女子でも、多恵ちゃんより幸せな人生を送っている人間はたくさんいるんだよ」

「そんなこと分かってます。意外に思ったのは、鉤沼いづるが自分をミルクちゃんだって思うほど、自信に溢れていたことなんですよ」

「ミルクちゃん？　誰だよ、それ」

「チキチキマシン猛レースに出てくる、スタイル抜群の美人です」

清里が眉を寄せる。記憶を辿っているのだろう。すぐに思い当たったようだ。

「ピンクのミニスカートの?」と訊いた。

「ええ」

ひえっというような声を清里が上げた。多恵はそれに苦笑で応える。

「マジ?」

「ええ」

「それは、まあ何というか、妄想に近いな。本気でそんなことを思っていたわけじゃないんだろう」

「分かりません。いづるの友達がそう言っていたんです」

「ふうん。そこまで図々しいと、幸せだな」

5

乃々香は図々しい人間が嫌いである。乃々香に限らず、たいていの人は嫌いだろうと思う。今も、産婦人科の待合室で、何人もの女性が自分の名前が呼ばれるのを待っているというのに、慌てて駆け込んできたかと思うと、お腹が張るんです、すぐ診《み》てください、今すぐ、と言い張って横入りしてしまった、どう見ても高齢出産と思われる妊婦に乃々香は腹を立てていた。

いい歳をしてみっともない。ある程度の時期にきたら、お腹が張るのは普通のことだと母親学級のときにもらった資料にも書いてあった。ちょっとしたことで騒ぎ立てなくてもよさそうなものだ。

それに騒ぎ立てたいのは、私の方だと乃々香は思う。昨日の夕方、地下鉄に乗ろうとしていたとき、降りてきた乗客にぶつかられてホームに膝をつき、それからしばらくは動悸が激しかったのだ。駅員に案内された駅構内の事務室でしばらく休ませてもらったが、体の震えはとまらなかった。迎えにきた母は、そんな乃々香を見て顔色を変えた。

「何があったの」

母の問いかけに、乃々香はすぐには答えられなかった。膝掛けを借りてぐるりと体に巻き付けていたが、まだ震えていた。

「ご気分が悪くなられたようでしたので、ここで休んでもらっていました」駅員が代わって説明する。

「それはありがとうございました」母は駅員に頭を下げ、それからまた乃々香に向き直った。「大丈夫? 具合が悪いのなら、家で寝ていればいいのに」

「違うの」ようやくのことで乃々香は言った。

「違うって何が?」

心配そうな母の顔を見た途端、堪えきれなくなった。乃々香の頬を涙が伝った。駅員が慌てた顔をする。

「乃々香」

母は、バッグからハンカチを出して渡してくれた。

「ここでは話したくないわ」乃々香は口元にハンカチを押し当てたまま言った。

「分かった。無理に話さなくてもいいのよ。とにかくうちに帰って休むことよ。立てる？」

乃々香は小さくうなずいた。膝掛けを外し、母の手を借りて立ち上がった。母は乃々香の肩を抱きかかえるようにしながら、どうもお世話様でした、と駅員に向かって丁寧に頭を下げていた。

それから母と一緒に自宅マンションに帰った。実家で夕食をという予定は取りやめにして、乃々香のマンションに来てもらったのだ。かかりつけの病院に行って診てもらった方がいい、と母は言ったのだが、診療時間が終わっていたので、電話で指示を仰いだ。医師は、お腹が張ったり、出血があったりということがなければ、きょうはそのまま安静にしていれば大丈夫でしょう。明日来てください、と言う。それを伝えると母は不満そうだったが、もう一歩も家を出たくない気分だったので、寝室に入り、休むことにした。ベッドに横たわり、乃々香はようやく何があったのかをとぎれとぎれに伝えた。

「痴漢騒ぎに巻き込まれたってことね？　男の人にぶつかられて、それで転んでしまったのね？」

母の言葉に乃々香は黙ってうなずいた。

「それで、その男は？」

「駅員に連れて行かれたわ。でも、私が休ませてもらっていたとき、どこにも姿がないようだったから警察に行ったんじゃないかしら」

「なんてこと。かわいそうにね」言いながら、母はそっと乃々香の手を握った。

母は哲が帰るまで、ずっとそばについていてくれた。

乃々香がメールをいれたので、哲は飲み会をキャンセルして午後七時過ぎに帰宅した。慌てて帰ってきてくれた夫の優しさに満足しつつも、もっと心配してもらいたくて、乃々香はベッドでぐずぐずしていた。その乃々香に代わって、母が事情を説明してくれた。

「ご心配かけてすみませんでした」と哲は言った。

「哲さん、私に向かってすみませんなんて、謝る必要はないのよ」

それに対して、また哲はすみませんと言いかけて、口をつぐんだ。

「今夜、ゆっくり休めば大丈夫だとは思うけど、念のために明日は病院に連れていきますね。私がついていきますから、哲さんはご心配なく」と母は言い、帰っていったのである。

そのあと、ベッドの端に腰掛けて、乃々香の髪を撫でてくれた。

「大丈夫？」と哲は訊いた。

乃々香は涙の滲む目で哲を見上げた。

「ひどい目に遭ったね」

哲の優しい声を聞いていると、涙が溢れた。哲はそっと乃々香を抱きしめた。哲の胸に額を押しつけて、乃々香はしゃくり上げた、ずいぶん長い時間、そうしていた。


そしてきょう、乃々香は母とともに産婦人科を訪れた。

昨日の電話で、医師は心配しないでも大丈夫だと言っていたが、それで百パーセント、不安が拭えたわけではない。あのときの衝撃で、お腹に悪い影響がなかったかどうか、心配でたまらなかった。昨日のうちに病院に来るべきだったかもしれないという後悔もある。けれど、乃々香は受付で、すぐに診てください、今すぐ、などとわめき立てたりはせず、何があったのかを控えめに伝え、腹痛もないし、大丈夫だと思います、と申し添えた。傍らで母が乃々香を肘で突っつき、早く診てもらえるようにお願いしたら、と言ったが、大丈夫よ、と宥《なだ》めたりもした。

損な性格だと思う。主張すべきときに主張することができない。無理を言ってもいいときに、無理が言えない。

膝に抱えていたバッグの中で、携帯電話が振動した。メールが届いたらしい。本来なら電源を切っておかなければならないので、大っぴらにメールを読むのは気が引けた。

「ちょっとトイレ」

母に向かって言い置いて席を立った。個室に入って携帯電話を取り出す。メールは寧子からだった。

〈乃々香さん、大丈夫？　もう診察は終わった？〉

昨夜早くベッドに入ったせいか明け方に目が覚めて、寧子にメールを打ったのだ。駅での出来事について記し、そして、念のために病院に行ってみるつもりだということも付け加えた。その返事が今、届いたのである。

〈そんな場面にでくわすなんて、運が悪かったとしか言いようがないわね。だけど、乃々香さんにぶつかった男、ひと言も謝らなかったなんて許せない。本当に許せないわ。ひどい、ひどい、ひどい〉

寧子が我がことのように憤ってくれるのは有り難かったが、そこに妙にはしゃぐような気配を嗅ぎ取って、不快になった。他人の不幸は蜜の味だと言う。寧子は、蜂蜜を舐めた熊のプーさんのようなものかもしれなかった。乃々香は手早く返信を打った。

〈診察はこれからなの。病院にいるから、あんまりメールできません。またあとで〉

待合室に戻った乃々香を見て、早く、あなたの番よ、と母が手招きした。乃々香の名前が呼ばれたらしい。柴田ですが、と看護師に向かって言うと、第三診療室にどうぞ、という返事。

診療室に入り、医師に事情を説明する。医師は軽くうなずきながら聞き、乃々香の話が終わると、診療台に移るようにと言った。ゼリーを塗布して、エコーで確認する。丁寧な診察だった。

「心配することはないですが、念のため、一日二日は安静にしていてください。もしも出血などあったら、すぐに病院に連絡してください」

分かりました、と答えて、身支度を整える。医師に頭を下げて、診療室を出た。

「どうだった?」母が訊いてくる。

「心配しないで大丈夫だって」

「そう。よかった」母はほっとした様子で胸元に手を当てた。それからそそくさと立ち上がり、「お父さんに電話をしてくるわ。外にいる」と言い置いて、病院を出ていった。

母の背中を見送りながら、乃々香は小さく息をついた。診察の結果、心配することはないと言ってもらい、安堵することはしたが、どこかすっきりしない。

「柴田さん」

窓口で名前が呼ばれ、乃々香は立ち上がった。

「三千八百円です」

バッグから財布を取り出そうとして、指先が別の物に触れた。何かと思って目をやると、黒い革製のケースだった。

何これ。

バッグの中を見入っていると、柴田さん、ともう一度、呼びかけられた。急いで財布から紙幣を出し、会計を済ませる。お大事に、という声を背に受けながら、先ほどのケースを取り出してみる。名刺入れのようだ。長方形のごく普通の名刺入れに見えるが、左隅に金色のふくろうの絵が描かれている。

開けてみる。名刺と一緒に定期券が入っていた。茅場町から津田沼。地下鉄とJRを乗り継いでいる。モリヨシカズというカタカナ表記の名前と四十歳という年齢。

名刺を一枚取り出した。

茅場町にある大手企業の名前が印刷されている。部長代理　森良和。ご丁寧に写真入りである。昨日、駅のホームで見かけた小柄な男の顔がそこにあった。ネズミを連想させる。ミッキーマウスでも、トムとジェリーのジェリーでもなく、日本昔話で米俵と一緒に描かれているネズミである。

押し出しがいいとはとても言えないあんな男でも、一流企業の管理職である。けれど、男の勤めている会社が一流であればあるほど、そして就いているポジションが高ければ高いほど、女子高生に痴漢行為を働いたという事実は汚点になる。

いい気味。

にやりと乃々香は笑う。

だが、次の瞬間、本当にそうだろうかと考える。あの男は、自分は何もやっていないと言い張っていた。以前、テレビで見たことがあるが、満員電車で近くに立っただけの無害な男を痴漢呼ばわりして遊ぶ女子高生グループがいるという。もしかしたら、昨日の女子高生もその類かもしれない。警察に連れて行かれた結果、女子高生のいたずらだと分かったとしたら、あの男は何の罪にも問われない。それどころか、男の方が被害者だということになり、周囲の同情を集めるかもしれない。

二度もぶつかってきたというのに。

あんな貧相な体格をし、きんきん声でがなり立てていたというのに。

病院を出ると、道路端で母が携帯電話を手に話し込んでいた。相手は父らしい。

「これから乃々香とお茶でも飲んで、帰りますからね。お土産に大福でも買っていきましょうか」母の声は楽しげだった。

乃々香は名刺入れにもう一度目をやり、金色のふくろうをそっと指でなぞった。

6

母と別れてマンションに戻った乃々香は、ダイニングテーブルに座って名刺を眺めていた。名刺の右上に入っている顔写真は、見すぎてもう飽き飽きだし、記されているオフィスの電話番号はそらんじてしまった。

どうしようかな。

指先でテーブルを叩く。

迷っているわりには、軽やかなリズムだ。それに気付いて、乃々香は愉快になる。

なーんだ。

椅子の背に体を預け、くすっと笑う。

私ったら……。

くすくす笑いが続く。

迷っている振りをしてみても、最初からどうするか決めているんだ。実は、迷ってなんかいない。

そう。このままにしておくつもりはなかった。まずは確かめなくては。

受話器を取り上げ、番号をプッシュしかけた。が、やめた。

電話をかける前に紅茶をいれることにする。少し緊張している。喉を潤して、リラックスしておいた方がいいだろう。

やかんを火にかけ、沸騰するのを待つ。胸がどきどきする。缶からティースプーンで紅茶をすくい、ポットにいれた。お湯を注ぎ、濃い紅茶をいれる。ミルクをたっぷりいれてから、時間をかけて紅茶を飲んだ。胸から胃にかけて温まっていく。

ふう。

息をつき、口元に笑みを浮かべる。

準備オーケー。

ティーカップを置き、名刺を取り上げた。間違えないようひとつひとつ確かめながら、電話番号をプッシュする。

「有賀《ありが》商事です」と男が応じた。

聞き覚えのある声。

「森さん、いらっしゃいますでしょうか」

「森は私ですが」

受話器を握る乃々香の手に力がこもる。

あの男だ。

ホームで、きんきん声で叫んでいた男。

乃々香にぶつかってきた男。

もう一度、名刺に目をやる。

森良和。

あの男が出社している？

痴漢騒ぎがあったのは昨日である。乃々香が駅構内の事務室で休ませてもらっていたときには、森の姿はおろか、気配さえ感じられなかった。別の部屋にいた可能性もあるが、駅員たちはごく普通に仕事をしており、乗客のトラブルに手こずっているという感じはなかった。森は警察に連れて行かれたはずだと乃々香は思っていた。そうだったとして、その後、どういう運びになるのか乃々香には分からない。たとえば、被害に遭った女子高生と男の言い分がことごとく食い違ったとしたら、警察は被害者の言葉に信を置いて調べを進めていくだろう。男がいくらやっていないと言い張っても、女子高生が被害を訴える限り、男が無罪放免になることはないはずだ。最悪の場合、留置場にいれられることだってあるのではないだろうか。それとも、示談になった？　女子高生との間に和解が成立し、森には大したダメージは残らないというようなケース。

乃々香は軽く首を振った。

分かっているのは、今、森が通常通り勤務している、ということだけだ。

もしも電話をして森が出社していなければ、ひとまずそれでよしとするつもりでいた。社会的制裁というやつに任せてみようかと思っていた。だが、どうやら、そういうわけにはいかないようである。

「そちら様は?」森が訊いてきた。

「東京メトロ、忘れ物取扱所の者です」と乃々香は言った。

その瞬間、森がほっとした声を上げる。

「見つかりましたか」

「はい。念のため、紛失された物の特徴を、おっしゃっていただけますか」乃々香の言葉は淀みない。

「遺失物届に書いた通りですよ。黒革の名刺入れです。名刺と定期券が入っています。そうそう。名刺入れの左隅に金色のふくろうの絵がついていたはずです」

「間違いないようですね」

「で、どこに取りに行けばいいんでしょうか」

「こちらまでご足労頂くことになってしまいますが」

「構いません。こちらまでというのは?」

「地下鉄東西線の葛西駅です」

「分かりました。葛西駅の忘れ物取扱所ですね。きょうは無理かもしれませんが、明日には……」

と言いかけるのを、森さん、と乃々香が遮った。

「実はですね、この名刺入れを届けてくれたのは、女子高校生なんです。昨日、森さんとトラブルがあったとかいう」

森が黙る。乃々香は急いで言葉を継いだ。

「私が同性で話しやすかったからだと思うのですが、彼女、昨日のことを打ち明けてくれました」

「あの女子高生が何を言ったのかは知りませんがね、虚言癖のある人間の言葉を真に受けない方がいいですよ。届けたのがあの女子高生だとすると、落ちていた名刺入れを拾ったんじゃなくて、私のポケットから抜き取ったのかもしれません」

「あの女の子に虚言癖があるのですか」乃々香が訊く。

「そのようです。警察のブラックリストに載ってましたよ。おかげで疑いが晴れて、私は助かりましたが」

「彼女、反省しているようです」

「反省したいんなら、勝手にすればいい」

「ご立腹されるのはよく分かります。でも、彼女の気持ちも汲んでやって頂けませんか。森さんに直接会って、ひと言お詫びしたいと言うんです。相談されて、私も困りましたが、あまり一生懸命に頼むものですから」

「私は名刺入れさえ戻ってくれれば、それでいいんです」

「彼女がどうしても直接、森さんに渡したいと言うんです」

「いい加減にしてくださいよ！」

森の声に金属的な響きが混じる。耳を塞ぎたくなるのを必死で堪え、乃々香は言葉を継いだ。

「お願いします。私も立ち会いますから、彼女に会ってやってもらえませんか。謝りたいだけなんですから」

「しかしなあ」逡巡《しゅんじゅん》の気配が滲む。

「遺失物届を受け取って、失くなった物が見つかったら持ち主に返す。私の仕事は、言葉にしてしまえば簡単です。でも、裏にはいろいろなことがあるんですよね。人間的な繋がりとでも言えばいいのでしょうか、そのひとつひとつを大切にしたいと思っているんです。お願いします」

「それはあなたの自己満足でしょう」

「分かっています。分かっていて、お願いしているんです」

うーん、と森がうなる。

脈あり。

テーブルを叩く乃々香の指先が弾む。

「森さんのお気持ちはお察しします。ですが、そこをなんとか」

森が黙る。乃々香も黙る。

テーブルに置いた名刺入れに目をやる。小さな金色のふくろうが描かれている。

かわいい。

乃々香はふくろうを撫でた。そうすれば、森を手なずけられるとでもいうように。

7

昨夜遅くまでかかって『女たちのアルバイト』の原稿をまとめた。今回の女性は、アダルトサイトで体験談——つまるところ、やらせ記事を書くライターもどきのことをしている。例によって、そのサイトの常連だった編集部の男性社員が情報を仕入れてきた。そして女性と会う段取りをつけ、詳しい話を聞いてきた。その記録から多恵がコラムをまとめるのである。

彼女の本業は通信販売に関するサイトの運営だが、さまざまなリンクを張って知人友人が増えるにしたがって、アダルトサイトのバイト口が転がり込んできたのだと言う。

思い切って3Pにトライしてみたら、めくるめく経験ができました、といったことを素人っぽい文章で記している。バイト料は微々たるものだが、おもしろいからいいの、と彼女は言う。どうやったら読む人を惹き付けられるかを考えるのがおもしろい、と。

仕上げた原稿を清里に見てもらう。清里に指摘された箇所を直して完了。

多恵はすぐに出かける準備をする。

「なんだ、もう出かけるの」清里が不満そうな声を上げた。

「何かありますか」

「ワープロ打ち、頼もうと思ってたんだよ」言いながら、手書きの原稿を差し出す。と言うか、押し付けてくる。

癖のある読みにくい字。しかし、多恵には読める。読めてしまう。何度も清里の手書きメモをワープロ打ちしているうちに判読できるようになってしまったのだ。

「このぐらいなら、すぐにできるのでやっちゃいます」多恵はパソコンに向かった。

どうせ断れないのだ。さっさと片付けるに限る。

「多恵ちゃんは秘書にも向いてるかもね」清里がおだてる。

「そうは思いませんけど」

「自分の才能を理解してないのさ。このあと、どこに出かけるの?」

「取材です」

「もしかしてミルクちゃんの関係?」

「そうです」

「しかしさあ、あれは事故のセンで落ち着きそうなんだよ」

「本当ですか」

「うん。いづるをはねたトラックの運転手だけでなく、後続のタクシー運転手が被害者は誰かに押されて飛び出したようだった、と証言しているのは見過ごせないってことで、警察もかなり調べたようではあったけど、他殺だとする証拠が出てこなかったみたいでね。いずれにしても、いづるが突然、道路に飛び出してきたのは間違いないわけで、トラック運転手にはとてもじゃないけど、避けられる状況ではなかったってことは認められたらしい。交通刑務所行きにはならなかった。仕事は辞めたらしいけどね」

「実はそのトラック運転手に会いたいと思って。きょうこれから、運送会社に行ってみようと思ってたんです」

「無理無理。あの運転手、郷里に帰ってるんだってよ。富山だか石川だか北陸。そんなとこまで出張させるわけにはいかないよ。こんな、ものになるとは思えないようなネタで」

「じゃ、タクシーの運転手はどうでしょう。事故があったときにトラックの後ろを走っていたという」

「うーん、多恵ちゃんはやっぱり粘り腰だね。ま、調べてみれば。だけど、あんまり入れ込んで、いづるのブスが移らないように気を付けなよ」

無視してキーボードを叩く。

「この写真、どう思う?」清里がまた話しかけてくる。

仕方なく、ちらりと目をやった。中年男性の写真。顎の細い、逆三角形の顔。頭髪は薄く、額がせり出している。つり上がった目も、鼻も、口も造形が小さく、顔の真ん中に寄っているためネズミを連想させる。

「鉤沼いづるも容姿の点では同情すべきところがあったけど、この男もなかなかのもんだと思わないか」清里が訊く。

「押し出しがいいって感じではありませんね」

「全然だよ。写真じゃ分からないけど、背も低いしね。百六十二センチ。多恵ちゃんと同じくらいじゃない?」

「だいたい同じです。でも、背の高さと人間的スケールは一致しませんよ」

「おや、ずいぶんこの男の肩を持つねえ。多恵ちゃんは、小柄な男が好みなの?」

「別に」

「男だってさあ、女性に負けず劣らず容姿に関するコンプレックスってあるんだよ」清里が写真を眺めながら言う。「だけど、男は、コンプレックスをパワーにするケースが多いからね。政治家や企業経営者を見てみなよ。背の低い男が多いだろう。女受けしそうな男っていうのは少ない。ものすごく頭のいい男でルックスもいいっていうのは、稀なんだよ。

見た目がいいと、男は驕る。見た目が悪いと、なにくそと頑張る。成功して金を手にいれ、コンプレックスを克服してやろうと意気込む。小柄で、見た目の劣る男は成功する確率が高いのかもな。その意味では、多恵ちゃんの小柄男好みはいいセンをついているかもしれない」

「小柄好みじゃありませんってば」

「じゃ、大柄がいいの？」

「どうでもいいじゃないですか」いい加減うるさくなって、多恵はつっけんどんに応じた。

「ま、いいんだけどね。ただ、この写真の男も、見た目でアピールできない分、どこかで補っていたのかなあと思ってさ」

「かもしれませんね。その人、誰なんです？」

「大手企業に勤めるビジネスマン。先週、葛西駅の階段から落ちて亡くなった」

「葛西？」

「そう。多恵ちゃんの好きな葛西だよ」

「この人、酔ってたんですか」

「そういうわけじゃないみたいだけどね。仕事が忙しくて慢性的に睡眠不足だったらしい。疲れていて階段を踏み外したんだろう。仕事に邁進《まいしん》する企業戦士の悲劇って感じでまとめたらどうかと思ってね」

「企業戦士の悲劇？　古くさくありませんか」

「それがいいんだよ。最近は、みんなが余裕のある働き方をしているように錯覚されてないかな。仕事よりプライベートを優先するのが当たり前、みたいなところもある。ちょっと前までは、過労死なんてものが頻繁に人の口の端に上ったけど、最近の話題の中心は、ニートだろう。働く意欲の持てない若者の気持ちを理解し、勇気づけてやらなければならないと世の中みんなが思ってる。しかしね、周囲を見回してみれば、世の男性たちは昔と変わらず働き過ぎ、過労死だってごろごろしている。話題にならないのは、時代遅れだと思われているからさ。今どき、過労死するような男はかっこよくないんだ。同情もされない」

「亡くなった男性は過労死だったんですか」

「知らないよ。でも、そういう切り口はおもしろいだろう。調べてみる価値はある。それにさ、落ちたところを見ていた人がいるわけじゃないから、事故、自殺、他殺、いろいろ考えられるよ。警察は事故として処理したみたいだけどね。多恵ちゃん、そういうの好きだろ?」

「別に好きじゃありませんよ」

言いながら、打ち込んだ文章をプリントアウトし、清里に渡した。

「サンキュ。これで会議が始められる」

「ワープロ待ちだったんですか」

「まあね」

「だったらもっと急いだのに」

「いいから、いいから。俺、二日酔いでさあ、会議より、多恵ちゃんと話してる方がよかったの」

清里は大きく伸びをし、先ほどの写真をぱらりとデスクに置いて、会議室に向かった。

清里の後ろ姿を見送ってから、多恵は過去のファイルを繰る。事故を起こしたトラック運転手に会うのが無理なら、もう一人の目撃者、タクシー運転手の話を聞くしかない。

ファイルにはタクシー会社の住所と電話番号が記されていた。住所は千葉県船橋市。東西線のターミナルのひとつ、西船橋駅から徒歩で十分ほど行った先である。運転手の名前は桧垣《ひがき》といった。

早速、タクシー会社に電話をして桧垣に会いたいと告げる。

「早上がりなので、四時には社に戻ってくるはずですよ。事務処理があるから、小一時間は事務所にいると思うけどね」と電話を受けた男性が気さくに教えてくれた。

「じゃあ、四時半頃に伺えばいいでしょうか」

「それよか、やつが面倒な事務作業を全部終えた頃の方がいいかもしれないね。五時でどう？　女の人が訪ねてくるって伝えておくから」

「ありがとうございます」

礼を言って電話を切ると、地下鉄駅に向かった。約束の五時にはまだ間があるが、早めに着いたら着いたで待たせてもらえばいい。

8

「おいしいものを食べると、本当に幸せな気分になるわよねえ」寧子が言う。

「寧子さんのテリーヌ、ソースは何？　綺麗なピンク色ね」乃々香が訊く。

寧子は首を傾げ、「ちょっと甘酸っぱいの。ラズベリーかしら」

「説明をちゃんと聞いておかないと」乃々香が笑う。

料理をサービスしながら店の人が説明してくれたのだが、寧子も乃々香もまともに聞いていなかった。妊婦仲間の一人が夫の浮気に悩んでいる、という話題に夢中になっていたせいだ。その女性は、昨夜、寧子に電話をかけてきて、涙混じりに訴えたのだという。主人のこと、信じてたのに、ひどいでしょう、と。

「相手は会社の部下なんだって。短大卒で入った娘だから、まだ二十歳そこそこよ。どうかと思うわよね」とラズベリーソースらしきもので味つけられた、テリーヌを口に運びながら寧子が言った。

「奥さんが妊娠中だからって、若い女に走るっていうのも、あまりにもありきたりな展開ね」乃々香も言う。

「そうよね。奥さんが相手にしてくれなくて寂しかったのかもしれないけど、欲求を処理する必要があるのなら、風俗に行けばいいのに」

その言葉に、乃々香はぱっと顔を上げた。

「風俗ならいいの？　寧子さんは平気なの？」

「部下の若い女の子と深い関係になるよりは、風俗に行って、ちゃっちゃっちゃと済ませてきてもらった方がいいと思わない？」

どうだろう、と乃々香は考える。ついつい真剣に考えてしまう。

そうすると寧子が柔らかく笑って、「大丈夫よ。乃々香さんのご主人はそんなことしないから」と言った。

「分からないわよ、そんなの」

「とか言っちゃって、信じているくせに」

乃々香は軽く笑っただけだった。

哲のことを信じているのかと訊かれれば、そうだと答えるしかない。けれど、そこには多分に願望が含まれている。信じていたい、信じさせてほしい、という願望が。

「それより、どう？　体調は」寧子が訊いた。

「すごくいいわよ。こんなに食欲もあるしね」微笑んで応じる。

「よかった。この間はびっくりしちゃった。駅のホームで男の人がぶつかってきたんでしょう。どこで何があるか分からないから、こわいわよね」

「ほんとね。世の中の人って、妊婦をいたわる気持ちがなさすぎる。少子化を食い止めるのは、私たちにかかっているのに」言いながら乃々香は、大げさに顔をしかめてみせる。

ふふふ、と寧子は笑い、「ねえ、ときどき想像することない？　お腹の中の子供って毎日何をしているのかしらって」

「想像しなくても分かるわ。耳を澄ましているの。母親の声や、心臓の拍動、呼吸する音なんかを一生懸命聞いている。それで、楽しかったり、おもしろいと思うと笑うのよ。意に沿わないと膨れるの」

「あら、じゃあ、私たちはおもしろいことを言って、お腹の中の赤ん坊を楽しませてあげないといけないわけね」

「言葉にしなくてもいいのよ。母親が愉快だったら、きっと子供も楽しいんでしょう。母親の気分が塞いでいたら、子供も滅入るのよ。腹を立てれば、怒りに震えるし。いろんな気持ちを全部一緒に体験しているの」

「胎教？」

「モーツァルトの音楽を聴かせるとか、そんな改まったことをしなくても、母親が楽しければきっとそれでいいのよ。だから、私、できるだけ自分自身が楽しい気分でいられるように努力してるわ」

ふうん、と寧子は応じ、「お腹の中にいたときの記憶が残っていたらこわいわね」と言った。「私たちが浮気男の話をして、腹を立てていた……なんて」

乃々香はおっとりと答える。

「残ってるわよ。記憶は必ず残っている」

だから、あのときのすっとした気持ちも、今の満ち足りた気持ちも、この子は全部覚えているに違いない。

乃々香はそっと下腹に手を当てた。

二時間以上かけてランチを楽しみ、寧子とは銀座で別れた。一緒に買い物をしていこうと誘われたが、寧子の義母が合流すると聞いて遠慮することにした。二人と一緒にいて、お母様、寧子さん、というやりとりをずっと聞かされていたら、せっかくおいしかったフレンチのコースが、胃に重たく感じられそうな気がしたからだ。

地下鉄は混んでいた。学校帰りの高校生が多い。女子高生を見ると、いやでもこの間の痴漢騒ぎを思い出してしまう。それで、できるだけ高校生の群れから離れていられる場所を選んだ。吊革に掴まって立っていると、乃々香のすぐ前に座っていた女性が気が付いて、席を譲ってくれた。

最近は外出のとき、いかにも妊婦然としたジャンパースカートを着ることにしている。きょうは寧子とランチの予定だったので、水玉のかわいらしいジャンパーヌカートを選んだ。上に着ていたコートは、地下鉄に乗ったときに脱いだ。こういう服装をしていると、席を譲ってもらえる確率がぐんとアップする。

席を譲ってくれた女性は、乃々香といくつも変わらないだろう。二十代後半。パンツにジャケットというシンプルな服装で、手にトレンチコートを持っている。仕事をする女性特有のきりりとした雰囲気が感じられた。その上、親切ときている。

乃々香は好意を込めた微笑で、その女性に礼を言った。女性はにっこり微笑んでうなずき、雑誌を読み始めた。女性誌ではなく、『週刊フィーチャー』という大衆誌だ。俗っぽい記事が多そうである。目の前の女性のイメージと合わず、乃々香は少し意外な気がした。

それにしても、他人から親切にしてもらうのはいい気分だ。

きょうはいい日だな。

お腹がくちく、ゆったりとした気分で、家路についている。

我ながら単純だと思いつつ、乃々香は幸せだった。

座ってぼんやりしていると、寧子の言葉が甦ってきた。

「部下の若い女の子と深い関係になるよりは、風俗に行って、ちゃっちゃっちゃと済ませてきてもらった方がいいと思わない？」

寧子の夫は、風俗に行っているのだろうか。それとも、自分の夫は間違ってもそんなことはしないと思うからこそ、あんなことが言えるのだろうか。

視線を上げると、『週刊フィーチャー』の見出しが目に入る。『お薦め風俗店　突撃レポート』『セックスレス夫婦の行方』なんてものもある。

乃々香は憂鬱《ゆううつ》になる。先ほどまでの幸せな気分は消えてしまった。

バッグにそっと手をいれ、指で中を探る。財布、ティッシュケース、ハンカチ、携帯電話。

あった。この感触。

指先で形をなぞり、間違いないことを確認する。

名刺入れ。

乃々香は、それをカードケースとして使っている。地下鉄で使用するパスネットや、ショップのメンバーズカードをいれている。

ゆっくりと指を動かし、革の感触を味わう。すっと指が軽く動くのは、金色のふくろうが刻印されているからだ。

我知らず乃々香は微笑む。この革ケースが、最近の乃々香の活力剤である。触れると、元気が出る。

そう言えば……。

乃々香は指先を静かに動かしながら考える。

あの森良和という男は、結婚していたのだろうか。子供はいたのだろうか。それとも中年と言われる年齢まで独身で、あちらの方は、風俗でちゃっちゃっちゃと済ませていたクチなのだろうか。

なんだか眠くなってきた。乃々香は口元に手を当てて小さくあくびをした。

9

飯田橋から地下鉄に乗った。すいていたのでシートの端に座って『週刊フィーチャー』を読んでいたが、しばらくすると、目の前に妊婦が立った。しきりに腹に手をやっている。仕方がないので席を譲った。妊婦は嬉しそうにシートに座り、妊娠している女性特有のぼんやりした表情を浮かべて周囲に目をやっていた。

幸せなんだろうな。

多恵は妊婦をちらりと見て思った。

茶色がかった柔らかそうな髪が、色白の顔を縁取っている。腹は少しせり出しているが、足首や手首は華奢《きやしや》である。もともとがほっそりした女性なのだろう。

好きな男と結婚して家庭を持ち、子供が産まれるのを心待ちにしている。

きっとこんな雑誌を読むことはないんだろうな。

多恵が手にしているのは、『週刊フィーチャー』である。男や女の欲望をくすぐるような記事。妊婦向けとは言い難い。

やがて妊婦が居眠りを始めた。口を小さく開けている。右手をバッグに突っ込んだままだ。そのせいでバッグの口が押し広げられ、中身が覗いている。不用心なことだと、多恵は呆れる。一方で、こんなふうに無防備に眠っていられる女性が、少しうらやましくも思えてくる。

それにしても、いつもこの電車は混んでいるな、と改めて車内を見回して多恵は思った。平日の午後三時。仕事帰りの人の姿がない代わりに、高校生が大勢乗っている。中にはグループになって、声高に喋っている者もいる。彼らから立ち上ってくる熱気は、一種異様で近寄り難い雰囲気さえある。

女の子たちの丸出しにした太股《ふともも》だとか、男の子たちのだらしない表情や脂ぎった肌。嫌悪しつつも、圧倒されてしまう。ついつい見ていると、女子高生と目が合った。女子高生は目を逸らすことなく、値踏みするように多恵の全身に視線を走らせる。ヘアスタイル、顔立ち、化粧、洋服、靴、バッグ、瞬時にすべてをチェックしているのだ。彼女の好みとは違うだろうが、それでもオバサンとしてはまあいいんじゃないの、とでも言いたげな顔で口元をニヤッと歪めると、彼女は友達の方に向き直って、もう多恵を見ようともしない。

　鉤沼いづるが、平日の午後、この電車に乗ることがなかったのは幸運だったと多恵は思う。もしも乗っていたら、高校生たちの無遠慮な視線にさらされただろう。そしておそらく、嗤われただろう。

　いづるは、倉庫会社に勤めていた。勤務時間は八時四十五分から五時十五分。無断欠勤や遅刻はなく、仕事ぶりも真面目だった。残業のほとんどない職場だったらしく、遅くとも五時半過ぎには会社を出ていた。恋人の佐藤と約束のある日は、仕事帰りに食事に行ったり買い物に出かけたりすることもあったが、それ以外の日は、まっすぐ帰宅していたようだ。

　いづると一緒にこの電車に乗っていたのは、やはり残業のない職場に勤める会社員たち。同じ時間帯の電車を毎日使っていたのであれば、そこで乗り合わせる人々の顔ぶれも同じだったかもしれない。いづるはある意味で目立つ存在だったから、記憶に留めている人もいるのではないだろうか。

　いづると同乗する機会の多かった乗客を見つけて話を訊く、という手を思い付いたが、該当する乗客を見つける大変さや、話を聞いたところで、いづるの外見に関することしか話題にしないだろうという予測に意欲を削がれる。しょせん彼らはいづるのことを何も知らないのだ。遠目に見ていたに過ぎない。

それよりも……。

駅員だったら、どうだろう。

毎日いづるが利用していた葛西駅の駅員だったら、いづるのことを記憶している確率は高いし、もしかしたら、何かの折にいづると言葉を交わしたことがあるかもしれない。それに、亡くなった日、いづるがどんな様子だったかを覚えている可能性だってある。

タクシー会社を訪ねる約束の時間まで、まだ余裕がある。

西船橋に行く前に、葛西で途中下車することにした。

乗っていた高校生の大半も葛西で降りた。多恵が彼らのあとに続いていると、慌てた様子で先ほどの妊婦も降りた。一時、ホームを喧噪が満たす。

多恵は後ろに下がって、人の波が消えるのを待つ。バッグから手帳と鉤沼いづるの写真を取り出した。

「あ、その後、大丈夫ですか」駅員の声がした。

「おかげ様で」答えているのは先ほどの妊婦である。

「なら、よかった。大事にしてください」

妊婦は軽く会釈をして歩み去った。

親切そうな駅員である。まずは彼に話を訊いてみることにしよう。

「すみません」

「はい」

「私、M出版で『週刊フィーチャー』の記者をしております相馬と申します。先日、トラックにひかれて亡くなった女性について調べています。この写真の女性ですが、見覚えはありませんか」

差し出した写真に目をやるなり、駅員は、知ってますよ、と短く言った。

「ご存じですか」

「ええ。警察からも訊かれました。ですが、見かけたことがあるというだけですから、大したことはお話しできませんでした」

「彼女が何かのトラブルに巻き込まれたというようなことは？」

「知りません。すみませんが、何か質問があるんでしたら、事務室で訊いてもらえませんか」

迷惑そうだった。それ以上、話を聞くのは諦め、事務室に向かった。ノックしてドアを開けると、駅員が二人いた。若い方の駅員が近付いてきて、何か？　と訊いてくる。先ほどと同じように写真を見せて、用向きを伝えた。

「ああ、その件ですか」

困惑の表情ではあったが、どうぞ、入ってください、と椅子を勧めてくれた。年輩の駅員が離れた席から、なんだ？　と訊いてくる。

「あれですよ。ほら、一、二ヶ月前に環七でトラックにひかれて亡くなった女性。前に警察も来たじゃないですか」

「ああ」

年輩の駅員はうなずき、若い駅員に向かって軽く手を振った。お前が応対しろ、という意味らしい。

「警察が調べていたんですね」多恵が言った。

若い駅員はうなずき、「他殺の可能性もあるとかでね。亡くなった日はもちろん、過去もあわせて、彼女に何かなかったかって。電車内や駅構内でのトラブルだとか、誰かにつけられていたというようなことはなかったかって、訊かれたんですよ」

「それで？」

「特には何も。うちの職員は誰も思い当たるところがありませんでした」

「でも、駅員さんは、彼女のことをご存じだったんですね？」

「ご存じと言うか……。毎日、この駅を使っているお客さんの顔は、覚えているという程度ですがね」

「先ほどお話にあった、誰かにつけられるっていうのは、よくあることなんですか」

「たまにありますよ。若い女性が駅員に助けてほしいって訴えてくることがあります。会社を出てからずっと男につけられていて、電車内でもじっと見ている、このままだと自宅までつけてくるんじゃないかって恐怖を覚えて、っていうケースですね」

「そういう場合はどうなさるんですか」

「警察に連絡しますね。何かあったら、大変ですから」

「なるほど。もしも、鉤沼いづるさんが誰かにつけられていたとして、それに気が付いて恐怖を覚え、駅員さんに訴え出たとしたら、そういう事実があったというのは分かるけれど、彼女自身、つけられているなどとは思っていなくて、訴え出なかったとしたら分からないわけですよね」

「そりゃあそうでしょう」駅員が呆れた顔をする。

多恵は別の質問をした。

「電車内や駅構内でのトラブルっていうのはどうですか」

「思い当たることはなかったと言っているじゃありませんか」

「まったく？」

「まったく思い当たりませんね」

駅員の顔にうんざりした表情が浮かんだが、それが一瞬、揺らいだように思えた。

「何か？」すかさず多恵は突っ込む。

「トラブルっていうほどのことではないんですけどね。ご存じかと思いますが、朝の通勤時の東京方面へ向かう東西線は大変な混雑なんです。葛西から乗る場合は、既に満員になっている車両に無理矢理乗り込む格好になる。私たち駅員が乗客の背中を押して、ようやくドアが閉まるという場合も、しばしばあります。既に乗っているお客さんにしてみれば、いい加減にしてくれ、という気分になるのだろうと思います」

「分かります」

「それでですね、その写真の女性がなかなか乗れずにいたときがあったんです。私が手助けをしました。背中を押したんですよ。そうしたら、車内にいた乗客が怒鳴ってきたんですよ。そのデブを乗せるな、ってね。他の客からも、そうだそうだ、という声が上がったりして。朝はみんな気が立ってますからね」

「それで彼女は？」

「ぐいぐい乗っていきましたね」

「意地になって？」

「かもしれません。前に立っていた人に体をぶつけるようにして、自分の乗る場所を確保しました。気の強い人だなあ、と思いましたよ」

「彼女が乗ったあと、車内は気まずかったでしょうね」

「まあ、でも気にするほどのことではなかったんじゃないですか。言った方もはずみで口に出してしまったんでしょうし、彼女も、何というか、そういうことを言われるのは初めてではなかったでしょうし」

駅員から、それ以上の話は聞けなかった。

駅を出て、周辺の商店を回ってみた。コンビニやスーパーマーケットの店員は彼女のことを覚えていた。が、以前に買い物に来たことを覚えているというだけだった。彼女はいつも一人で買い物に訪れていた。時間もほぼ決まっていて、六時半から七時の間だったという。勤め帰りに買い物に寄るのを習慣にしていたのだろう。誰かと言い争いをしていたり、もめ事に巻き込まれたこともなく、ごくごくおとなしい普通の客であったようだ。

結局、いづるについて新しく分かったことと言えば、彼女が静かで規則正しい日常生活を送っていたらしきこと、朝の満員電車に乗るときに嫌がらせを受けたことがあるということ、そのくらいだった。

駅への道を戻り始めると、携帯電話が鳴った。清里からである。

「多恵ちゃん、今、どこにいるの」

「葛西です。駅員さんから話を聞いていました。タクシー会社が西船橋にあるので、これから行ってみようと思っています」

「そっか。じゃ、無理かな。きょうタレントのFを交えた飲み会があるんだけどさ、若い女の子が足りないから多恵ちゃんも来ないかなと思って」

Fというのは売り出し中の若手男性タレントである。先週号の『週刊フィーチャー』にインタビュー記事を載せて、とても評判が良かった。飲み会はその流れだろう。本音を言えば、Fに会ってみたい。一緒に酒が飲めたら楽しいだろう。鉤沼いづるについて調べるよりは、ずっと。

だが、先ほどタクシー会社に電話をして、桧垣に会いにいくと伝えてある。キャンセルすればいい話だが、せっかくここまで来たのだから、たかだか飲み会くらいで、仕事をほったらかしにするわけにはいかない。

「残念ですが、飲み会は遠慮します」

「ふうん。そうかあ。せっかくFに会わせてやろうと思ったのに。脚が長くていい男だぞ」

「すみません、タクシーの運転手さんとの約束まで、あまり時間がないんです。そろそろ行かないと」多恵は時計に目をやりながら言う。

「分かったよ。しょうがねえな。じゃ、Fの代わりに別の男を紹介してやろう。森良和。四十歳」

「誰ですか、それ」

「写真見せただろ。葛西駅の階段で転落した、気の毒な会社員。多恵ちゃん好みの小柄なカレシ」

「ああ」

そうだった。過労死のセンで記事をまとめると清里が言っていた。

「森氏のこと訊いてきてよ。ちょうど葛西にいるんだからさ。そのくらいの時間はあるだろう」と言って清里は電話を切った。

10

寧子ととったランチが思った以上にボリュームがあったせいで、夕方になってもまだお腹がいっぱいだった。

夕飯は軽いものにしよう。きょうも哲は帰りが遅くなると言っていたし。

ソファに座り、ガイドブックを広げる。『ゆったり楽しむ一泊二日の旅』というもので、首都圏近郊の観光スポットとお勧めの旅館やホテルが、美しい写真入りで紹介されている。

やっぱり箱根かなあ。

今度のお休みにどこかに行かない？　と哲に言ってみたら、いいよ、という返事だった。

「乃々香の体調さえいいならね」

「あまり遠出をしなければ大丈夫よ」

「だったらいいよ。行きたいところを考えておいて」

乃々香はにっこり笑って、そうするわ、と答えた。

たいていのことに関して、哲は、乃々香の好きなようにしていいよ、というスタンスである。食べるものにしろ、着るものにしろ、遊びに行く先にしろ、うるさいことを言われたためしがない。ただの面倒くさがりやなのかもしれないが、乃々香は夫のその鷹揚さが気に入っている。哲がいろいろなことにこだわりを持った男で、ことある毎に彼の好みを押しつけられたりしたら、やりにくいこと、この上なかっただろう。

箱根を特集したページを開く。箱根湯本、強羅、仙石原。

旅行に出るとしたら、安定期の今が一番いい。最初の頃はつわりがひどくて出かける気になれなかったし、妊娠後期の大きなお腹を抱えて遠出するのは大変だし、子供が産まれたら、しばらくは旅行どころではなくなるだろう。今が夫婦水入らずで旅行をする最後のチャンス。いずれ子供が一人立ちし、哲も乃々香もお互いに歳をとった頃、また二人でのんびり旅行に出る機会があるかもしれないが、その頃の旅行と今とではまったく意味あいが違う。

簡単に言うと、乃々香はここのところ哲との間でセックスがなくなっていることを気にしていた。乃々香が誘っても、哲の方が、やめておこうよ、と言うのだった。もちろん、妊娠中の乃々香を気遣ってのことだとは分かっている。が、哲はそれで大丈夫なのだろうか。ずっと気になってはいたのだが、きょう寧子と話していて、おっとり構えているわけにはいかないと改めて思った。よそに女を作るくらいなら、風俗でちゃっちゃっと済ませてくれた方がいい。寧子はそんなふうに言っていた。けれど乃々香は、哲が女を作るのも、風俗に行くのも、どちらもいやだ。断固、阻止したいと思う。そのためには、自分が頑張るしかないと思っている。

だけど、このお腹。

乃々香は着ているカットソーを、そうっとめくってみる。

こんなお腹をした妻を抱く気になれないのも分かる。体のラインに女っぽさがなくなって、男として刺激されないというのももちろんあるだろうし、無理をさせてお腹に負担をかけてはいけない、何かあったら大変だという不安もあるのだろう。

けれど、標準と比べると乃々香は肥満していない方だし、それでいて乳房は妊娠前に比べてずっと大きくなったから、女らしい魅力が全然ないわけではないとも思う。女性に負担の少ない体位だってあるし、工夫をすれば、妊娠中だって夫婦生活は続けられるのだ。それを哲に分かってもらわなくては。

旅行に出て日常を離れれば、哲だってそういう気分になるだろう。

少し贅沢な旅館に泊まって、おいしいものを食べ、ゆっくりお風呂につかって……。

乃々香はうっとりと考える。

旅行には何を着ていこう?

妊婦然としたジャンパースカートは楽だし、周囲の人からもいたわってもらえるので便利だが、哲の目に女として魅力的に映るとは思えない。ウエストがゴムになったパンツにトレーナーでは、いかにも普段着である。せめて綺麗な色合いのワンピースか、ブラウスがいい。

クロゼットの中を確かめようと、乃々香は寝室に向かった。ハンガーにかかった服を一枚一枚よけていくうちに、襟元にフリルをあしらった水色のブラウスを見つけた。以前、バーゲンセールで買ったのだが、サイズが大きすぎてほとんど袖を通していなかった。マタニティウエアではないが、たっぷりしたデザインなので着られそうだ。このブラウスに白いパンツを合わせれば、若々しい感じで、哲も気に入ってくれるだろう。上にはスプリングコートを羽織ることにして、着替えはクリーム色のツインニットにする。

淡い色がよく似合うと、結婚前に哲から言われたことを乃々香はいまだによく覚えていて、一緒に出かけるときは、極力薄い色合いのものを選ぶことにしている。

ついでに哲が着ていくものも考えておくことにした。

ベージュのチノパンに、薄い茶色のジャケット。ジャケットの中はカジュアルなシャツでいい。

クロゼットの端にかけてあったジャケットを引っぱり出してみる。背中と肘の内側にしわが寄っている。アイロンをかけておいた方がよさそうだ。

アイロンをかけるときの癖で、まずポケットを改める。案の定、ハンカチと二つ折りにされたレシートが出てきた。ハンカチは使った様子がないが、それでも洗濯した方がいい。そんなことを思いながら、何の気なしにレシートを開いてみた。イタリアンレストランの名前の下に先週の土曜日の日付が印刷されている。銀座に新しくできた店で、雑誌などでも頻繁に紹介されている。乃々香も行ってみたいと思っていた。そこに哲は行っていた。それも土曜日に。

金額を確かめる。八千二百円。

先週の土曜日、哲は仕事が残っているからと言って朝から出かけていき、午後三時過ぎに帰宅した。ということは、このレストランにはランチを食べに行ったことになる。ランチタイムで八千二百円。一人で行ったとは考えにくい。二人、あるいは三人での食事。

二人と三人では大違いである。

乃々香はレシートを摑むと、リビングルームに戻った。受話器を取り上げ、レシートに記されていた電話番号をプッシュする。

「ありがとうございます。リストランテRでございます」女性の声が言う。

「恐れ入ります。そちら様のランチのメニューについて教えて頂きたいのですが」

「はい。ランチには三種類のコースがございます。それぞれ内容が少しずつ異なっておりまして、オードブルとパスタ、デザートを組み合わせたもの、それにお魚かお肉のどちらかがつくもの、お魚とお肉の両方がつくものをご用意しております。お値段は消費税を含めまして、二千八百円、三千八百円、四千八百円になっております」

さらに女性は、ランチタイムは混み合うので予約をして頂いた方がよろしいかと思います、と付け加えた。

「分かりました。ありがとうございました」

電話を切りながら考える。三人の場合、一番安い二千八百円のコースをとったとしても八千四百円。となると、やはり二人で行ったのだ。二人で三千八百円のコースをそれぞれ取り、ビールを一本頼んだと考えれば辻褄が合う。

土曜日に男性同士で、わざわざ銀座のイタリアンレストランにランチをしにいくとは思えない。女性と行ったと考えるのが妥当だろう。つまり哲は、どこかの女とイタリアンレストランに行き、オードブルとパスタと魚か肉のどちらかを食べ、コーヒーか紅茶とともにデザートを食べたのだ。しかも哲はそれを乃々香に黙っていた。

なんでもない相手と出かけたのなら、きょうの昼にうまいものを食べたよ、と話題にしそうなものだ。なかなかいい店だったから、今度乃々香も連れていってあげるよ、などと。なのに哲はちらりとも漏らさなかった。

一体、誰と一緒に行ったのだろう。

手の中にあるレシートを握り潰したい衝動に駆られたが、堪えた。大切な証拠である。乃々香はそれを丁寧に畳み、自分の財布にしまった。それからもう一度、寝室にとって返す。アイロンをかけるのはやめにして、ベッドの上に広げたままになっていた衣類をクロゼットにしまった。

一泊旅行、と乃々香は考える。

すっかりけちをつけられた気分だが、だからと言って、旅行をやめるつもりはない。どこかのわけの分からない女に哲を取られないようにするために、よけいに旅行が重要になった。

11

葛西にいるのなら、ついでに森良和についても話を訊いてこい、というのが清里からの指示だったが、タクシー運転手との約束の時間が迫っていたので西船橋に行くことにした。

駅前の洋菓子店でクッキーの詰め合わせを買い、約束の五時ちょうどに多恵はタクシー会社に着いた。桧垣さんにお目にかかりたいのですが、とドア近くにいた男に言うと、

「桧垣ならあそこにいるよ」と指差して教えてくれた。

鉤沼いづるがトラックにはねられた現場を目撃したタクシー運転手の桧垣は、五十代と

思しき男性で、事務所の奥でなにやら書きものをしていた。

「お忙しいところ、すみません。先ほどお電話した『週刊フィーチャー』の相馬といいます」

声をかけると目を上げた。しょぼしょぼと瞬きを繰り返し、ああ、とうなずく。

「ちょっと待ってて。これだけ書いちゃうから」とまたペンを動かす。業務報告の類のようだった。

桧垣の仕事が終わるのを待ちながら、ぼんやりと事務所の中を見渡す。どの席も、書類が山積みになっており、壁際のデスクには、かなり古い機種のパソコンが鎮座していた。ときおり人の出入りがあって、空気が動く。事務所の中のタバコくさい空気と、車の排気ガスを多分に含んだ空気がいれ替わる。事務所の中には数人の男がいるが、会話はほとんどなく、目顔で挨拶するのがせいぜいである。

活気に満ちているとは言い難い事務所の雰囲気。どこかうらぶれた、わびしい空気に満たされている。雑然としていて騒々しいが、少なくとも熱気を感じさせる『週刊フィーチャー』編集部とは違っている。そんな中で、ちまちまとした字で紙を埋めていく桧垣は、疲れて見える。実際、疲れているのだろう。一日の仕事を終え、こうやって事務所に戻ってきて報告書を書く。その上、見ず知らずの記者と話をしなければならないのだから。

疲労の滲む桧垣の顔を見ていると、多恵はちょっと申し訳ない気持ちになった。が、せっかく来たのだから、訊くべきことは訊くし、頼めることは頼まなければならない。

「さてと、お待たせしました」ペンを置いて、桧垣が多恵の方を向いた。

「お疲れのところ、すみません。これ、つまらないものですが」と手土産を渡した。

「すみませんね」と桧垣は受け取って机に置いた。

「実は、お願いがあって伺いました」

「分かってますよ。あの葛西の事故の話を聞かせてくれってことでしたよね？」

「はい。鉤沼いづるさんという女性が、トラックにはねられて亡くなったときのことを聞かせて頂きたいんです。あと……」

「あとって、まだ何かあるんですか」

「車に乗せて頂きたいんです」

「車って言うと？」

「桧垣さんのタクシー」

「は？」

「ダメでしょうか」

「これから？」

「はい。事故のあったときと同じように走ってもらいたいんです。仕事を終えられたときに、こんなお願いをするのは気が引けるんですが」

うーん、と桧垣がうなる。面倒なのだ。その気持ちはよく分かる。けれど、多恵はどうしても桧垣の車で、鉤沼いづるが亡くなった場所に行きたかった。

「現場をタクシーで走ることで、桧垣さんの記憶も新たになるでしょうし、私も空気が摑めるっていうんでしょうか。そのときのことが、少しは実感できると思うんです」

桧垣は黙っている。

「お願いします」多恵は勢いよく頭を下げた。

桧垣は、まいったなあ、と言った。

「頭を上げてよ」

ゆっくり頭を上げると、桧垣の困惑した目とぶつかった。多恵は目を逸らさない。桧垣は瞬きを繰り返す。

やがて桧垣は、ちょっと待ってて、と言いおいて立ち上がった。事務所の奥にいた初老の男性と何か話している。二人ともポケットに手を突っ込み、苦笑混じりだ。

桧垣が多恵のところに戻ってきた。

「分かりました。行きましょう」

「いいんですか」

「仕方がないですからね。話は車の中でしますよ。いいですね？」

「はい」

桧垣について事務所を出た。駐車場には白いボディにブルーのラインのタクシーが数台、停められていた。そのうちの一台に桧垣が近付いていく。

「助手席に乗っていいですか」

多恵はドアに手をかけた。桧垣がうなずいたので、車に乗る。桧垣はすぐに車を出した。

「お疲れのところすみません」

多恵が言うと、桧垣が笑った。

「まあ、いいさ。実は私も、一度、あそこの道を走っておかなければと思ってはいたんですよ」

「どうしてですか」

「なんて言うのかな。自分の車が事故ったわけじゃなくても、すぐ間近で死亡事故が起きたわけでしょ。一歩間違えたら、私の車があの女の人をひいていたかもしれない。そんなふうに思うと、怖じ気付くっていうのかな。できれば、あの道は通りたくないと思ってしまうんですよ。知らず知らずのうちに避けてしまうようになる。鬼門になってしまったんですね。仕事柄、そんなことも言っていられないから、一度走って、気持ちの整理をつけておかなければな、と思ってたんです。だから、きょうはいい機会だと思うことにしますよ。一人で走るわけじゃなく、若い女の人を乗せて走れば気分もいいしね」

「ありがとうございます」

桧垣は軽く笑って応じたが、すぐに声のトーンを落として続けた。

「しかし、あの事故はトラックの運転手が、ほんと気の毒だったよ。あれじゃあ、避けきれないからねえ」

「そのときの様子を教えて頂けますか」

「これから行けば分かるけど、あそこの道路は三車線でね。トラックが一番左側車線を、私の車は一番右側の車線を走っていた。一車線間をあけて、トラックが私の車の斜め前を走っている格好だったんですよ。そこに急に人が飛び出してきた。トラックの運転手が急ブレーキをかけ、人を避けようとして右にハンドルを切った。真ん中車線があいていたからよかったようなものの、そうでなかったらトラックが私の車にぶつかってきて、今頃私もどうなっていたか」

「恐ろしいですね」

「ほんと、恐ろしいよ」桧垣がぶるっと身震いする。

「女性が道路に飛び出したとき、誰かに押されたように見えたとか?」

うーん、と言って桧垣は首を捻った。

「今になると自信がないんだよね。あのときは、確かにそう思ったんだけどね。亡くなった女の人に連れがいたんだとばっかり思ってたんですよ。言い争いかなんかになって、かっとなった相手があの女の人を突き飛ばした、とかさ、でも、あの人は一人で歩いていたらしいんだってね。週刊誌で読んだけど、カレシとは電車の中で別れたって書いてあった。それを読んだら、じゃあ、違うのかなあ、と思えてきてね。おたくの週刊誌じゃないの？あの女の人のことをいろいろ書いてたの」

「かもしれません。付き合っていた男性とトラブルがあったんじゃないかとか、殺人事件のセンで追ってましたから」

「でも、違ったんだよね？」

「事故のセンで落ち着いたみたいですね。ですが、私は桧垣さんの目撃証言が気になっているんです。誰かに押されて飛び出したようだったっていう」

「あまり私の言うことにこだわってもらってもね」桧垣は困惑した声を出す。「何しろ、運転中だったわけでね。歩道を歩いている人をじいっと見たりはしてないよ。運転しながら、周囲になんとなく注意を払っている、といった感じですよ。さっきも言ったように私の車は右側車線を走っていたから、わざわざ歩道を見るということはなかったしね。ただ、女の人がトラックの前に飛び出してきたとき、はっとして私もブレーキを踏んだ。ああいうときっていうのは、一瞬、時間が止まっているような気がするものでしょう。コマ送りで進んでいくような感じでね。そのときに何かを見た気がしたんですよ。何かというのはおかしいな。誰か、というべきなんだよな。人がいたように思った」

「男性ですか、女性ですか」

桧垣は困惑した表情で、首を横に振る。

「はっきりと分からない。誰かがいた、という気がするだけで。男だったのか女だったのか、若いのか年寄りなのか、何にも分からないんです」

仕方がないのだろう。冷静に周囲を観察する余裕などなかっただろうし、たとえ何かを目にしていたとしても、ショッキングな場面に遭遇したことで記憶が曖昧になってしまっているのかもしれない。

「ここからが環七」ハンドルを左に切りながら桧垣が言う。「あとは直進ですよ」

桧垣の言葉にあった通り、三車線の広々とした道路である。どの車もかなりスピードを出している。桧垣の車はあの日と同様、右側の車線を走っている。

「近付いてきましたよ」

道の両側にはワンルームマンションや商業ビルが並んでいる。一階が店舗になっているところも多く、今の時間はまだ営業しているが、鉤沼いづるが亡くなったのは夜十時過ぎだった。その頃は、ほとんどが店じまいしていたはずだ。桧垣の言っていた通り、よほど注意して見ない限り、右側車線を運転しながら歩道にいる人の姿を確認するのは難しい。

「あそこだ」心なしか、桧垣の声が掠れている。

多恵はじっと歩道を見る。スーパーの袋をぶら下げた女性、仕事帰りと思われるスーツ姿の男性、中学生らしき一団もいる。

その間にも、桧垣の車は問題の場所を通り過ぎていく。桧垣は素早く車線を左に変え、路肩に車を停めた。

それから、ちょっと降りてみましょう、と多恵を誘った。車の外に出ると、驚くほど風が強い。髪がなぶられる。

「あの日も、車をこの辺りに停めてね、事故のあった場所に全速力で走って戻ったんですよ」と桧垣が言い、歩き出した。

「桧垣さんは、どこもお怪我はなかったんですね？」あとに続きながら、多恵は訊いた。

「あのときは全然そんなの気付かなくて、無我夢中で走って戻ったんだけど、あとになったら多少はあったね。怪我というほどではないけど、自分でも意外なほど力をいれてブレーキを踏んだみたいで、足首がちょっとおかしくなってたね。あと、手首をどこかにぶつけたみたいで打撲傷があった」

桧垣が立ち止まった。死亡事故発生場所の立て看板。

先日、多恵もこの場所を訪れた。あのときは駅から徒歩でやってきたのである。桧垣は無言で車道に目をやっている。走りすぎる車やトラック。あの日と同じような車の流れ。

「桧垣さんがこの場所に来られたとき、何か気付いたことはありましたか」

「ただただ、痛ましいというばかりでね。まともに見られなかった」

「その場にいたのは、桧垣さんだけだったんですか」

「いや。私の他にも車を停めて現場を見に来ていたドライバーもいたし、近所の住人も何事かと様子を見に来ていた。人垣ができ始めていたよ。ひそひそ話をしている人たちの間で、私は救急車が到着するまで、ぼうっとしてつっ立っていることしかできなかった。何かしてやりたいと思うんだけど、どうにも体が動かなかったんだよ」桧垣がごくりと唾液を呑み下す。「歩道に女の人のバッグが落ちていて、中身が飛び散っていたんだ。それを拾い集めてバッグに戻してあげている人がいた。救急車で運ばれる女の人に持たせてあげるつもりなんだな、と分かって、手伝おうという気持ちはあるんだが、いかんせん体が固まったようになって、動かないんだ。情けないんだけど、ガタガタ震えるばかりだった」

そのときのことを思い出したのか、桧垣はまたぶるっと体を震わせた。

多恵がドアを開けると、駅員が振り返った。夕方、鉤沼いづるについて訊きに来た週刊誌の記者だと分かったらしく、露骨に迷惑そうな顔になる。

「何度もお邪魔してすみません。先ほどとは別件なんですけど」言いながら、多恵は事務室に入っていった。

迷惑そうな顔をされたからといって弱気になっていたのでは、聞ける話も聞けなくなってしまう。

取材源となる相手の感情は、ある程度無視すること。

初めて多恵が一人で取材に出かけようとしたとき、清里から贈られた言葉がそれだ。大変役に立つアドバイスだと思っている。

そしてもうひとつ。他人の厚意には甘えること。これもまた有益なアドバイスである。

桧垣の車に乗せてもらって現場を見ることができたのも、それらのアドバイスのおかげである。かなり図々しい申し出を呑んでもらい、さらに図々しいついでに、桧垣の車で葛西駅まで送ってもらった。タクシーの料金を払うと言ったら、最初桧垣はいらないと言ったが思い直したらしく、千五百円にしておくよ、と実際の料金の何分の一かの金額を口にした。多恵はそれを支払い、桧垣に礼を言って別れたのだった。そして、再び葛西駅の事務室を訪れた。清里から指示された仕事も、どうせなら片付けておこうと思ったのである。

「別件と言うと？」駅員が訊いてくる。

「先週の土曜日、こちらの駅で、階段から落ちて亡くなった男性がいますよね？　森良和さんというお名前だったと思いますが」

ああ、と駅員はうなずいた。

「通行人から連絡があって見に行ったら、男性が階段の下に倒れていたんです。地下鉄博物館側の階段です。森さんがいつどのように転落したか目撃した人がおらず、詳しいことは分からないんですよ」

「地下鉄博物館側の階段とおっしゃいますと？」

多恵が訊くと、駅員は手振りを交えて説明した。

「この事務所の先にある改札を出て道路を渡ったところが、地下鉄博物館になっています。で、その上が高架の改札になっていましてね。森さんが亡くなったのは、そちらの階段でした。間に踊り場を挟んで、階段がくの字状になっていましてね。森さんはその踊り場に倒れていたんです」

「森さんは、いつもこちらの駅を利用していたんですか。お住まいは近くだったのでしょうか」

いいえ、と駅員が首を横に振り、探るような目を多恵に当てる。森のことを調べているわりには現住所すら分かっていない。なんだ、この女は、そう思っているのだろう。

「すみません」多恵は素直に詫びた。「準備不足で。普通だったら、こうしてお話を聞きに伺う前に、森さんの住所、勤務先、家族構成、経歴などは予備知識として頭にいれておくべきことです。社に戻ればそういった情報は手に入るのですが、今はまだ。実は、さっき突然上司から、転落死した森さんについても話を聞いてこい、と命じられたんです」

多恵が困惑した表情を作ってみせると、駅員は、そうですか、と同情しているとも呆れているともとれる表情を浮かべた。

「なので、申し訳ないんですが、駅員さんがご存じのことを全部教えてください」またも図々しいのを承知で言ってみる。

駅員は、仕方ないな、というように軽くうなずいた。

「森さんのお住まいは千葉県の津田沼です。森さんが階段から落ちたときに、ご家族に連絡を取るために免許証を確認したので間違いありませんよ」

「では、勤め先がこちらにあったのでしょうか。それでこの駅を利用していた?」

「いや、そういうわけではないようでしたけどね。確か有賀商事に勤めていたはずです。オフィスは茅場町だったかな、日本橋だったかな、あの辺りだったと思いますが。ただ、ご自宅が津田沼だと葛西は通勤時、通り道に当たりますから、こちらに来る機会もあったんじゃありませんか。先日も東西線の下りに乗ってらっしゃいましたから」

「先日も乗っていた? どうしてご存じなんですか。森さんと以前からお知り合いだったんですか」

多恵が勢い込んで訊くと、駅員は、いやいや、と顔の前で手を振った。

「知り合いではありませんよ。ただ、先日、ちょっとしたトラブルがありましてね。それに森さんも関係していたんです。で、覚えていたというわけです」

多恵が問いかける目を向けると、駅員は少し小声になって付け加えた。

「あまり言いたくないんですがね、どうせ、おたくさんは調べるんでしょうからお伝えしますよ。下り線の車内で痴漢騒ぎがあったんです。森さんも、その騒ぎの当事者、というか、巻き込まれたと言いますか」

「詳しく説明して頂けますか」

「ぬれぎぬだったんですよ。ですから、この話のせいで森さんのことを色眼鏡で見たり、おかしなことを週刊誌に書いたりしないでくださいよ」

「とおっしゃると、痴漢行為を働いた、もとい、働いたと訴えられたのが森さんだった？」

駅員がうなずく。

「女子高生が車内で、痴漢だって騒ぎ出したらしいんです。森さんのことを指差して、この人、痴漢ですって言ったそうなんですよ。同じ車内に居合わせた会社員が、女子高生に力を貸して、葛西駅で森さんを降ろしたというわけです。森さんは、自分はやってないと言い続け、被害者の女子高生は触られたと訴え続け、らちが明かないので警察に連絡しました。が、あとで女子高生の間違いだったと分かったようです」

「痴漢と間違えられて引きずり降ろされたのが葛西駅だった。そして、森さんは、葛西駅で転落死した、ということですか」

「そうなりますね」

「偶然でしょうか」

さあ、と駅員は首を捻った。

清里によれば、森は仕事が忙しく慢性的な睡眠不足の状態にあった。過って階段から落ちたのも、疲労ゆえ。一種の過労死なのではないかと。仕事に邁進する企業戦士の悲劇って感じでまとめたらどうかと思ってね、と言っていた。

清里の狙いが当たっているかどうかは別にして、多恵も単純な転落事故だと思っていた。けれど、本当にそうなのだろうか。違和感が押し寄せてくる。

「森さんについて、他に覚えてらっしゃることはありますか」

そうだなあ、と視線を泳がせるようにしてから駅員は言った。

「痴漢と間違えられたときに、誤解だ、やってない、と叫んでいた森さんの声が耳に残っていますよ。必死で訴えてたんですよね。あの声、ほんと、忘れられないな。男性にしては高い声でね。きんきん響いていました。こんなことを言っちゃいけないんですが、思わず耳を塞ぎたくなるような声でした。あのときは、てっきり森さんが痴漢行為を働いたんだと思っていたせいで、なんでも悪く受け取ってしまったのかもしれませんが」

きんきんと響く森の声。小柄でネズミ顔をした男。

誤解だ、やってない、という森の叫びは、その場に居合わせた者の耳にさぞかし不快に響いたことだろう。

「ところで、亡くなった日、森さんは、何のために葛西に来たんでしょうね?」多恵が言った。

森良和が亡くなったのは、土曜日の午前中だった。何のために葛西駅で降りたのだろう。

休日とはいえ、仕事絡みの用事があったのか、それともプライベートか。どこかに行く予定だったのか、誰かに会う予定だったのか。痴漢と間違われたことと、土曜日に森が葛西を訪れたことに関係はあるのか。

頭の中の疑問が口をついて出たのだが、駅員が、え？　と言い、そんなことも知らないのか、と言いたげな表情を向けた。

「先ほど言いましたよね。森さんが亡くなったのは、地下鉄博物館側の階段だったって。普通に考えたら、森さんは地下鉄博物館に行ったんじゃないんですか」当たり前のことのように言った。

「地下鉄博物館って、子供向けの場所ではないんですか」

「そうとも限りません。大人のお客さんもいますよ。古い車両の展示や各種シミュレーション、ジオラマなど、大人も十分楽しめる内容になっていますからね」

森は地下鉄マニアで、彼の目的地は地下鉄博物館だったのだろうか。

多恵が考え込んでいると、駅員が不安そうな顔で言った。

「おかしな記事にしようと、考えているんじゃないんですか」

「おかしな記事？」

「自殺だった、とか。痴漢扱いされたことを恨んで葛西駅を死に場所に選んだとか、そういうことです」

多恵は答えなかった。あまり現実的でない想像のように思われたが、絶対にないとも言い切れない。

いずれにしても、清里が言っていた、過労死のセンとはかけ離れていく。

「いろいろありがとうございました。また、お話を伺うことがあるかもしれませんので、よろしくお願いします」

多恵が頭を下げると、駅員は不安げな表情のまま、はあ、と応じた。

「失礼します」

ドアに手をかけたとき、「うちの駅のこと、あまり悪く書かないでくださいよ」

「え？」

「見てないですか、月曜のワイドショー」

「見てません」

「ちらっとですけど、森さんが階段から落ちて亡くなったことが取り上げられていましてね。事故らしいということで、駅の階段の危険性についていろいろ言ってましたね。一般論って感じだったから、まあいいんですけど、うちの駅の安全管理に問題があるとでも言われたら、どうしようかと思いましたよ」

「そうでしたか」

「なんだかいやなことが続くのでね。トラックにひかれた女の人だとか、森さんのことだとか」

「そうですよね。ご迷惑をかけないよう気を付けますので」と言って、多恵は事務室を出た。

考えてみれば、この駅で働く駅員にとってはいい迷惑なのだろう。最初は鉤沼いづる、そして森良和。葛西駅に縁のあった二人の人間がおかしな亡くなり方をしているのだ。いやな噂を立てられたり、不吉な場所だと思われたりするのは、そこで働いている人間にとっては耐え難いことだ。

とは言っても、やはり不吉だ。どんよりした、得体の知れない不吉さがある。

多恵は改札を出て、森良和が亡くなった地下鉄博物館側の階段に向かった。博物館が閉館しているせいもあるのだろう、人通りはなく閑散としている。エスカレーターと階段が並んでいる。多恵はゆっくりと階段をのぼった。くの字状になった階段の、ちょうど真ん中に来た。駅員が言っていた踊り場というのはここだろう。上の改札からも、下の通路からも見えにくい場所。森はここに倒れていたのだ。

さらに多恵は階段をのぼる。一番上にたどり着き、さらに右手に進んだ先が改札口である。

強い風に煽られ、多恵は一瞬、バランスを崩しそうになる。足を踏ん張って堪えたが、もし今、階段を踏み外していたらと思うと悪寒が走る。

まさか、森良和も風に煽られてバランスを崩した、などということがあるだろうか。大人の男がそんなことで、命を落とした？

分からない。今は何も。

ただとてもいやな気がする。肌が粟立つような……。

12

ミルクちゃんのフィギュアに、シルバーの細いチェーンを通して携帯電話のストラップにした。薄いピンクがかった乃々香の携帯電話に、そのストラップはとてもよく似合った。

ダイニングテーブルに片肘をつき、手に持った携帯電話のストラップをぶらぶら揺らしながら乃々香は考えている。

週刊誌やテレビのワイドショーなどで得た情報によれば、男というのは、機会さえあれば妻以外の女性と付き合いたいと思っているものらしい。けれど今までは、それがすべての男性にあてはまるわけではないと、もっと言えば、哲にはあてはまらないとたかをくくっていた。

結婚してもうすぐ四年になるが、哲はずっと優しかったし、他の女に気持ちが動いているような様子は今まで一度も見せなかった。

なのに……。

やはり、妊娠中のせいなのだろうか。

夫の浮気の大半は妻の妊娠を契機に始まる、と何かで読んだか聞くかした覚えがある。哲も世間一般の男と何も変わりはなかったということなのだろうか。

「ああ、もうっ」テーブルをバンとひとつ叩き、乃々香は立ち上がった。

このやり場のない思い。

あまりにもありきたりな、けれど深刻な悩み。

誰かに聞いてもらいたい。話してしまえば、楽になれる。

寧子に電話をしようかと考える。つい数時間前、夫の浮気に悩む友人を話題にしたばかりなのに、今は乃々香も同じ悩みの中にいる。きっと寧子は親身になって聞いてくれるだろう。哲さんに限ってそんなことないわよ。レストランのレシートがあったってだけじゃ、まだ分からないじゃない。女の人と一緒だったとは限らない。取引先との会食かもしれないわよ。信じてあげたら？　などと励ましてくれるかもしれない。が、明日には別の友人に向かって、おもしろおかしく話して聞かせるのだ。

「ねえ、聞いて。私の友達がね、ご主人のジャケットからレストランのレシートを見つけたんですって。銀座のRってイタリアンよ。知ってる？　新しくできたお店で女性に人気って雑誌によく出てるでしょう。そう、そのレストラン。土曜日のランチタイム。金額は八千円強。絶対女の人と行ったのよね。そう思わない？」というふうに。

だめだ。寧子にこんな話を聞かせるわけにはいかない。

となると、あと話せる相手は母だが、それも気が進まない。乃々香の話を聞いたら、母はひどく心配するだろう。乃々香以上に心を痛めるだろう。この間、痴漢騒ぎに巻き込まれ気分が悪くなったときにも、母には心配をかけている。

乃々香は一人娘だったから、母との距離はとても近い。母は母であると同時に、姉でもあり、親友でもあった。もの静かでおとなしいけれど芯の強い母のことを乃々香は頼りにしているし、大切に思っている。尊敬していると言ってもいい。自分も母の生き方を踏襲していくのだろう、それが自分にとっての理想の生き方だと、十代の頃から乃々香はなんとなく思っていた。

哲の妻となり、半年後には出産して母になる。つまり、乃々香も母のように頼られたときに応えられる人間にならなければいけないということだ。控えめではあるけれど、いざというときにはみんなを支える、家族の要として生きていきたい。

そんなときに、いつまでも母を頼り、気苦労をかけるのはどうかと思われた。

自分で解決しなくちゃ。

もともと、これは夫婦の問題なんだし。

自分に言い聞かせるように思う。思いはするが、胸の中のもやもやは消えてくれず、気分は下降の一途を辿っている。

ミルクちゃんのストラップに目をやり、だめだわ、と乃々香は呟いた。

「ミルクちゃんじゃ、だめ」

携帯電話をテーブルに置き、寝室に向かった。ベッドの傍らの小引き出しを開けて中から新聞記事の切り抜きを取り出す。

駅の階段で転落死

××日午前11時ごろ、東京メトロ東西線の葛西駅博物館口の階段付近に男性が倒れているのを、付近を通りかかった人が発見した。男性は搬送先の病院で死亡が確認された。亡くなったのは、会社員、森良和さん（40）。階段からの転落死と見られ、事件と事故の両面で捜査中である。

読み終わった乃々香は、小さく満足の声を漏らす。

気分が軽くなった。けれど、軽くなったのは、あくまでもほんの少しである。

まだ足りない。もっと元気になれるものがほしい。

「そうだ、あれがあった」

乃々香は呟きながら寝室を出て、図書館で旅行用のガイドブックと一緒に借りてきた絵本を棚から取り出した。『ふくろうのおくりもの』という絵本である。

森一番の知恵者であるふくろうが、相談に訪れた動物たちに何かしらアドバイスを授ける、というお話。

「ホーホー、のねずみくん、頭が痛いのかい？　それは大変だね。きっとおひさまの光をあびすぎたせいだよ。はっぱで帽子を作るといいよ」といった具合に。

水彩の滲んだようなタッチで描かれた森の風景や、動物たちは優しさに満ち、見ているだけで心が癒される。木の枝に止まって目を瞑っているふくろう。羽を広げて、一生懸命動物たちに語りかけているふくろう。夜の森を飛ぶふくろうは、知恵者の肩書きを脱ぎ捨て、子供のように伸び伸びと自由に見える。

森良和の名刺入れに、金色のふくろうが刻印されていた。あれを目にして以来、乃々香の中に一羽のふくろうが住み着いている。森一番の知恵者のふくろうは、乃々香にも力を貸してくれる。心穏やかに、落ち着いてことに当たれば大丈夫だよ、と優しくアドバイスしてくれる。

13

ネットで予約すれば簡単だよ、と哲は言うのだが、パソコン操作に自信のない乃々香は、これまで通り旅行代理店で宿の手配をすることにした。

簡単に化粧をし、普段着にコート代わりのロングカーディガンを羽織ってマンションを出る。

体調はいいのだけれど、気分は重い。哲のジャケットに入っていた、イタリア料理店のレシートを見つけてしまったことがこたえているのだ。

どうにも気になって、哲が風呂に入っている間に、携帯電話の着信履歴やメールを確認してみた。哲は無防備で、ロックをかけることもしていなかったので、盗み見るのはごく簡単だった。けれど、電話の着信履歴は、佐藤、鈴木、山本といった名字ばかりで、相手が男なのか女なのか、仕事上の知り合いなのかプライベートな友人なのか、まったく見当がつかなかった。メールも同じようなものだった。ミーティングの時間が変更になったとか、報告書は明日までにとか、仕事に関する細々としたことばかり。

哲は案外マメで、女性からのものはその都度、消去しているのかもしれない。あるいは女性と食事に出かけたなどというのは、ただの思い過ごしなのか。

そうであってくれれば、どんなにいいだろう。

けれど、やっぱりおかしい。土曜日に仕事があると言って会社に行き、そのくせ昼はのんびりと銀座でランチをしている。そしてそれを乃々香にひと言も喋らなかった。後ろ暗いところがあるからに決まっている。

あれこれとひっきりなしに考えながら、マンションの前の道をまっすぐに進む。

乃々香のマンションは表通りから一本裏手に入ったところにあり、前の道はそれほど広くはない。そのわりに交通量が多いのは、環七への抜け道になっているからだ。歩道がないので、路肩を歩かなければならない。

子供が産まれたあとのことを考えると心配になる。ベビーカーを押して歩くのにも注意が必要だし、子供が一人で歩ける年齢になったら、また別の心配がある。子供と手を繋いでのんびり散歩できるような、安全な道だったらよかったのだが。

向こうから老人が歩いてくる。足が悪いのか、一歩一歩まるで確かめるようにゆっくりとした進み方である。よちよち歩きと言った方が近い。顎を突き出してあらぬところに目をやったまま、そろりそろりと歩を進めている。背広にグレーのズボンをはいているが、ところどころに食べこぼしらしい染みが付いている。

後ろからバイクが近付いてきた。かなりの轟音《ごうおん》だが、老人には避ける気配はない。気付いているのかいないのか、まったく反応がないのである。危ない、と思ったとき、バイクの方が大きく湾曲して避けていった。

ふう。

息をついた乃々香を老人がじろりと見た。白目が黄色く濁っている。次の瞬間、老人は右手を伸ばして乃々香の二の腕を摑んだ。

ひっ。

乃々香は一瞬口がきけなくなる。

よちよち歩きが嘘のような強い力だった。まさに男の力だった。今にもバランスを崩して転んでしまうのではないか、あらぬところを見つめたままの目は、ちゃんと車の往来を捉えているのだろうか、などと心配したのが腹立たしくなる。

「放して」

乃々香は老人の腕を振り払った。それでも老人は乃々香の二の腕を摑んだままだ。

「やめてったら」

乃々香が老人の体を押しのけると、「何するんだっ」と突如、老人が怒鳴った。「馬鹿者!」

言い放つと、また先ほどのよちよち歩きで、一歩ずつ進み始めた。

呆気にとられて、乃々香は棒立ちになる。

二の腕を摑まれた上、なんだって怒鳴られなければならないのか。

馬鹿者？

誰が馬鹿者だって言うのよ。

拳を握りしめ、乃々香は老人の後ろ姿を睨み付けた。

「大丈夫？」

後ろからぱたぱたと走ってきたのは、同じマンションの住人だった。同じ階に住む尾上《おがみ》という主婦である。親しく付き合っているわけではないが、会えば挨拶を交わす程度には顔を知っている。

「『あのじいさん』には気を付けた方がいいわよ」尾上は鼻にしわを寄せた。

「『あのじいさん』？」

「今の人よ。この先の都営住宅に住んでいるらしいんだけど、ちょっとおかしいのよ。認知症なのかなっていう気もしたんだけど、あれは絶対、分かっててやってるのよ」

うん、うん、と一人でうなずき、彼女はそこまで一緒に行きましょう、と乃々香を促して歩き出す。

「何かされたことがあるんですか」乃々香が訊いた。

尾上は深くうなずいた。

「子供会の用事で、都営住宅に行ったの。私、子供会のお世話役をやってるものだから。で、そのとき、一階のエレベーターホールで、ちょうどさっきのあなたみたいに『あのじいさん』とすれ違ったのよ。そうしたらね、急に脇腹をぐいって摑んだの。お腹のこのお肉をよ。びっくりしちゃった」

「お腹」と言って、乃々香は自分の腹を見る。

さっき摑まれたのが二の腕でよかった。お腹を摑まれたりしたら、大変なことになっていただろう。

「さすがに妊婦さんのお腹は摑まなかったみたいね」と尾上は乃々香の腹にちらりと目をやった。

「ええ」

「だけど、私もバカだったのよ。お腹を摑まれたときなんだけどね、びっくりはしたんだけど、ほら、あの人、足が悪いみたいでしょ。一歩踏み出すのも、ものすごーく大変って感じで。だから、何かの拍子にバランスを崩して、それで私に摑まったのかもしれないって思ったの。きっと悪気はなかったんだろうってね。謝らなかったのは非常識だけど、なにせ相手はお年寄りでしょう。しょうがないなあ、なんて受け取ってたの」

「違ったんですね？」

「違ったの。わざとだったのよ。だって、同じようなことが、もう一回あったんだもの。今度はスーパーで買い物していたときだった。『あのじいさん』も、その店にいたの。例によって、ゆっくりゆっくり歩いてた。たまたま同じ総菜売場で隣り合わせたのよね。そしたら、今度は突然、お尻をぎゅって」

「触ったんですか」

「触ったっていうか、つねったって感じ。ものすごい力で」

「さっきもそうでした。私の腕を摑んだときも」

「力が強くて、痛いでしょ」

「ええ」

「二度目のときは、私も黙ってはいなかったのよ。何するのよって怒鳴ったの。じいさんの手をひっぱたいてやった。でも、じいさんときたら、ぼんやりあらぬところを見つめたまま無反応。ちょっとあなた、分かってるのって詰め寄ったわ。それでも知らん顔。それでもって、あのよちよち歩きでしょ。周りの人から見たら、私が気の毒なお年寄りをいじめているみたいじゃない。めちゃくちゃ頭にきたわ。以来、『あのじいさん』のそばには近寄らないようにしているの。都営住宅に行く用事があるときなんか、おっかなびっくりよ」

「そうだったんですか。知りませんでした」

交差点で立ち止まる。どっちに行くの？　と尾上が訊いた。乃々香が駅の方向を指差すと、私もそっちと言って、また一緒に歩き出した。

「だけど、考えてみれば気の毒な人なのかもしれない。きっと『あのじいさん』は、一人暮らしなのよ。家族がいないか、いても、見捨てられちゃったんじゃないの。だからあんなおかしな行動をとるのよ。いつも同じ服を着てて、それもどんどん汚れていって。世話をしてくれる人が誰もいないからでしょう」

「でしょうね」乃々香もうなずく。

「そう思うとね、迷惑だけど、我慢するしかないのかなって思うわけ」

「どうなんでしょうね」

「本当に、どうなんでしょうね。気の毒だなって思う反面、このままにしておいていいのかなっていう気もするの。今は多少エッチなことをするっていうだけで済んでるけど、やっぱりこわいわよね。うちは息子だし、小学校五年で体も大きいから、あんまり心配していないけど、女の子を持っている親御さんなんかは気が気じゃないかも。何かあってからじゃ取り返しがつかないでしょ。福祉事務所とか、そういうところに連絡した方がいいんじゃないかって、うちの主人なんかは言ってるけど」

「そうですね。でも、どうにもならないのかも」

言いながら、先ほどのことを思い返す。腕を摑む前、老人は乃々香をじろりと見た。濁った汚らしい目。それでいて強さのある目だった。

「ああいう年寄りって、死んでくれるのを待つしかないんでしょうかね」不快さのあまり、つい本音が口をついて出た。

尾上が立ち止まり、驚いた目を乃々香に向ける。

「こわいこと言うのね」

「だって……」

乃々香がうつむくと、尾上はもの分かりのいい顔になり、「正直なのね、あなた。確かにああいう人って、いなくなってくれたら清々するかもしれないわよね」

何となく会話が途切れ、無言で歩いた。賑やかな通りに出る。

「じゃ、私、買い物があるから」と尾上が言った。

またね、と手を振って信号を渡っていく。

「失礼します」乃々香は丁寧に頭を下げた。

二の腕をさする。まだ痛みが残っている。はた迷惑な年寄りだと思う。体は言うことをきかず、脳の働きも衰えても、エロい部分だけはしっかり残っているらしい。

腹は立つが、今の乃々香はそれどころではない。『あのじいさん』にかかずらっている暇はないのだ。

大切な哲。彼をしっかりと繋ぎ止めておかなくてはならない。

乃々香は早足で旅行代理店に向かう。

「いらっしゃいませ。どうぞこちらへ」愛想のいい声で窓口の女性が迎えてくれる。

促されるままに椅子に座り、「箱根に行く予定なんです。宿の予約をしたいんですが」

と切り出した。

「ありがとうございます。宿泊日と人数を教えて頂けますか」

それに応えながら乃々香は、哲のジャケットのポケットに入っていたレシートを、また思い出していた。銀座のイタリア料理店で八千二百円のランチ。

誰なのだろう。

哲がランチをともにしたのは、一体どこのどんな女なのだろう。

14

「あなたもしつこいですねえ。娘はお目にかかれないと、何度も申し上げているじゃありませんか。いい加減にしてください」

インターフォンの向こうで女性の声が怒気を帯びる。

「記事にする場合は、お名前はもちろん伏せますし、ご迷惑をおかけするようなことは一切ございません。お嬢さんが東西線車内で痴漢に遭ったと思ったときのことをお話しくだされば、それだけでいいんです」多恵は粘る。

「ですから、それが困ると言っているんです。先ほど、お電話でも申しましたでしょう? 娘はお目にかかれませんって。足を運んで頂いたからって、変わりませんよ」

「そこをなんとか」

「無理です。娘は今、とても神経質になっているんです。何しろ、あのときの男性が亡くなったんですから」

「痴漢に遭ったっていうのが、お嬢さんの狂言だったというのは本当ですか」

「ちょっとあなた、もう少し言いようがあるでしょう。あなただって同じ女性なんだから分かるはずよ。混んだ電車で、もしかしたらこの人、痴漢かな、どうかなって迷う気持ち。それでも娘は思い切って痴漢だって訴えたんですよ。でも勘違いだった。そういうことってあるんじゃありません？」

「ええ、まあ確かに」

「なのに、一方的に娘に非があるように言うなんて。あの男性が亡くなったことに、娘がかかわっているように言われるのは迷惑なんです。とんだとばっちりだわ」

「だからこそ、お話を聞かせて頂きたいんです。事実を明らかにするべきだと思います」

「娘の気持ちを考えてください。切りますよ」と言って、インターフォン越しの会話はぷつりと断たれた。

なかなか手強い。

宮下真亜里《みやしたまあり》の母親と電話で話したときから感じていたことだった。これは、真亜里に会うのは大変だぞ、と。その通りだっただけなのだから、驚くには値しない。

宮下という表札に目をやりながら、どうしたものかと考える。

森良和のことを痴漢よばわりした女子高生が、宮下真亜里である。その結果、森は葛西駅で降車させられ、警察に連れて行かれた。そこで真亜里の間違いだということが分かったということだ。警察から情報を入手した編集部の人間によると、真亜里は痴漢に遭ったという狂言を演じる常習犯であるらしい。

痴漢被害の狂言。

おもしろ半分なのか、何か深い理由があってのことなのかは分からない。母親が言うように、迷った挙げ句に、痴漢です、とようやく声を上げたというのではないような気はするが。とにかく、真亜里は、被害を受けてもいないのに森を痴漢だと指弾したのだ。

その週の土曜日、森は葛西駅の階段で転落死しているが、痴漢に間違えられたことが、何らかの形で転落死にかかわっているのではないかと多恵は考えていた。だからこそ、真亜里の話が聞きたかった。彼女の話を聞かないことには、そのときの様子がまったくと言っていいほど分からない。真亜里がキーなのだ。けれど今、多恵の前には真亜里の母親が立ちはだかっている。

真亜里の家は、葛西駅から徒歩十分ほどのところにある。瀟洒《しょうしゃ》と言うべきか、メルヘンチックと言うべきか迷う、出窓と三角の屋根が特徴的な一戸建てである。そんなかわいらしい家の中には、丁寧な言葉で話しはするものの性格のきつそうな母親と、痴漢狂言が趣味の女子高生が住んでいる。

困ったな。

腕組みをして考えていると、二階の出窓でレースのカーテンが揺れた。ひらひらしたレースでよく見えないが、おそらく真亜里がいるのだろう。彼女は二階から多恵の様子を見ているのだ。

多恵は二階に向かって手を振った。反応はない。バッグから名刺を出し、今度はそれを振って見せる。反応がないのは同じだが、名刺の端に連絡がほしいとメモを記してから、大げさな動作で郵便ポストにいれた。それからもう一度、二階に向かって手を振り、郵便ポストを指差した。カーテンが微かに揺れたような気がした。

真亜里から連絡がくるかどうかは五分五分だと思う。森良和のことが、母親の言っていた通り、真亜里の心の傷になっているのかどうか。

これ以上どうすることもできないので、多恵はもと来た道を引き返し始めた。きょうも風が強い。

葛西駅に着いた。先日、話を聞いた駅員が改札付近にいた。多恵に気付いた様子で、ほんの少し目をみはる。

「こんにちは」改札を抜けながら、多恵は言った。

「どうも。仕事ですか」

「痴漢騒ぎの主に会いに行ってきました」

「女子高生？」

「ええ」

「会えましたか」

多恵は無言で首を横に振った。

「でしょうね」駅員は納得顔だ。「かかわり合いになりたくないに決まってますよ」

「他に誰かいませんでしたか。痴漢騒ぎを見ていた人」多恵が訊く。

「森さんを葛西駅で降ろすのに女子高生に手を貸した男性がいたけど、駅の事務所に森さんを連れてくると、すぐまたホームに戻っていってしまいましたから、どこの誰だか分からないんですよね。名前も連絡先も聞いていませんし」駅員が言う。「他にも見ていた人はいるでしょうけど、連絡の取りようがありません」

「そのときの状況を話してほしいって、貼り紙か何かで呼びかけたらどうでしょう？」

「どうですかねえ」

駅員は気乗り薄である。多恵にしても、そんなことをしても大した成果は期待できないと思っていた。やはり当事者である真亜里の話を聞くのが一番である。

「その後、森さんの転落死について、テレビで取り上げられてはいないようですね」

「みたいですね」

「警察は？」

「さあ。事故で落ち着いたんじゃないのかな。当初は念入りに調べていたみたいでしたけどね。鑑識っていうんですか。そういう人たちが来て、現場に落ちていたものを全部持ち帰ったりして。ゴミだの、靴のかかとから剝がれたゴム底だの。でも、その後は何も言ってこないから」

「そうですか」

ゴーという音が響く。上りの電車がホームに入ってきたらしい。

「お忙しいところ、すみませんでした」

駅員に礼を言い、多恵は階段を駆け上った。


有賀商事の本社ビルは茅場町にある。森の所属していたのは情報システム部で、八階にあった。そのフロアの会議室で、多恵は森の上司だったシステム部長と向かい合っていた。

窓からは、隅田川が見えている。曇り空のせいで、墨を流したような色合いだ。

「森くんは、とても優秀な人材でしたよ」部長は、沈鬱《ちんうつ》な表情で言った。「彼のいなくなった穴を埋めるのは、大変なことです」

「森さんはとてもお忙しかったそうですね。睡眠時間も短かったとか」

部長の目が探るように光る。

「何をおっしゃりたい？」

「別に何も。今、分かっている事実をお話ししただけです」

うちの上司は過労死のセンも考えていたんですよ。企業戦士の悲劇。でも、今は鉄道マニアの孤独な死という方に傾いていますけどね。心の中で多恵は呟く。

「うちの社の人間は、皆、忙しいですよ。残業も多い。休日出勤もね。私だってそうです。しかし、仕事っていうのは、やればやっただけのことは返ってくる。だから、皆、骨身を惜しまず働くんです」

「なるほど」

「一種の中毒みたいなもんですよ。残業するのが当たり前、休日出勤するのが当たり前って生活をしていると、定時で帰ったり、土日に休んでいたりすると、何かやり残したことがあるようで落ち着かない」

「そういうものですか」

部長はうなずき、「まあ、家族でもいれば、早く帰ったり、休みの日は家にいたいって思うかもしれないけど、森くんのように独身だとね」と言う。

森が一人暮らしだったというのは、既に調べてあった。千葉県津田沼にある、立派な一戸建て住宅に一人で暮らしていた。

「森さんは、主にどういった業務を担当なさっていたんですか」

「社内情報システム全般に関する運用管理と、新規開発に向けてのリサーチですね」

漠然としていて多恵にはよく分からなかった。分かる必要もない気がしたので、別の質問をする。

「ところで、森さんは鉄道マニアだったのでしょうか」

「は？」

「森さんが亡くなった葛西駅には、地下鉄博物館があります。森さんは、博物館側の階段から落ちたんです」

「さあてなあ。そんな話は聞いたことがなかったけども」部長が言った。「森くんは、自他ともに認めるシステムおたくでね。自宅にもネットワークを張り巡らしていた。一戸建てに住んでいるのも、自宅にＬＡＮを敷設できるからだって言ってましたからね。二階と一階をネットワークで結んだりしてデータのやりとりをしているとか。本格的だったし、投資もしていた。そういう話は聞いてたけど、鉄道マニアってのはねえ」

「お聞きになったことは、ありませんでしたか」

「私はないですね」

あの、と多恵は腰を浮かせながら言った。

「森さんのデスクを見せて頂けませんか」

「森くんのデスク？　なんでまた」部長が眉根を寄せる。

「森さんの持ち物から、何か分かるんじゃないかと思いまして」

「持ち物ねえ。もう片付けちゃったけど」

「ご家族宛てに送ったんですか」

どうかなあ、と言いながら、部長は立ち上がり、会議室のドアを開けた。近くにいた女子社員に向かって、森くんの私物はどうした？　と訊いている。

「まだロッカーに置いたままだと思いますけど」

「きみ、ちょっとそれ持ってきてくれる？」

「えー？」

女子社員が子供じみた膨れっ面をする。部長に対して、あまり気を遣ってはいないようだ。

「いいです、いいです。ロッカーの場所を教えてくだされば、自分で見に行きますから」

多恵が言った。

「いやいや、そういうわけにはいきませんよ」多恵に向かって言ってから、「ほら、案内して差し上げなさい」部長が女子社員を目で促した。

はあい、と答えた女性の声には甘えが混じっている。

「早く行きなさい」部長の声も心なしか楽しげだった。

やればやっただけのことが返ってくる仕事以外にも、オフィスにはいろいろな楽しみがある。多恵の目には冴えない中年男にしか映らない部長も、女子社員にとってはまた違って見えるのかもしれなかった。

「こちらです」

女子社員が先に立って案内する。ロッカールームは、先ほど多恵がいた会議室とは対角線上にあった。グレーのロッカーが並んでいる。そのひとつの前に立ち、

「これが森さんのロッカーです」と言ってドアを開けた。

鍵はかかっていなかった。

「人事の方の書類が揃ってから、全部一緒に森さんの実家に送ろうと思って」荷物をそのままにしていることの理由を、女性が説明した。

「森さんのご実家はどこなんですか」

「宇都宮だそうです」

ロッカーは思ったよりも奥行きがあった。中から段ボールケースが二つ出てきた。見ますか、と言って、女性が中の物を取り出す。単行本くらいの大きさの四角い物が四つ出てきた。

「何ですか、これ」

「ネットワーク機器。森さんが自宅から持ってきたんです。自分の持っているものの方が性能がいいからって」

他にもマウスパッドやディスクケース。コンピュータ関係の雑誌などが入っていた。そんな中にひとつ、ハンドタオルにくるまれた丸味を帯びた物が混じっていた。

「それは？」

多恵が訊くと、女性がタオルを開いてみせた。中から木彫りのふくろうが出てくる。掌に載る大きさである。

「森さんの分身です」女性が言う。

「分身？」

「会議とか外出とかで席にいないことがあるでしょう。そういうとき、森さんはデスクにこのふくろうを置いておくんです。自分の代わりに」

知恵の神と呼ばれるふくろう。それを自分の分身だと思っていた森。

「森さんはとても頭が良かった？」

「はい。いろいろなことをよく知ってました」彼女の答えはあくまで素直である。

「森さんて、どんな方だったんですか」

そうですねえ、と言って彼女は考える。

「複雑なトラブルがあったときなんかは、みんな森さんに電話を回してました」

「トラブル？」

「社内システムのトラブルです。ユーザーから電話で文句を言ってきたときなんか、森さんに電話に出てもらうんです。森さん、専門知識が豊富だったから、どうやったら直せるか、とかすぐに分かったみたい。いざっていうときには、頼りになる人でした」

いざっていうときに頼りになる人。

素晴らしい賛辞である。

たとえそれが仕事の上だけのことだったにしろ、森は周囲の人間から頼りにされていた。彼の自負になっていたに違いない、と多恵はふくろうを見ながら考える。

「相手の方、森さんと話していて苛立つことはなかったのかしら」

多恵の言葉に女性が首を捻った。

「森さんて、男性にしては声が高かったんじゃありませんか。そういう声でまくしたてられたりしたら……」

ああ、と女性はうなずき、「慣れると気になりません」と言った。

「そういうものですか」

「ええ」女性は澄ました顔である。

「森さんが葛西で亡くなったことに関して、何かお心当たりはありますか。たとえば、取引先があったとか、ご兄弟や親戚の方が住んでいたとか」

「さあ」

「痴漢騒ぎに巻き込まれたのは、ご存じですか」

「痴漢騒ぎ？」女性が驚いた声を上げる。

「そうです。森さんが地下鉄で痴漢と間違えられたんです。誤解だと分かったようですが」

「へえ、そうだったんですか。えん罪っていうんですよね、そういうの」

「まあ、それに近いかもしれませんね」

女性は二、三度うなずいてから、ふと思い出したように言った。

「地下鉄と言えば、森さん、定期券をなくしたって言ってました」

「定期券をなくしたんですか」

「ええ。通勤にかかる交通費もバカにならないってこぼしてました。森さん、名刺入れに定期券を入れてたんですって。ふくろうの絵のついた名刺入れ。気に入ってたから、それもおしいんだって言ってました」

葛西駅でなくしたのだろうか。だとしたら、亡くなった土曜日に、森が葛西駅で下車したのも分かる。遺失物届を出すため、あるいは、既に遺失物届を出していたとしたら、定期が見つかったという連絡が入った可能性もある。地下鉄博物館に行くというより説得力があった。もしかしたら、葛西駅の忘れ物窓口は、地下鉄博物館側の改札付近にあるのかもしれない。

確認してみなくては。

多恵は女子社員に礼を言って、ロッカールームをあとにした。

「もういい加減にやめたら」というのが聖司の意見である。

多恵の部屋で一緒にカンフーもののDVDを見ようと聖司は言ったのだが、その前に話を聞いてと、多恵は森良和について分かったことの一部始終を報告したのだった。

有賀商事のロッカールームを出たあと、葛西駅に電話をし、森が紛失したという名刺入れについても問い合わせた。遺失物届は痴漢騒ぎがあったその日に出されていたが、その後、名刺入れが見つかったという報告はないという。だから、亡くなった日、森が自分の名刺入れを受け取るために葛西駅にやってきたという多恵の推論は成り立たないのだった。それにまた、忘れ物窓口は地下鉄博物館側ではなく、メインの改札側にあるという。森がなぜあの階段にいたのかは、またも分からなくなってしまった。

「でも、土曜日に葛西駅に行った理由が分からないのは、事件の可能性が強いってことでしょ。そう思えば、おもしろいんだけどね」ソファに座り、身を乗り出すようにして多恵は話した。

聖司は床にあぐらを組み、気のなさそうな顔ではあったものの、最後まで話を聞いていた。が、多恵が話し終わるとすぐに、もういい加減にやめたら、と言ったのである。

「そんなことを調べても、意味があるとは思えないよ」

「ひどいこと言うのね」

「だってさ、最初はなんだっけ、ブスで太った女の子、次は声の高い小男。彼らは不幸な事故で亡くなったんだよ。それなのに、殺されたんじゃないかって無理矢理こじつけて、人目を引く記事を書こうとしている。最近の多恵、どうかしてるよ。多恵が、世間に認められたいって思っているのは理解できる。そのために鉤沼いづるっていう女性のことを、うまく使おうとしているってのも、まあ、ある程度は仕方がないんだろうなって思う。だけどなあ」

「何よ」

うーん、と言って聖司が考え込む。どう言うべきか、言葉を探し、見つけられずにいるのだ。つまり、多恵の耳に痛いことを言おうとしているということ。

「みっともない気がする」考えた末の言葉がそれだった。

多恵はむっとして聖司を睨み付ける。

「みっともないってどういうこと？」

「多恵さあ、『女たちのアルバイト』のコラムの仕事に嫌気が差してるんだろ。前からそう言ってたもんな。風俗ネタを適当に書いてるだけで、あとには何にも残らないって。だから、別の方面で実績を上げてやろうって思ってるんだよな。事件ネタもできるんだってところを見せたいんだろ。今の仕事が不満だから、何か突破口がほしいっていうのは分かるよ。でもさあ、必死こいて事件をでっち上げるのは、どうかと思うね」

「でっち上げてなんかいないわよ。鉤沼いづると森良和の死には不審な点がいくつかあるの。それに、二人には共通点もある」

「もう分かったよ」

聖司は手を振って、多恵の話を遮った。

「せっかく借りてきたんだから、ＤＶＤ見ようよ」

多恵は無言である。そういう気分にはなれなかった。

「それとも俺、帰ろうか」聖司が言う。

聖司の表情にひどく真面目なものを見て取って、多恵は内心でうろたえる。聖司は多恵が思っている以上に気分を害していたようだ。

「なんでそんなに怒ってるの」多恵が訊いた。

聖司がほんの少し表情を緩める。

「別に怒ってなんかいないよ」

「すごくこわい顔してたじゃない」

「なんかいやなんだよ」と聖司は言った。「俺はさ、多恵にはにこにこ楽しそうにしていてもらいたいんだ。最近の多恵、何て言うか、陰々滅々としている」

「陰々滅々！」

聖司の目にそんなふうに映っていたと知って、さすがにショックだった。

「鉤沼いづると森良和っていう人たちに、入れ込みすぎているんだと思う。彼らについて語っているときの多恵、なんかちょっと異様だよ。亡くなった二人を憎んででもいるみたいだ」

「そんな……」

「言い過ぎかもしれないけどね。俺には、そんなふうに見えるんだ。それがいやなんだよ。『女たちのアルバイト』のコラムを書いている多恵の方がずっといい」

「聖司って、そんな人だった？　全然、私のこと理解してくれてない」

「なんだよ。理解って。そりゃあ、多恵の職場の上司のようには理解できないだろうよ」

「どういう意味」

短い沈黙のあと、聖司が吐き出すように言う。

「多恵が必死になってるの、清里ってヤツに認められたいからだろ」

「清里さんは上司だもん。もちろん、認めてもらいたいわよ。当たり前でしょ」

「それだけかな。何かと相談に乗ってもらってるって言ってたじゃないか」

「何が言いたいの」

「清里って家庭持ちなのか」

あまりにも的外れな疑問を向けられて、膝の力が抜けそうになる。

「いい加減にしてよ！」

沈黙が落ちる。

「DVDは見ない」やがて多恵は言った。

聖司が問いかける目を向ける。

「だから、帰ってよ」消え入りそうな声ではあったが、はっきりと言った。

聖司はじっと多恵を見つめていたが、しばらくするとすっと立ち上がった。

「分かった。帰るよ」

借りてきたビデオをバッグにしまい、聖司は背を向ける。

「しばらく会わない」短く言って、聖司はドアを出ていった。

15

旅館にしようかホテルにしようかさんざん迷って、結局、ホテルにした。宮ノ下の由緒あるホテルの独特な雰囲気に惹かれた。哲と二人でゆったり過ごすのに、ふさわしい。

乃々香はホテルに入る前に、ひとつ大きく深呼吸をした。澄んだ空気が胸を満たし、気持ちも体も透き通っていく。

フロントでチェックインを済ませたあと、案内されたのは『蓮』の部屋だった。すべての部屋に花の名前が付けられていることから、フラワーパレスとも呼ばれる。部屋のところどころに、たとえば浴室のタイルやカーペットに、蓮の花のモチーフがちりばめられている。

部屋の天井は高く、全体にゆったりとした造りで居心地がいいし、年季の入った家具や調度品も美しく、黄色味を帯びた照明が暖かい。

「なんて、すてき」部屋の中を歩き回りながら、乃々香は感嘆の声を上げた。

哲もうなずく。

デスクの上に置かれた小さな絵が目に入る。蓮の花を描いた水彩画と『雄弁』という花言葉の由来である。蓮はエジプト王オシリスに捧げられた花で、オシリスが雄弁だったので、この花言葉になったという。

雄弁か。

乃々香は密かに思う。

背中を押されているような気分だった。ときには雄弁になって、言うべきことは言いなさいよ、と。

窓辺に立つ。

「ああ、いい気持ち」乃々香は軽く伸びをした。「来てよかったわね」

「そうだね」哲もくつろいだ顔をしている。

「ねえ、あの鳥、かわいい」乃々香が窓の外を指差す。

「見たことのない鳥だなあ。なんだろう」

哲も一緒に外を眺める。自然に肩と肩が触れ合う。乃々香はほんの少し哲にもたれかかった。哲は気にもしていないのか、まったく平気な顔で、鳥を見ている。

「椋鳥《むくどり》じゃないよな。雲雀《ひばり》？」

「椋鳥と雲雀って全然違うんじゃない？」

「だよなあ」と哲が言い、顔を見合わせて笑う。

こうしていると、哲がよその女性と一緒に食事に行ったというのは思いすごしなのではないかという気がしてくる。自分の浅はかな勘違いを笑い飛ばしてしまいたい。そのためにすぐにでも問い質したい衝動に駆られるが、ぐっと抑えた。旅行に出て宿に着くなり浮気を詮索するのは、あまりにも愚かである。

上着のポケットにレシートを見つけて以来、乃々香は考えに考えた。自分が一体どうしたいのかを。

哲がよその女と食事に行っていたとして、その相手に対し、特別な感情を持っているにしろ持っていないにしろ、乃々香が望むのはひとつだけだ。哲には乃々香自身と生まれてくる子供だけを見つめていてほしい。よそ見をしないでほしい。そのためだったら何でもする。哲が浮気をしていようが何をしていようが、乃々香は離婚などというものはゆめゆめ考えていないし、哲と喧嘩をするのも気が進まない。乃々香の人生にとって、哲は絶対に必要だった。

だからこそ嫉妬心を丸出しにして、哲をたじたじとさせてしまってはいけないのである。心穏やかに、落ち着いて事に当たることだよ。

乃々香の心の中に住んでいるふくろうがそう囁きかけてくる。

「衣類をクロゼットにかけておくわね」

そう言って、哲のそばを離れる。自分のバッグに手を差しいれ、カードケースを探した。革の手触り。表面をそっと指で撫でる。すっと指が軽く動くのは、金色のふくろうが刻印されている場所だ。数回撫でてから、もとあった場所に戻した。

哲と乃々香の着替えをバッグから出し、ハンガーにかけた。化粧品の入ったポーチは、ドレッサーに置く。

哲はホテルの案内が入ったファイルを開いている。

「地下にプールと温泉があるよ」と言う。

「いいわね」

「夕飯も期待できそうだしな。楽しみだよ」

乃々香は笑って応じ、「散歩にでも行かない?」と誘った。

哲がちょっと心配そうな顔をする。

「大丈夫よ。疲れてないから」乃々香はそう言って哲を安心させてから、「アンティークショップなんかもたくさんあって、ぶらぶら見て歩いたら楽しそうよ」

「じゃ、行ってみようか」哲がジャケットを羽織る。

ホテルの目の前が目抜き通りである。アンティークショップというより、骨董屋といった方が似合う、陶器や磁器を扱った店が並んでいる。店先にセピア色の写真が飾られており、改めて見ると、有名芸能人の若い頃の家族写真だった。哲にそれを教えると、ああ、ほんとだ、と言って覗き込み、おもしろがっている。人一人がやっと通れる程度の、細い歩道を一列になって歩く。

「こっちに曲がってみない?」

小さく矢印が出ていた。遊歩道があるようだ。乃々香は小道を辿り始めた。

「ねえ、なんだか水の音がする。川があるんじゃない?」思わず小走りになる。

「走らない方がいいよ」哲が言い、すぐに乃々香に追いついた。

「大丈夫よ。ほら、やっぱり川だわ」

木々の緑の間から川の流れが見えた。大きな岩がごろごろと転がっており、その間を水がかなりの勢いで流れているようだ。ごーごーと地鳴りのような水の音が聞こえてくる。吊り橋も見える。

「行ってみたいわ」

「かなり下らなければならないよ。ってことは、帰りはかなり上るってこと。つらいと思うな」

「ゆっくり行けば大丈夫よ」

気の進まない様子の哲を置いて歩き出す。哲が追ってきて、乃々香に並んだ。しばらくはなだらかな下り坂だった。道の端に紫色の花をつける植物が群生しているが、乃々香には花の名前が分からない。哲に訊いても、分かるはずがないので訊かなかった。

ときおり、哲が乃々香の方を見ているのが分かる。心配しているのだろう。

静かな道を哲と二人だけで歩く。それも、気遣われ、いたわってもらいながら。

やはり哲は私だけのものだ。乃々香はその思いを噛みしめる。

やがて、だらだらと続く坂が階段に変わった。乃々香はリズミカルに足を動かしていたが、湿った土が靴の底に付着していたせいだろう、つるりと滑ってバランスを崩した。

「あっ」喉の奥で声を上げる。

「危ない」

哲が肘の辺りを支えてくれた。おかげで、尻餅をつかずに済んだ。ほっとして、息が漏れる。

「バカ。気を付けろよ」

普段は柔らかな物言いをする哲の声が厳しくなる。心配してくれるからだと分かっているので、それも乃々香には甘く響く。が、わざとべそをかいて見せた。哲が慌てた顔をする。

「ここ、やっぱり危ないよ。戻ろうか。散歩するなら、もっと別の場所にしようよ」いつもの優しい口調に戻っていた。

乃々香は素直にうなずいた。


結局、散歩はやめて、部屋に戻った。ルームサービスで紅茶とケーキを頼んだ。香りの良い紅茶と甘いチョコレートケーキは、気持ちを落ち着かせてくれる。哲は既にケーキを食べ終え、紅茶を飲みながら夕刊に目を通している。

乃々香はちらりとデスクの上を見た。蓮の花の絵。

「さっきはごめんなさい」と謝った。

うん？　と言って哲が乃々香を見る。

「遊歩道よ。あなたは行かない方がいいって言ったのに」

「気を付けた方がいいよ。転んだりしたら大変だ」

「優しいのね」

「何を言ってるんだよ」哲は苦笑して、また夕刊に目を落とした。

「あなた」

乃々香の呼びかけに、哲が目を向ける。けれど、それきり乃々香が黙ってしまったので、いぶかしげな表情だ。

「何？」

まだ乃々香は口を開かない。

「どうしたんだよ」

「あのね」

言いながら、乃々香は財布を取り出した。レシートを哲の前に差し出す。

「この間、あなたのジャケットのポケットに入っているのを見つけたの」

哲は無言である。表情が強ばっている。

「誰と行ったの」

肝要な質問を、乃々香はごく静かに口にした。感情的にならずに、淡々と、それでいて底に悲しみを湛えて。

何度も練習してきた成果である。

沈黙が流れる。乃々香は待った。

「会社の女の子」ぽつりと哲が言った。

やっぱり、女と行ったんだ。

哲の答えを聞くまでは、もしかしたら社用で取引先の人間とでも行ったのではないか、レストランに行ったことを乃々香にひと言も話さないのは、話すほどのことでもないと思っているか、たまたま忘れているだけなのではないかと心の隅で思っていた。はっきり言えば、期待していた。

けれど、違った。哲は女と食事に行ったのだ。それを哲は、あまりにもあっさりと白状した。

「ごめん」

「ごめんって何が？　ご飯を食べに行っただけなんでしょ」

「そうだよ。食事しただけ。でも、乃々香に心配をかけてしまったからね」

心配？

これは心配などという生温い感情なのだろうか。もっとどす黒く、粘性がある。

「あなたが誘ったの？」

いや、と哲は首を横に振った。

「こういう言い方は卑怯かもしれないけど、彼女の方から誘ってきたんだ。以前から、一度だけでいいからどこかに連れていってほしいと言われていてね、それで、食事に行った」

なんという図々しい女だろう。結婚している男に向かって、一度だけでいいからどこかに連れていってほしい、とねだるなんて。

見知らぬ女への憎しみがたぎりそうになる。同時に、親の顔が見てみたい、という今の場面にはそぐわない感想を、乃々香は持つ。極度に腹を立てたり、理解に苦しむ行動を目にすると、乃々香はこう思うのだ。一体、どういう親に育てられたらこういう人間ができあがるのだろう、と。

「だけど、それだけだから」哲は神妙な顔で言った。「食事に行っただけだから」

当たり前じゃないか、と思いつつも、乃々香は、本当？　と弱々しく訊いた。

「本当だよ。それ以上のことはない。食事に行くのも、一度きりと決めていた。彼女も納得しているよ」

乃々香は口元に手を当てた。悔しさのあまり、嗚咽《おえつ》が漏れそうになる。ほんの一時であれ、哲が他の女と差し向かいで食事をしていた。女の視線は熱を帯び、哲は困惑しつつも、悪い気はしていなかったに違いない。

「ごめん」

哲が乃々香の肩を抱いた。乃々香はその手を逃れようとして身をよじったが、哲はさらに力をいれて乃々香を引き寄せた。乃々香の額が哲の胸に押しつけられる。しばらく、そのままじっとしていた。

「いやよ」やがて乃々香が言った。

抱きしめられるのを乃々香が拒んでいると思ったのだろう、哲の腕の力が緩む。そういう意味ではないというつもりで、乃々香は哲の体に腕を回した。

「あなたが他の女の人と一緒にいるのはいや」

「分かったよ」

「どこにも行かないで」

「行かないよ」

「なんて人？」乃々香は掠れた声で訊く。

「何が」

「その会社の女の子。なんて名前なの？」

「長谷川」

「下の名前は」

「別にいいじゃないか、そんなこと」

「よくないわ。教えて」

「キョウコ」

「長谷川京子？　女優と同じ名前じゃない」

乃々香は鼻で笑った。

哲は生真面目に説明する。

「字は違う。杏の子と書く」

どっちにしたって、覚えやすい名前だ。

記憶に刻みつけるまでもなく、この先、長谷川杏子の名前を忘れることはなさそうだった。

まったくどこまで人をバカにする気なんだろう。

乃々香は猛烈に腹を立てる。

冗談みたいな名前の女と一緒に食事をした哲。

もしかしたら、哲も案外くだらない男なのかも……。

思ったそばから打ち消す。

乃々香は哲の妻として幸せになると決めたのだ。母が父の妻として幸せに暮らしているのと同様に。

穏やかでゆったりとした日常の中にあってこそ、乃々香は乃々香らしくいられる。そのためには、良き夫の存在は不可欠だった。健康でよく働き、うるさいことを言わず、見た目もまあ良くて、一緒に並んでいると、似合いの夫婦だと言われる。

哲はくだらない男なんかではない。悪いのは杏子という女に決まっている。

「乃々香、機嫌を直して」哲が言う。

セックスなど、まったくする気になれない。けれど、哲はその気になっている。

16

宮下真亜里から連絡があるかないかは五分五分と踏んでいたのだが、嬉しい方の五分だった。それも、連絡があったどころか、月曜日の夕方に真亜里本人が多恵の職場を訪ねてきたのである。

制服姿の、なかなか美しい女子高生が現れたので、編集部の男たちは色めき立った。真亜里の制服のスカート丈が思いきり短いせいもあるに違いない。タバコの煙で靄《もや》って見える編集部に、突然、まばゆい光が差し込んだかのようである。

「相馬さんって人に会いたいんだけどぉ」

口調はいかにも女子高生だった。多恵は呼ばれるまでもなく、すっ飛んでいった。

「相馬です。失礼ですけど、あなたは?」

「宮下だけどぉ」

「宮下真亜里さんですね? 来てくれるとは思わなかった」

「来ちゃいけなかった?」

「まさか。とても嬉しいわ。ありがとう」

真亜里は形のいい唇の端をぐいと引き上げた。グロスを塗っているのか、つやつやしている。

「どうする？　ここにも打ち合わせ用のスペースがあるけど、落ち着かないかな。どこか外でお茶でも飲む？」

「どっちでもいいけど」

言いながら周囲を見回す。向こうでは、編集部の男が惚けたような顔で真亜里を見ていた。真亜里はひらひらと右手を振ってみせた。余裕である。明らかにこういう視線を向けられることに慣れている。

それに比べて、彼女が手を振ってくれたのを知り、間抜け顔で手を振り返す男たちときたら……。

多恵は苦笑いを噛み潰した。

「やっぱり外がいいわね。ちょっと待ってて。お財布を取ってくる」

自席に引き返す途中、間抜け顔の男を肘でつついてやった。

「よだれ、垂れてますよ」

「え？」本気にしたのか慌てた顔になる。

ばあか、と心の中で呟き、バッグから財布を取ると真亜里のところに戻った。

「お待たせ。行きましょう」

真亜里を促して編集部を出る。背中にじっとりとした視線を感じた。

「ねえ、そのスカート短かすぎない？」エレベーターに乗り込みながら、つい言ってしまった。

「そう？」真亜里は平気な顔である。

「無防備な感じがする」

「無防備かどうかは、スカートの長さでは決まらないと思うけど。それより、相馬さんのパンツ丈、ちょっと長すぎるんじゃない？　ダサイ感じがする」

真亜里に言われて多恵はむっとする。気にしていることだったからだ。

買ったときは、七センチヒールの靴に合わせて裾丈を上げてもらったのだが、仕事柄、歩き回ることが多く、最近はローヒールの靴ばかり履いている。そのせいでパンツの裾がもたついているのだ。もう一度、お直しに出さないと、と思いながら、面倒で行っていない。

真亜里は多恵の反応を楽しんでいるようだった。

「ごめんなさい」と多恵は言った。

真亜里がわずかに目を見開く。

「初対面で失礼だったわ。何を着るかはその人の自由だものね。私がいけませんでした」

真亜里は肩をすくめただけだった。

エレベーターを降り、会社のビルを出る。少し行った先に紅茶専門店がある。清里などは、紅茶って柄じゃない、と言ってこの店を敬遠しているが、多恵は気に入っていた。店内は広くはないが、清潔で落ち着ける。編集部の男たちがやってこないのが何よりいい。

窓際の席に座って、メニューを開いた。真亜里がスコーンの写真の載ったページを熱心に見ている。

「自家製ジャム付きのスコーンはお勧めよ」

「食べてもいいの？」

「好きな物を注文して」

多恵が言うと、嬉しそうな顔で、じゃ、ジャム付きスコーンにする、と言った。なまめかしい笑みを浮かべていたときとはうって変わって子供じみて見えた。大人と子供が素早く交差し、いれ替わる。不思議な気持ちで、真亜里の顔を眺める。

なに？ と言いたげに真亜里が眉を上げた。

なんでもない、と首を横に振り、それから、きちんと姿勢を正して多恵は言った。

「改めまして、きょうは来てくれてありがとう」

「うちの郵便ポストに名刺置いてってたでしょ。あれを見て、電話しようかなあって思ったんだけど、いいや、どうせだったら直接会いに行っちゃえって思ったんだよね」

「あなたが行動的な人で、よかった。真亜里さんのお母さんに取り次いでもらうのは、難しそうだったから」

真亜里がくすっと笑った。

「猛犬注意の看板みたいな人だからね。あの人がいるだけで、うちに近付きたくなくなるでしょ」

同意するわけにもいかず、多恵は曖昧に笑った。

紅茶とスコーンが運ばれてきて、また真亜里の顔に幼い女の子のような表情が浮かんだ。

「真亜里さんのお母さんが言ってらした。森良和さんが亡くなったことで、あなたが心に傷を負ったって」

「心に傷かあ」と言いながら、真亜里はスコーンを二つに割る。

「その傷に触れなければならないの。森良和さんを痴漢だと訴えたときのことを話してくれる?」

真亜里は、二つに割ったスコーンをじっと見つめたままうつむいてしまった。身動きもせず、口もきかない。多恵は待った。けれど、話し出す気配はない。もしかしたら涙を堪えているのかもしれないと思い、多恵は慌てた。なんと声をかければいいのか分からず、困惑する。

あまりにも不用意な切り出し方だっただろうか。大人っぽい表情を見せてはいても、彼女は高校生なのだ。もう少し、話のもって行きようがあったのではないかと反省もした。が、次の瞬間、真亜里はぱっと顔を上げ、へへへ、と笑ったのである。

「あれはさあ、嘘っこ」

「嘘っこ?」

「冗談ってこと。遊び」

「つまり、森良和さんは最初から痴漢行為などしていなかったってこと? あなたの狂言だったのね?」

「狂言? 伝統芸能の?」と言って、くすくす笑う。

こちらが真剣になると、すぐさま外してくる。多恵はちょっとむっとしたが、顔には出さずに言い換えた。

「あなたの作り話だったってことよね?」

「まあねえ。だけど、あの男、私の体に触ってはいなかったけど見てたんだよ。ここここか、ここか」胸や太股に手を当てる。

「たいていの男の人は見るんじゃないの?」

「そっか。そうだよね。視姦されましたっていうのは、通らないか」

「通らないでしょうね」

真亜里は、だよね、とうなずき、「それならそれでいいけどさ。でも、あの森って人、いじめられっ子キャラなんだもん。ああいう人見ると、放っておけないんだよねえ」と言った。

放っておけないというのは、ついつい面倒を見てやりたくなるという意味だと思うが、真亜里の場合は違う。ちょっかいを出したくてたまらなくなるということのようだ。

「だから、痴漢だって騒いだの？」

「そ。ちょっと驚かせてやろうと思っただけなんだけどね。誤解だ、誤解だ、何もやってない、なんてきんきん声で叫び出すから、からかい甲斐があってさあ。ついついこっちもやりすぎちゃったかもね。意表を突いて、助太刀男《すけだちおとこ》も現れたし」

「助太刀男？」

「そばにいた男の人がご親切にも力を貸してくれて、森って人を駅の事務室まで連れて行くことになったわけ」

「それで？」

「なんか、そうなっちゃうと、引くに引けないじゃん。だから、その後、警察に行くことになったんだよね。流れで仕方なく」

そこまで言って、真亜里は黙る。紅茶をカップに注いで、飲んでいる。話すのはここまで、と言いたげだった。

「警察に行ったあとのことは、だいたい分かっているわ。以前にも別の男性を痴漢だと訴えたことがあったけど、しばらくして、あなたがあれは嘘でしたと言い出した。そんな経緯があったから、今回の森さんのこともあなたの狂言ではないかと警察の人も疑ってかかった。で、いろいろ訊かれたんでしょ。結局、あなたは今回も嘘でした、ごめんなさいと言った」

「嘘でした、とは言ってない。勘違いだったかも、って言っただけ」

「どちらにしても、森さんは痴漢ではなかったってことよね」

「まあね」

ここで、真亜里を責めても始まらない。彼女の機嫌を損ねてしまっては、元も子もない。

「森さんと何か話した？」と多恵は訊いた。

「話す？　なんで私が」

「あなたは森さんのことを痴漢だと訴え、その後、それを取り下げた。勘違いでした、ごめんなさい、と謝ったりはしなかったの」

「だって、会わなかったもん」

「警察に行ってからは顔を合わせなかったってこと？」

「当たり前じゃん」

「その後、電話をかけて謝るとか？」

「しないよ、そんな面倒なこと。向こうも何も言ってこなかったしさ」

そうだろうな、とは思った。わざわざ謝るくらいだったら、最初から狂言など演じはしない。

「森さんが亡くなったって知ったとき、どう思った？」

「警察の人がうちに来たんだよね。捜査の一環だとか言って。さすがにうちの母親でも、警察は追っぱらえなかったからさ、家に上がってもらった。で、そのときに死んだってことを聞いたんだ。何て言うのかなあ、へえって感じ。だって、私、あの人と知り合いじゃないもん。別に死んだって聞かされても、悲しんだりできないよ」

「でも、びっくりしなかった？」

「少しはね。あと、やっぱりああいうキャラは長生きできないんだなあって思った」

「どういう意味？」

「なんかさあ、見てるだけで、生理的にいやな気分になっちゃうんだよね。他の人もそうなんじゃない。そういいやーな気持ちがどんどん集まって、目には見えないけど、黒いどんよりした空気の塊になるの。ほら、映画なんかで、蜂なんかがものすごい数集まって、雲みたいになって、うわんうわんうなってるのあるでしょ。あんな感じ。そういう黒い雲が、あの人が階段の一番上に立っているときに背中を押しちゃったんだよ、きっと」

「ホラーね」

「そうそう」

「だけどね、森さんの職場の人は、あの人のことを、いざというときに頼りになる人って言ってたのよ。信頼されてたんじゃないかな」

「意外。人は見かけによらないってやつ？」

「かもね」

「でも、やっぱり人は見かけによると思うな。その職場の人、本気で言ってたの？　森って人が死んじゃったから、いいことを言ってるだけじゃないの」

「そこまでは分からないけど」

　真亜里は肩をすくめ、またスコーンを食べた。

「森さんね、痴漢騒ぎのあったときに、名刺入れを落としたらしいの。その中に定期も入ってたんですって。なくして困ってたみたい。心当たりはない？」多恵が訊いた。

「私が盗んだとでも言いたいの？」真亜里の瞳がぎらっと光る。

「そうは言ってない。ただ、落とすところを見なかったかなあと思っただけよ」

「落とすところかあ」と言って、首を傾げて考え込む。

「何か見たの？」

「う……ん、見たっていうか」

「話してみて」

「森って人が落としたわけじゃないよ。全然、別の人」

「それでもいいから」

「電車から森を引きずり降ろすとき、けっこう、激しい揉み合いになっちゃったわけ。て言っても、助太刀男と森が揉み合ってたわけで、私は別に平気だったんだけどね。で、とばっちりを食ったっていうか、近くにいた女の人がバッグを落としちゃったの。中身がばーって散らばってさあ。お財布とか手帳とか、ぜーんぶ。化粧品なんか、ポーチから飛び出してバラバラに転がってた。その人、慌てて拾ってたよ。ホームに這いつくばるみたいにして。どんなときでも、ついてない人っているよねえ」

「よくそんなことを覚えてるのね」

真亜里がにやっと笑う。

「だって、珍しかったから」

「何が？」

「ミルクちゃん」

「えっ？」

「知らない？　チキチキマシン猛レースの」

知ってるどころではない。

鉤沼いづるが愛していたミルクちゃん。

なぜ今ここで、その名前が出てくるのだろう。

多恵の掌に汗が浮く。

「ミルクちゃんて、めちゃめちゃスタイルが良くてさあ。まつげバチバチのいい女なんだよねえ」真亜里が楽しそうに呟く。

「それは分かってるわ。それより、どういうことだったのか話して。早く！」

「なんでそんなに興奮してるの」

なんでもいいから、早く話してよ。バッグを落とした女性について。お願い。スコーンなんか、あとで食べればいいでしょ」

しょうがないなあ、というように真亜里は苦笑して、スコーンを皿に置いた。

「覚えてるのは、その女の人がバッグを落として中身が散らばって、その中に携帯があって、ストラップがミルクちゃんだったってことだけ」

「携帯のストラップがミルクちゃんだったのね？」

「そうだよ。あれ、どこで売ってるのかな」

知らない、と言いかけて、「ネットオークションで探してみたら」と応じた。

「それ、いい考え」

ぱっと目を見開き、真亜里が深くうなずく。初めて多恵の意見に価値を見いだした、という顔だった。

「それで？」なおも多恵が訊く。

「だから、それだけだって」

「その女の人は、あなたと同じ電車に乗っていて葛西で降りようとしてたの？」

「違うよ。ホームにいて、電車に乗ろうとしてたの。でも、乗れたかどうかは知らない。バッグの中身を拾ってる間に、電車が行っちゃったかもね。そこまでは見てないから」

「どんな女の人？　若い？　年配？」

真亜里が顎をぐいとしゃくって多恵を示した。

「私ぐらいの年齢ってこと？」

「うん」

女。それも二十代後半。

「髪は短かった、長かった？」

「覚えてないよ、そんなの」

「背が高かったとか、低かったとか、太ってたとか、痩せてたとか」

「なんで、そんなに知りたいの？」

「どうしても。その女の人を探さなければならないのよ」

「魔女だとか？」と言って、真亜里がくくっと喉の奥で笑う。

「何言ってるのよ」

「だって、魔女みたいなもんじゃないの。その魔女が魔法を使って、森良和を殺した。そう思ってるんじゃない。違う？」

そんなようなものかもしれない。違うかもしれない。どちらでもいい。とにかく、何か手がかりがほしい。どんな小さなものでもいいから。

多恵は、これ以上ない熱心さで真亜里を見つめた。ぷっと真亜里が噴き出した。

「寄り目になってる」

多恵の顔を指差して、乾いた笑い声を上げた。

「え?」

多恵は思わず眉間に指を当てる。瞬きを数回繰り返した。

「直った、直った。普通の目になった」

真亜里がまた多恵を指差す。眉間の辺りを指差されるのはいい気分ではなかったが、今は気にしないことにした。

「何かない?」多恵は訊いた。

「魔女のこと?」

「魔女だかなんだか知らないけど、その女の人のことよ」

「そうだねえ、よくよく考えてみれば、あれは魔女って感じじゃなかったよね。だって、できちゃった女だったもん」と真亜里が言った。

「何?」

「できちゃった女。つまり、妊娠してる女ってこと」

多恵はすぐに葛西駅に向かった。

真亜里も自宅のある葛西に帰るのかと思ったのだが、ちょっと遊んでく、と言った。新宿に行くらしい。紅茶とスコーンを食べ終えたあと、化粧を直した彼女はさらにつややかになっていた。

「じゃあ、またねー」と手を振る顔は、気楽なものである。

森良和の死に関して、真亜里はこれっぽっちも責任を感じてはいないし、心を痛めてもいない。気まぐれで衝動的。けれど、鈍くはない。多恵の目には、真亜里はとてもおもしろい女の子として映った。それ以上に、有り難い存在だった。貴重な情報をもたらしてくれたのだから。

鉤沼いづると森良和の死が、初めて繋がったのだ。

鉤沼いづるが偏愛していたミルクちゃんのストラップ付き携帯電話を持っていた人物が、森良和が痴漢呼ばわりされた現場に居合わせた。

偶然のはずはない。

こんな偶然があるはずがない。

連続殺人事件ってことにはならないかね？

清里がおもしろ半分に口に出した言葉が、現実味を持って迫ってくる。

ミルクちゃんのストラップを持っていた妊婦。

妊婦……?

何かが多恵の頭の中でちらちらと瞬いた。記憶の影のようなもの。どこかで妊婦を見たような気がするのだ。もちろん、妊婦を見かけること自体は珍しくない。ただ、引っかかったのだ。その妊婦の何かが多恵を刺激した。気になって、じっと見たような記憶がある。妊婦には似つかわしくない何かがそこにあった。

その肝心の何かが思い出せない。

あれは、いつだったのだろう。

どこで会ったのだろう。

そして、妊婦の何に私は目を止めたのだったか。

必死で記憶を辿るが、思い出せなかった。もどかしさに多恵は歯がみしそうだった。あまりに多恵が険しい表情をしていたせいか、目の前に立っていた男性が驚いた目をする。

葛西駅に着くと、多恵はすぐさま事務室に向かった。気が急《せ》いてならなかった。礼儀上、ドアをノックしたものの返事も待たずに開ける。事務室にいた駅員がぱっと振り向いた。

「すみません」多恵が言う。

事務室にいたのは、これまで多恵が何度か話を聞いたことのある駅員ではなかった。ひょろりとした体つきの若い男である。

「はい。何か?」と言って、席を立ってきた。

柔和な笑みを浮かべて多恵を見る。

「少々お訊きしたいことがありまして。あの、以前にもこちらに伺ったんですが、えーと……」

これまでの経緯を説明するのが面倒で、事情を分かってくれている人が誰かいないかと周囲を見回す。そのときドアが開いて、顔見知りの駅員が入ってきた。顔も体も四角っぽい男である。

「あれ？　また取材ですか」と訊く。

「あ、ちょうどよかった」

思わず多恵が言うと、駅員が頭に手をやり、「なんだか便利に使われちゃってる感じだなあ」と言う。

最初に応対してくれた若い駅員は、軽く会釈して自分の席に戻っていった。

「森良和さんのことなんですけど」

多恵が切り出すと、駅員は、またか、というような顔をした。構わず続ける。

「森さんが痴漢に間違えられて葛西駅で降ろされたときのことです。その騒ぎに巻き込まれた人がいませんでしたか」

「この間も、そんなようなことを訊きにいらっしゃいませんでしたか。痴漢騒ぎの目撃者はいなかったかって」

「ええ。お訊きしました。ただ、きょうお訊きしているのは、少し違うんです。目撃者というより、とばっちりを受けた人です。森さんが電車から降りるとき、揉み合いになったそうですね。そのせいで、ホームにいた女の人がバッグを落としたんだそうです。中身が散らばってしまったとか。そういう話、お聞きになっていませんか」

「知りませんよ、そんなことまで」

「その日に遺失物届が出されていませんか」

「先日、相馬さんからの問い合わせで、痴漢騒ぎのあった日の遺失物届については確認しています。あの日の遺失物届は、午前中に一件と、あとは森さんだけです」

「翌日は？」

駅員が面倒そうな顔をした。

「お願いします」

多恵が頭を下げる。

「ちょっと待ってください」

駅員は電話で遺失物係に問い合わせた。しばらくすると多恵のところに戻ってきて報告する。

「翌日は傘の忘れ物が三件。小学生と高校生と会社員からの届け出です。このうち二件は、すぐに見つかって返していますが、あと一件はまだですね。翌々日も念のために確認しましたが、デパートで買い物したものを網棚に置き忘れたという届け出がありましたが、これは、その日のうちに見つかって返しています」

「他には？」

「ありません。そのバッグの中身をぶちまけてしまった女の人が、何かなくしたとは限らないでしょう。全部、きちんと拾ったんじゃないですか」

「かもしれません。ただ、きっと慌てていたでしょうし、妊婦さんだから低い姿勢になって細かい物を拾い集めるの、大変だったんじゃないかと思って。それで何かなくしたのではないかと」

「妊婦？」

あらぬところで声がした。

振り返ると、先ほどの若い駅員が立ち上がって多恵を見ていた。

「その人、妊婦さんだったんですか」若い駅員が訊く。

彼の耳にも、今までの話が聞こえていたらしい。

「え？　ええ」唐突な反応に戸惑いながらも多恵はうなずいた。

「なんだよ、お前。何か知ってるのか」多恵の相手をしてくれていた駅員が訊いた。

「あの痴漢騒ぎのあったすぐあと、気分の悪くなった妊婦さんがいたんですよ。ホームの椅子に真っ青な顔をして座っていたので、私が声をかけたんです。で、事務室で横になって休んでいってもらった」

「それで、どうしたんですか」

思わず多恵は身を乗り出した。

「お母さんが迎えに来て、一緒に帰っていきました。少し休んだので、だいぶ気分は良くなったようでしたよ。そのお母さんが、すごく丁寧な人でね。こちらが恐縮するくらい何度も何度も、お世話になりましたってお礼を言ってくれて」

「その人の連絡先、分かりますか」

うーん、と言って駅員同士で目を見交わす。四角い顔の駅員が言った。

「個人情報はそう簡単に教えられないんですよ。お分かりでしょう?」

それに、と若い駅員が続ける。

「その人、確かに妊婦さんでしたけど、僕がホームで声をかけたのは痴漢騒ぎがあったあとでしたから、先ほどあなたが言っていた、バッグの中身をばらまいてしまった女の人と同じ人なのかどうかは分かりませんよ」少し自信のなさそうな表情になっていた。

「それを確かめたいんです。その人と連絡を取る方法はないでしょうか」

確かに駅員が言う通り、妊娠中の女性がたまたま気分が悪くなったというだけのことかもしれない。森良和とは何のかかわりもない可能性はある。

けれど……。

多恵には偶然とは思えないのだ。

真亜里が見かけたという、ミルクちゃんのストラップ付き携帯電話を持っていた妊婦。そして、痴漢騒ぎのあったすぐあとに、気分が悪くなったという妊婦。

「その妊婦さん、ときどきこの駅を利用するんです。その後どうですか、と私の方から声をかけたこともありますし、あの人も、私を見ると会釈してくれますよ」

若い駅員の言葉に縋《すが》り付くような思いで、多恵は言う。

「その女性に私の名刺を渡して頂けませんか。森良和さんのことで、どうしてもお話を伺いたいのだと伝えて頂けないでしょうか」名刺を取り出し、机に置いた。

ようやくここまできたのだ。引き下がるわけにはいかない。

何としてでも確かめなくては。

その思いが多恵の表情を引き締めていた。

「お願いします」深々と頭を下げる。

駅員たちが顔を見合わせた。

17

ミルクちゃんのストラップを外し、代わりに箱根のミュージアムショップで見つけた、ガラス飾りのストラップを付けた。ダイス形のガラスが四個並んでいる。それが、光を受けてきらきらと輝く。

「ミルクちゃんより、こっちの方が綺麗でいいかも」乃々香は満足して呟く。

哲は一応、反省して、もう二度と他の女と二人だけで食事に行ったりはしないよ、と約束してくれた。けれど、どこまでそれを信用していいかは分からない。男は誘惑に弱いものと決まっている。相手の女次第だと思っておいた方がいいだろう。

長谷川杏子という女。営業アシスタントだと哲は言っていた。入社二年目だというから、二十四歳、短大卒なら二十二歳か。

どっちにしろ小娘じゃないか。

乃々香は二十九歳。二十代であるという点では同じだが、二十代前半と後半ではまるで違うし、さらに独身であるのと家庭を持っているのとでは、意識も違えば成熟度も違う。それはもう、天と地ほどに。

まったく。そんな小娘にぐらりとくるなんて。

哲の後頭部にぽかりと一発食らわせてやりたい気分だ。そうする代わりに、箱根のホテルで乃々香は哲の胸に顔を埋めたのだったが。

長谷川杏子がどんな女なのか、顔だけでも見ておきたい。哲にちょっかいを出した女の顔だ。見ておいて損はないだろう。

会社を訪ねるという手もある。けれど、二人だけで食事に行ったりしないと哲が約束したばかりなのに、乃々香がしゃしゃり出ていって、杏子を呼び出すわけにはいかない。今は哲を信じなければ。

仕方がない。しばらく様子をみよう。

大きく伸びをする。

土、日に箱根に行った疲れが出て、週の前半はだらだらと過ごしてしまった。哲に女のことを確認して、気が抜けたせいもある。何をする気にもなれなくなってしまったのだ。マタニティ・ヨガのクラスにも行かなかった。出かけたのはごくごく近所まで、あとは、家の中でごろごろしていた。食事の支度もろくにしなかったが、哲は文句ひとつ言わなかった。買い置きのカップ麺や菓子パンを食べていた。

そろそろ動き出さなくちゃ。

箱根旅行の話をしに実家に行こうか。お土産のわさび漬けも持っていきたいし。

思い立つと、すぐにでも出かけたくなる。

まず電話をすることにした。コール音が鳴るか鳴らないかのうちに母が出た。

「あら、乃々香」と歌うように言う。「旅行の疲れはとれたの?」

「もう大丈夫よ」

「よかったわ。どうしているかと思っていたの」

「これから行ってもいい？　お昼食べさせて」

「いいわよ。いらっしゃい。待っているから」と母は弾んだ声で答えてくれた。

母と話すと気持ちが軽くなる。晴れやかになる。

電話を切り、早速、外出の支度にかかった。といっても、普段着とあまり変わらない。ジャンパースカートにカットソーとロングカーディガンという格好である。薄く化粧をするのだけが違っているが。

ローヒールの靴を履いて、マンションを出た。

通りに踏み出すときに、ついついしつこく左右を見てしまう。『あのじいさん』に二の腕を掴まれた後遺症だ。またいるのではないかと警戒する癖がついてしまった。同じマンションに住む尾上も言っていた。『あのじいさん』の住む都営住宅に行くときなどは、おっかなびっくりだと。その気持ちがよく分かる。二度とあんな不快な目には遭いたくない。

車が行き交っていたが、人通りはない。『あのじいさん』の姿もない。大丈夫らしい。

もう一度、左右に目を配ってから、乃々香はようやく歩き出した。

外出する際に、よけいな気を遣わなければならないのがわずらわしい。けれど、用心するのは大切なことだ。用心している限りは、たいてい大丈夫なのだから。災難というのは、ちょっと気を抜いたときにやってくる。

のんびりと歩いていく。

風が強いが、髪は後ろでひとつにまとめてきたので、乱れることもない。交差点を渡ると、環七だった。車通りが激しく、空気が濁っている。鉤沼いづるが亡くなった場所に差し掛かる。

女性がトラックにはねられ死亡
××日午後10時ごろ、江戸川区中葛西の環状7号線で、鉤沼いづるさん(28)が大型トラックにはねられ死亡した。

そらんじている新聞記事を頭の中で反芻《はんすう》しながら、乃々香はそれまでと同じのんびりした足どりで通りすぎた。

駅に着き、券売機で切符を買う。自動改札を通り抜けたとき、すみません、と横あいから声をかけられた。

「はい?」

立ち止まる。若い駅員がいた。以前、ホームで気分が悪くなったときに、親切にしてくれたのは彼である。

「どうも」

乃々香が会釈すると、駅員の方が恐縮した様子で何度も小刻みに頭を下げる。

「ちょっと今、いいですか」と駅員が訊く。

「何か?」

「実はですね、頼まれたことがありまして」

言いながら駅員が取り出したのは、一枚の名刺だった。乃々香に向けて差し出されたそれに目をやると、『週刊フィーチャー編集部　相馬多恵』と記されている。心当たりのない名前だった。

わけが分からず駅員を見ると、彼は困惑した表情で頭をかいていた。

「この相馬さんていう週刊誌の記者から、名刺を渡してくれるようにと頼まれたんですよ。先日、当駅の階段で転落死した男性がいます。森良和さんという会社員です。ご存じですか」

「新聞で見ました」

「相馬さんという記者は、森さんが亡くなった件について調べているそうなんですよ。亡くなる数日前、森さんは痴漢に間違えられたことがあるんです。ほら、お客さんがホームで具合が悪くなったときがあったでしょう。あのときです」

乃々香は黙って話の続きを待った。

「森さんは痴漢と間違えられて、電車から引きずり降ろされたんです。ホームではちょっとした騒ぎになりましてね。相馬さんはそのときの様子を知りたいんでしょうね。もしかしたら、お客さんがその場に居合わせたのではないかと、考えているようなんです。それで、何かご存じのことがあったら、是非話を聞きたいということなんです。お客さんさえよければ、この名刺の連絡先に電話をしてもらえないかということでした」

「私が？」

「気が進まないんでしたら、無理にってことではないですよ」

「気が進むとか進まないとかではなく、なぜ私に?」

「痴漢騒ぎがあったとき、バッグの中身をぶちまけてしまった人がいたそうなんですよ。それが妊婦さんだったという情報を相馬さんは摑んだようです」

「でも、だからってどうして私に？」

駅員が困惑したように眉を寄せた。

「すみません」と頭を下げる。「あの日、気分が悪くなって休んでいった妊婦さんがいたって私が話したんです」

「ああ、それで」

「で、それってお客さんだったんですか？」

「はい？」

「ですから、バッグの中身をぶちまけてしまったのは？」

「どうだったでしょう」乃々香は額に手をやった。「私、あの日のこと、よく覚えていないんです。ホームに立ったときは、もう貧血を起こしかけていたんでしょうね。なんだか、何もかもがぼんやりしていて。とにかく椅子に腰を下ろさなくちゃとそればかり考えていたもので」

「そうですか」

「ですから、相馬さんという人のご期待には沿えないと思うんです」

駅員がうなずき、「それならそれで仕方ないですよ」と言った。「でも、これだけは受け取ってもらえませんか」と名刺を押しつけてくる。

乃々香は躊躇した。

「相馬さんから、お客さんに渡してくれと頼まれたものですから。私も預かった責任があるんですよ。別に連絡したくなければしないで構いませんから」

乃々香は名刺を受け取った。

「すいませんね。無理言っちゃって。時間も取らせちゃったし」

「いえ」

名刺をバッグにしまい、乃々香は駅員に軽く会釈をして下り線のホームに向かった。

何？　何？　何？　何？

何なの？　これは。

乃々香は電車に乗り込むなり、駅員から手渡された名刺を食い入るように見た。

一体どういうこと。

吊革に摑まっていなかったせいで、体がぐらりと揺れた。慌てて、足を広く開いてバランスを取る。それでもまた体が揺れた。

「どうぞ」

目の前に座っていた中年男性が席を譲ってくれたが、気付かずに乃々香は名刺に見入っていた。

「どうぞ。座ってください」

「え？　ああ、どうもありがとうございます」ぎこちなく応じて、乃々香はシートに腰を下ろす。

週刊フィーチャー編集部　相馬多恵。

『週刊フィーチャー』というのは、俗っぽい記事を載せている週刊誌だ。乃々香は買って読んだことがないけれど、車内の中吊り広告などで見出しを目にしたことがあるので、だいたい想像がつく。風俗ネタがやたらに多い。動物的な香りを放つ若い女の子たちのグラビアページで釣っている。社会的な記事もあるにはあるのだろうが、どうせ薄っぺらなものに決まっている。そういう雑誌というのは、下半身主導型の男性が作っているものとばかり思っていた。けれど、女性記者もいるらしい。

そして、その女性記者が森良和について調べている？

私に会いたがっている？

乃々香はせわしなく瞬きをする。

痴漢騒ぎに巻き込まれた際、確かにバッグを落とした。森にぶつかられたせいだった。あのとき体に感じた衝撃は、今でもはっきりと思い出せる。

散らばったバッグの中身。手帳、財布、化粧ポーチ。ポーチのファスナーが少し開いていたせいで、こまごまとした化粧品が散らばってしまった。それらを慌てて拾い集める乃々香を誰かが見ていた。そして記憶していたのだ。

あなどれない、とつくづく乃々香は思った。

どこで誰が見ているのか分からない。おまけにそれを覚えている。世の中、鈍い人間ばかりではないのだ。

そして、その情報を手にいれた相馬多恵という記者。

大したものじゃないの。

乃々香は名刺に向かって心の中で話しかける。

相馬多恵……。

どんな女なのだろう。

宙に目をやり、想像してみようとするが、具体的な像が結ばない。マスコミの人間など、乃々香には遠い遠い存在だった。

ようやく思い浮かんだのは、以前、洋画で見たことのある遣り手の女記者。ビシッとスーツを着こなし、どんなところへも臆せず乗り込んでいく。必要とあらば、ハイヒールでも全力疾走する。そうやってターゲットを追うのだ。ひたすら追う。

追う？

私は追われているの？

思った瞬間、目眩を覚えた。やり過ごそうとして目を瞑ると、脳裏に不規則な光が弾ける。

追われる女。

そのフレーズに、これまで覚えたことのないほどの興奮が湧き上がってくる。鼓動が激しく、息遣いがせわしなくなる。

いけない、いけない。

乃々香は腹に手を当て、呼吸を整える。

吸って吐いて。吸って吐いて。深く、ゆっくりと。

目を瞑ったまま、深い呼吸を何度か繰り返す。

冷静にならなくちゃ。

そう自分に言い聞かせはするものの、胸のドキドキは決して不快なものではなく、気持ちを沸き立たせてくれるものなのだった。

乃々香はもう一度、名刺に目をやった。そして、バッグから名刺入れを取り出した。金色のふくろうが刻まれた名刺入れ。

相馬多恵の名刺をしまうのに、これほどふさわしいものはない。


母が用意してくれた昼食は、冷やしうどんだった。

「さっぱりとしているから、いいんじゃないかと思って」

と言っているわりには、大量の天麩羅も一緒だ。乃々香の好物の貝柱と三つ葉のかき揚げもある。

「おいしそう」

ひとつ天麩羅をつまもうとすると、「おい、行儀が悪いぞ」父が笑いながら注意する。

定年退職した父は、嘱託で週に数回勤めに出ているが、それ以外の日は家でのんびりしている。もともと日曜大工が趣味だったこともあって、今は庭に置くプランター用の棚作りに精を出しているらしい。

お父さんが一日家にいると、食事の支度に追われちゃって、とよく母が言っている。ぼやきなのだろうが、乃々香の耳には、年月を重ねた夫婦ののろけに響く。

「乃々香、元気そうだな」父が言う。

「体調がいいの」

「そりゃあ、よかった」それだけ言って、父はテレビに視線を向ける。

もともと口数の多い方ではない父は、乃々香が実家で暮らしていた頃から、娘と妻のお喋りには加わらず、テレビに目をやっていることが多かった。そういう意味では、昔と変わらない横顔なのだが、目尻や口元のしわや後退した生え際、何よりも少し猫背気味のその姿勢を見ると、歳をとったんだなあとしみじみ思う。

無理もない話だ。もうすぐおじいちゃんと呼ばれる年齢なのだから。

「乃々香、ちょっと手伝って」キッチンから母が呼ぶ。

乃々香が立っていくと、「生姜をすりおろしてほしいの」と生姜とおろし金を手渡した。

生姜の皮を剝き、早速すりおろし始める。茶の間からは、テレビの音が響いてくる。それにときおり、父の咳払いが混じる。

「ねえ、お母さん」手を動かしながら声をかけた。

「なあに？」

「平和ね」

え？ と言って、母が笑い始めた。

「何言ってるのよ」

「だってすごく平和な家庭って感じなんだもん」

「当たり前よ。家庭が平和じゃなかったら困ります」

「そうよね」

乃々香も笑う。

「変な子ねえ」

「変じゃないわ。こういう平和な家庭が理想だなあ、って思っただけ」

「それはどうもありがとう」

母が大げさに頭を下げてみせる。

母の頬にシミが浮いている。父だけではない。母も歳をとったのだ。

「いやあねえ、人の顔をじっと見て。何よ」と母が乃々香を睨む。

「お母さん、前に言ってたじゃない。家庭は平和を維持するのにも努力が必要だって。白鳥と同じ、水の中では必死で足を動かしているのよって」

「その通りよ」

「分かる気がする」

母が眉根を寄せた。

「何かあったの？」と訊く。声を潜めていた。

リビングルームの父を気にしているのだ。父はテレビに熱中しているように見えるが、実は乃々香と母の話に耳をそばだてている。経験上、母も乃々香もそのことをよく知っていた。

「ううん。なんでもない」と乃々香は首を横に振った。

本当は、お母さん、私ね、追われる女なの、と訴えたかった。相馬多恵の名刺を差し出し、見て見て見て見て、と興奮を分かち合いたかった。

母はまだ心配そうな目を当てている。乃々香は安心させるように微笑んでみせた。

第二章　交差

1

「葛西の駅員さんから、相馬さんの名刺を渡されたのですが」という女性の声を聞いた瞬間、多恵はまさに震えた。

待ち続けていた相手だった。ミルクちゃんのストラップを持っている妊婦。

優しげな声、おっとりした喋り方。すべて想像通りだった。

「お電話くださってありがとうございます」内心の興奮を押し隠し、多恵は穏やかに応じた。

こちらのはやる気持ちを悟らせてしまってはいけない、相手を警戒させてはいけない。

「葛西駅で亡くなった男性について調べてらっしゃると伺いました。でも、私、何も知りません。お役に立てるとは思えないんですが」電話の相手は、あくまでも控えめな言い方をした。

「どんな小さなことでも参考になるんです。失礼ですが、お名前を伺ってもよろしいですか」デスクの上にあったメモ用紙とペンを引き寄せる。

「柴田と申します」

「シバタさんですね」メモ用紙に大きく、シバタと書いた。「下のお名前も伺ってよろしいでしょうか」

「ノノカといいます」

シバタノノカ。

探し求めていた相手が、初めて名前を持った。

どんな漢字を書くのか訊こうかと思ったが、やめた。その時間も惜しい。

「シバタさん、是非、お目にかかりたいのですが」

「でも……。ほんと、お役に立てるとは思えないんです。私、何も知りませんから。ただ名刺を渡されて、そのままにしておくのが申し訳ないように思えたので」

それには構わずに多恵は訊く。

「葛西にお住まいなんですよね？」

「はい」

「では、私が葛西まで参ります。お話を伺わせてください」

「でも……」と女性が逡巡《しゅんじゅん》する。

多恵はそんな上っ面のポーズには惑わされない。シバタノノカという女性は、多恵に会うことにあまり気が進まないような口振りではあるが、それは表向き、そうしてみせているだけにすぎない。本当に多恵に会いたくないのだったら、電話をかけてこないはずだ。電話をかけてきたのは、興味を惹かれたということ。それも、かなり強く惹かれたからだ。

多恵に会ってもいいと思ったのは間違いない。逡巡してみせるのは、有り難みを持たせたいためなのか、あまり会いたくないけれどごり押しされて仕方なく、というふうを装いたいのか。

彼女が多恵の誘いに応じるのは疑いないとは思ったが、それでも、突然、彼女の気が変わって、身を翻していなくなってしまう可能性がないわけではない。下手に出ておいて損はない。

大事にしなくては。ようやく手繰《たぐ》り寄せた細い糸。それもきらめく金の糸なのだから。

「お願いします」多恵は言った。

電話では見えないと知りながらも、頭を下げる。

「あのう、どんなことをお知りになりたいんですか」

「葛西で亡くなった男性、森良和さんとおっしゃいますが、その方が痴漢に間違われたときのことです。かなりの騒ぎになったとか。シバタさんも、その場に居合わせたんですよね？」

「ええ、まあ」

「そのときの様子を教えて頂きたいんです」

「そんなことを聞いて、どうなさるんです？」

「痴漢に間違われたことと、森さんが亡くなったことの間に何か関連があるのではないかと推察しているんです。それで、どうしても痴漢騒ぎの状況について知りたいんですよ」

「その男性、葛西の駅の階段から落ちて亡くなられたんですよね？　事故だったんじゃないんですか」

「いろいろな可能性が考えられると思います」

「いろいろな可能性？」

そう。言葉通り、いろいろな可能性が考えられる。

シバタノノカという女性が森の死にかかわっているという可能性も。

もしかしたら、それだけではなく、鉤沼いづるの死にも。

「とにかくお目にかかれませんか」

沈黙が落ちる。

「シバタさんにご迷惑をおかけするようなことはございません。もし、記事にすることになったとしても、お名前は伏せますし」

「私の話を記事にするんですか」

「場合によっては。私は週刊誌の記者ですから」

そうですか、と言った彼女の声には、多恵の勘違いでなければ明るさがあった。

自分の話したことが記事になるかもしれない。そう聞いたことで、軽い興奮を覚えているのかもしれない。

「ちょっとだけなら」やがて彼女が言った。

「ありがとうございます。これからすぐお目にかかれますか」

「これから？」

「善は急げと申します。きょうはご都合が悪いでしょうか」

「いえ、そういうわけではないんですけど」

「でしたら、これからすぐに社を出ます。どちらに伺えばよろしいでしょう？」

そうですねえ、と考えているらしき気配。

「出てきて頂くのがご面倒でしたら、ご自宅まで伺いますけど」

いいえ、とシバタノノカが言った。

多恵が自宅に行くのは好ましくないらしい。

「駅前にカフェがあります。Mという名前の。すぐに分かると思います。そこでもいいですか」

はい、と多恵は勢い込んで応じ、「『週刊フィーチャー』を持っていきます。それを目印にしてください」と言った。

電話の向こうで、くすっと笑う気配がした。

「何か？」多恵が訊く。

「いえ」シバタノノカの声は笑いを含んでいた。「なんだかドラマみたいだなって思って」

「ああ、ほんと。そうですよね」多恵も笑って応じながら考える。

この女。

楽しんでいる。

この展開を楽しんでいる。

「では、のちほど」多恵は電話を切った。


Mというカフェのドアを開けた瞬間、分かった。奥まった席に座っているのにもかかわらず、シバタノノカという女性はまっすぐ多恵の目に飛び込んできた。淡いブルーのゆったりしたワンピースに白いカーディガンを羽織っている。ふわふわとした茶色い髪はセミロング。素顔のように見えるが、整った眉はきちんと化粧をしているからだろう。彼女はオレンジジュースを飲んでいた。

多恵の視線に気付いたのか、彼女がこちらを見た。小首を傾げ、あどけないと言ってもいいような表情を浮かべている。微笑むべきかやめるべきか決めかねているような口元。柔らかな、とても柔らかな雰囲気の女性だった。それはもう、とろけそうなほどに。

ふいに多恵は既視感を覚えた。

どこかで会ったことがある、という漠とした思い。

真亜里の口から、痴漢騒ぎの現場にできちゃった女、つまりは妊婦がいたと聞かされたときに、脳裏をよぎった記憶の影。

多恵は微かに眉を寄せた。それにつられたように女性の眉も寄せられる。

多恵は意識して口元に笑みを浮かべた。そして、頭を下げる。相手も頭を下げた。

多恵は女性に歩み寄った。

「相馬です。来てくださって、ありがとうございます」

多恵は言い、名刺を差し出したが、既に名刺は彼女の手に渡っているのだと気付いて、引っ込めようかどうしようか迷った。

「名刺、また頂いてもいいんですか」

「私の名刺なんかでよかったら」

「嬉しいわ」

本当に嬉しそうに、彼女は多恵の名刺を手に取った。

「あいにく私の方は名刺がなくて」彼女は言い、「柴田乃々香です。こういう字を書きます」テーブルに漢字を書いてみせた。

多恵はうなずいた。

アイスコーヒーを注文し、再び乃々香と向き合う。

「お近くにお住まいなんですか」多恵が訊く。

「ここから歩いて十分くらいのところです」

「よく東西線を利用なさる？」

「マタニティ・ヨガの教室に通ったり、実家に行ったりするときに。車の運転ができないので、他に方法がありませんから」

「なるほど。森良和さんが痴漢と間違えられたあの日も、どこかにお出かけだったんですか」

「実家に行くつもりでした。主人の帰りが遅いと分かっていたので、夕食を実家でと思いまして」

「ああ、そういえば、あなたが具合が悪くなったとき、お母様が駅まで迎えにいらしたんでしたね」

「よくご存じですね」

それまでのぼやっとした表情が霧散して、乃々香の瞳が一瞬、鋭い光を放つ。

「駅員さんに聞きました」

「そうですか」

「やはり妊娠中は、目眩《めまい》がしたり、気分が悪くなったりすることって多いんでしょう？　私には経験がないので分かりませんが、妊娠、出産というのは、女性にとっての一大事業ですもの。その分、苦労も多いんでしょうね、きっと」

乃々香の気分を解きほぐせればと思って言った言葉だったが、想像以上の効果があった。

急に饒舌《じょうぜつ》になったのだ。

「私もね、自分が妊娠するまでは、全然分かりませんでした。自分の体が自分のものではなくなってしまう感覚なんて。すごく不思議な感じ。自分一人じゃないのって、心強いような、責任重大で不安なような。よく子供を産むと人生観が変わるって言いますけど、妊娠した段階で、もう変わっています。これまでの自分は未熟だったなあ、なんて思ったりして」

妊娠経験のない女は未熟だと言っているようなものである。よく言えば、家庭中心に、悪く言えば、自分の周りにだけ意識を向けて生きている女性特有の無神経さだった。

アイスコーヒーが運ばれてきたので、ひと口飲んでから多恵は訊いた。

「どんなふうに人生観が変わったんですか」

そうですねえ、と乃々香は天井を見つめて考える。

彼女自身が赤ん坊であるかのような、すべすべの肌。多恵は思わず、見とれそうになる。

「未来を大事にしようって思うようになったことかな」乃々香が言う。

「未来」

多恵が繰り返すと、乃々香が深くうなずいた。

「妊娠するまでは、今が一番大事って思っていたんです。今が楽しくて、充実していることが、一番の幸せだって。でも、それだけじゃないって思うようになりました」

「なるほど」

「平凡な答えでしたね」

「いいえ、ちっとも平凡じゃありませんよ」

あなたが言うとね、と心の中で付け加える。

「話を戻しますけど、森さんが痴漢に間違われた日のことです。あの日、あなたは駅のホームでバッグを落とした。中身が散乱したと聞いています」

乃々香が眉を寄せた困惑の表情になる。

「ごめんなさい。あのときのこと、私、あんまり覚えていないんです」

「どういうことでしょうか」

「あの日、駅の階段を上っているときから、くらくらして」

乃々香は、今、まさに目眩を覚えたかのように、頭をぐらぐらと左右に揺すった。

「それでも、実家は遠いわけではありませんし、電車に乗ってしまえばすぐ着くんだからって思って、ホームに立ったんです。電車が入ってきたのは覚えています。そしてドアが開いて、ものすごい勢いで人が降りてきて、痴漢だ、っていうような声も聞いたように思います。でも、そのとき、ひどい目眩に襲われて、立っていられなくなってしまったんです。あとはもう、椅子に座って休もうって、それしか考えられませんでした」

「そして、椅子に座っていたら、駅員さんが声をかけてきたんですね」

「はい。事務室で休ませてくださって。親切にして頂いて、助かりました」

「ホームで目眩を覚えたときのことですが、バッグを落とされたんではないですか」

「よく分かりません。落としたような気もします。落としていないような気も」

「そうですか」

「申し訳ありません」乃々香がうなだれる。

本当のことを言っているのか、芝居なのか、多恵には判断がつかなかった。

目の前にいる乃々香はおっとりと善良そうで、憎しみや悪意とは対極に位置しているように見える。この女性が、森良和と鉤沼いづるの死にかかわっていると想像するのは、とてつもない勘違いではないかと思えてくる。たまたま痴漢騒ぎの現場に居合わせた、たまたまミルクちゃんのストラップを持っていた、ただそれだけのことではないのだろうか。聖司に言われた通り、私は、ありもしない事件を必死になって作り出そうとしているだけではないのか。

多恵は自分自身を疑う。

今、分かっているのは、乃々香を放してはならないということだけだ。ようやく繋がった糸をしっかり握りしめておかなくては。

「でも、どうして私がバッグを落としたかどうかを気になさるんですか」乃々香が問いかけてきた。

「バッグの中身を拾い集める間、あなたは騒ぎのまっただ中にいたことになります。森さんと女子高生の言い争う声などをお聞きになっていたはず。実際に、その場でどんなやりとりがあったのかを知りたいんです」

「ごめんなさいねえ」乃々香が言う。「私、本当に覚えていないんですよ。駅員さんに、相馬さんの名刺をもらったときから、私、お役に立てないなって思っていたんです。だから、連絡しようかどうしようか迷いました」

「でも、連絡してくださった」

乃々香がくすっと笑う。邪気のない笑顔に見えた。

「本物の記者さんに会ってみたくて」

「あら」多恵も乃々香に調子を合わせて、明るい声を出す。「実際に会ってみたら、がっかりでした?」

「いいえ。想像していたよりかっこいいんで、びっくり。相馬さん、おいくつですか」

「二十九ですけど」

乃々香が嬉しそうに目を見開く。

「私も!」

「偶然ですね」

「ほんと。同い年でも全然違う人生って感じですよね」

「そうですね。でも、なんだか私たち、お友達になれそう」臆面もなく多恵は言い放つ。

乃々香は嬉しそうな顔をしてみせたが、視線が落ち着きなく揺れていた。

「私ね、こうやって仕事をしていると、同年代のお友達がだんだん減っていってしまうんです。結婚して家庭を持ったお友達とは、なぜだか疎遠になってしまう。寂しいんですけどね」多恵は言った。

「分かるような気がするわ」乃々香がうなずく。「私もお付き合いしているのは、同じような環境にいる人ばかり。結婚してて子供がいるか、もうすぐ子供が産まれるっていうようなお友達が多いですから」

「だからこそ、こうやって柴田さんと知り合いになれたのが嬉しいんです。自分とは違うライフスタイルを持っている女性と、話をするのって刺激的」

「主婦の話なんか、おもしろくないでしょう」

「そんなことないですよ。私にとっては、新鮮。普段、私が取材でお目にかかる女の人たちって、なんて言うのかしら、柴田さんのように、真っ当に幸せな人は少ないの」

乃々香が目で問いかけてくる。多恵は言葉を継いだ。

「私が担当しているコラムに『女たちのアルバイト』というのがあるんです。タイトル通り、アルバイトをする女の人たちについてのものなんですけど、そのアルバイトっていうのが、アダルトサイトに体験談を書く仕事だったり、美容院を経営しながら、営業時間外に性感マッサージのサービスをしてたりっていうようなものなの」

「へえ」乃々香が身を乗り出す。「そういう人たちに会って、話を聞くんですか」

『女たちのアルバイト』のコラムは、実際に女性たちの話を聞くのは多恵ではなく、遊び好きな編集部の男性社員である。が、ここは乃々香の期待に応えなくてはいけない。乃々香は多恵のことを敏腕記者とでも思っているふうである。

「直接会って話を聞きます。ときには強引にね。アポなしでも出かけて行っちゃう」

「すごい。相手が会いたくないって言ったら、どうするんですか」

「頼み込みます。ちょっとだけでもいいから、お目にかかりたいって、粘ります。遠慮してたら、何も手には入らないですからね」

「かっこいい」

「かっこよくなんかないわ。必死なだけです」

多恵の言葉に、乃々香が深くうなずいて同意を示す。

「だからね、柴田さんみたいに幸福で満ち足りた奥さんの話って、意外に聞く機会がないものなの。お近づきになれたのが、すごく嬉しい」

多恵が言うと、乃々香がまんざらでもなさそうな顔になる。

「柴田さん、よかったら携帯電話の番号を教えていただけません？　連絡を取り合いましょうよ」

「え？　ええ」と言って、乃々香はオレンジジュースのグラスに手を伸ばしかけた。が、ほとんど氷だけになってしまっているのに気が付いて、水の入ったグラスを手に取る。

多恵は自分の携帯電話を取り出し、キーを操作する。

「柴田さんの番号をおっしゃってください。すぐに登録しちゃうわ」

一瞬、乃々香の表情が険しくなる。けれど、それは本当に一瞬だけだった。すぐに柔和な笑顔に変わる。ことん、と音を立てて乃々香はグラスを置いた。

「自分の携帯の番号って覚えられなくて」と言いながら、バッグをかき回す。

メタリックピンクの電話を取り出した。

「ええっと、この電話の番号を表示させるのはどうやるんだったかしら」キーを操作している。

多恵は食い入るように、乃々香の携帯電話を見つめた。正確には、携帯電話に付いているストラップを。

違う。ミルクちゃんじゃない。

ストラップには、きらきらと輝くガラスの飾りがついていた。

ちゃんと外してきたんだ。

多恵は森良和の件で会いたいと言っただけで、鉤沼いづるの名前などどちらりとも漏らさなかったが、乃々香は用心深く、ヤバそうなものは自宅に置いてきたらしい。

「あ、できました。番号が表示できたわ」

乃々香が読み上げた番号を、多恵は機械的にインプットしていく。

「そのストラップ綺麗ですね」多恵が誉めた。

「これですか？」ガラスの飾りにそっと指を触れる。「この間、箱根に行ったんですよ。ガラスの森美術館で見つけたの」

「箱根に？　ご主人と？」

「ええ。のんびり旅行できるのも、今のうちだけだから」

「柴田さん、本当にお幸せそうね。うらやましい」

うふふ、と乃々香は笑い、「でもねえ、これでも、いろいろ苦労はあるんですよ」と言うのだった。

それから急に気が付いたように腕時計に視線を落とし、そろそろ失礼しようかしら、と乃々香は言った。

「ごめんなさい。お時間をとらせて」

いいえ、と応じながら、乃々香はテーブルの端に置いたままにしていた多恵の名刺を手に取った。バッグのポケットにしまう。その瞬間、乃々香のバッグの中身がちらりと見えた。ブランドものの財布、派手な柄の化粧ポーチ、タオル地のハンカチ、ひらひらしたレース飾りのついたティッシュケース。それらの女らしいこまごまとしたもの。

「あ」多恵が声を上げた。

「何か？」乃々香が怪訝そうな眼差しを向けてくる。

「いえ、なんでもありません。ごめんなさい」

多恵は伝票を摑んで立ち上がった。レジに向かいながら、多恵は湧き上がってくる興奮を必死に抑えつけていた。

思い出したのだ。以前、どこで乃々香に会ったのかを。

地下鉄の中だった。席を譲った多恵の前で、こっくりこっくり居眠りを始めた妊婦がいた。体を斜めに傾け、半分口を開けた無防備な姿だった。おまけにバッグの口まで大きく開いて中身が覗いていた。化粧ポーチやハンカチばかりでなく、財布までも。それを見て、不用心なことだと呆れると同時に、警戒心など微塵《みじん》もなく、満ち足りた様子で居眠りのできる女性がうらやましいとも思ったのだ。

そして、彼女のバッグの中にあったのはそれだけではなかった。もうひとつ別のもの。革製の名刺入れが見えていた。暢気《のんき》な彼女の姿と、かちっとした名刺入れが不釣り合いで、微かな違和感を覚えたのだった。

あの名刺入れ。

多恵は記憶を辿る。

黒の革製だったのは覚えている。

今、彼女のバッグには名刺入れは入っていないようだ。多恵の名刺は、ケースにはしまわれず、バッグのポケットに納められた。

ミルクちゃんのストラップと同様、乃々香はあの名刺入れを置いてきたのだ。置いてこなければならなかったのだ。

おそらくあの名刺入れには、金色のふくろうの刻印がある。森良和が自分の分身のように思っていた、知恵を司る鳥の絵柄が。

2

枕元の時計を見ると、午前十時を過ぎている。哲が起きて出かけたのにも、乃々香は気付かなかった。

ベッドから起き上がると、パジャマのままでハーブティーをいれた。ミントの香りのするお茶を飲んでいるうちに、少し気持ちがすっきりしてくる。

自分で思っていた以上に疲れていたようだ。体が、ではない。神経が、である。

相馬多恵という雑誌記者と向かい合っていたのは小一時間ほどだったが、その間、乃々香はずっと気を張っていた。微笑みを浮かべ、自然な様子で椅子に座っているだけでひと苦労だった。

会おうかどうしようか、さんざん迷ったのだ。会うのが危険だというのは承知していた。何しろ、多恵は森良和の転落死について調べているのだから、会わないで済むものなら、会わずにおいた方がいい。けれど、結果として多恵と会った。会わずにはいられなかった。駅員から多恵の名刺を渡されて以来、ずっと気になって仕方がなかった。いったい、多恵はどんな女なのだろう。何を考えているのだろう、とそのことばかり。

多恵という女性が乃々香の頭の中に居座り、追い出そうとしてもできなくなってしまったのである。

そして、ついに多恵に連絡を取った。その後の多恵の行動は早かった。ものの一時間もしないうちに乃々香に会いにやってきたのだから。

多恵が待ち合わせの店に入ってきた瞬間、周囲にさっと風が吹き抜けたような気がした。ただそこに立っているだけで、多恵は勢いを感じさせた。それも、闇雲に突き進んでいく突風のような勢いではなく、澄んだ川の流れのような勢い。

多恵の質問に答えたり、彼女が聞かせてくれた仕事にまつわるエピソードに熱心に聞き入っていたとき、乃々香の心臓の鼓動は常よりも速かったし、体温も高かったような気がする。額にうっすら汗が浮き、頬が火照《ほて》っていたのは間違いない。母体の興奮を感知したのか、お腹の中の赤ん坊がやたらに暴れた。

落ち着かなくちゃ。

何度、自分に言い聞かせたことだろう。

いつもなら、落ち着きを取り戻す手助けをしてくれるグッズを持っていくのだが、多恵と会っているときは手元に何もなかった。ミルクちゃんのストラップも、ふくろうの絵のついた名刺入れも。だから、乃々香は自分で何とかするしかなかった。

落ち着きのない、おかしな女だと思われなかっただろうか。

昨日のことを思い返すたび、もう一度、時間を戻して、やり直したいと思ってしまう。

乃々香はすっと立ち上がり、キッチンの戸棚の前に立った。

コースターや箸置き、予備のふきんなど、キッチンで使うこまごましたものを入れている引き出しを開ける。奥の方に、黒い革製の名刺入れが入っている。バッグの中にあったのを、多恵に会う前にここに移しておいた。少し前まではカードケースとして重宝していたのだが、今はクレジットカードよりも、もっとふさわしいものが入っている。相馬多恵の名刺が二枚。

そのうちの一枚を引っぱり出し、乃々香はじっくりと眺める。

多恵はこの名刺を差し出して、いろいろな相手に会い、数々の取材をこなしてきたのだ。

馬鹿げたことだとは思いつつも、乃々香は名刺を右手に持ち、目の前にいる相手に差し出す真似をしてみた。

「相馬です。来てくださってありがとう」

最初に会ったときの多恵の口振りを思い出しながら、声に出して言ってみた。微笑みを浮かべながら。

なかなかいい。

興が乗ってきた乃々香は、洗面所に行き、鏡の前で同じことを繰り返した。

多恵が乗り移ったような気分になる。

歯切れの良い喋り方。まっすぐに相手を見つめる瞳。

「相馬です。きょうはよろしくね」

「相馬と申します。早速ですけど、お話を聞かせてくださる?」

バリエーションを加えてみる。

こんなふうに言いながら、さまざまな相手に会って取材をする。それが多恵の日常なのだ。

なんて刺激的で、わくわくする仕事なのだろう。

まさしく彼女は『追う女』なのだ。

何度か名刺を差し出しているうち、ふいにおもしろいことを思い付いた。

多恵の真似をしてみるのだ。それも、洗面所などではなく、もっと別の場所で。乃々香が追う女になってみる。

「いい考え!」上機嫌で手を叩く。

洗面所からリビングルームに戻る。ダイニングテーブルに座って、考えをまとめた。何をどんなふうに言えばいいか、頭の中でシミュレーションを繰り返す。最後には声に出して練習した。

それから乃々香は受話器を取り上げ、そらんじている番号をプッシュした。哲の勤め先である。会社名と部署名を告げる声が聞こえた。

「『週刊フィーチャー』の相馬と申します。そちらに長谷川杏子さん、いらっしゃいますでしょうか」淀みなく言った。

「お待ちください」

保留音が流れ、しばらくすると受話器が取り上げられた。

「長谷川です」か細い声だった。

「『週刊フィーチャー』の相馬と申します。突然、お電話して申し訳ありません。驚かれましたでしょう?」

「ええ、まあ」

戸惑っているようだった。それを愉快に感じた乃々香の舌は、さらに滑らかになる。

「実は、私どもの雑誌で、芸能人と同姓同名の美女特集を企画しております。そこに長谷川さんに登場して頂けないものかと思いまして」

「は?」

「ごめんなさい。説明不足でしたね。うちの雑誌、ご覧になったことありませんか?」

「すみません」

「いいえ。主に男性読者向けの雑誌ですから、無理もありません。今回の企画も、その男性読者をターゲットにしたもののひとつなんですよ。芸能人と同姓同名、しかも美人、それだけで男性は喜びます」

「あの……どうして私のことを?」

「ご不審に思われるのは無理もありませんけど」と言って乃々香は緩やかに笑う。「あなたの身近な方が推薦してくださったんです。長谷川杏子さんという名前の美女が職場にいるって」

「え? 誰がそんなこと」

「推薦者のお名前は、基本的に伏せることになっているんですよ。その方があなたのファンであるのは間違いないと思いますけど」

「そうなんですか」

考え込んでいる気配がする。推薦したのは誰だろうと、周囲を見回しているのかもしれない。

柴田さんかもしれない、などと哲を見つめながら、おめでたいことを思っていなければいいのだが……。

「長谷川さん、いかがですか。お会いいただけませんか」乃々香は少し強い調子で言った。

「でも……」

「お目にかかるだけでも」

乃々香は粘る。多恵ならこうするはずだという確信がある。諦めていては前に進まない、そう言っていた。

「詳しいことはお目にかかってから、ご説明したいと思いますけれど。そうですねえ、お受け頂けたら、後日写真撮影という運びになります。絶対、綺麗にお撮りしますよ。こういう経験って、あまりできないと思うんです」

「どうしよう」

「お願いします。まずは、ご挨拶《あいさつ》させてください。お昼休みか、仕事が終わったあとにちょっとだけでも」

「そうですねえ。仕事が終わったあとなら何とかなるかしら。でも、きょうは都合が悪いんです」

「先約がおありなの？」

まさか哲と会うつもりじゃないでしょうね？ 受話器を握る乃々香の手に力がこもる。

「ええ、ちょっと習い事があって」

「習い事？ 取材をお受け頂いたら、長谷川さんのプロフィール紹介に趣味も入れたいわ。

何を習ってらっしゃるか教えて頂けますか」

「着付けを。習い始めたばかりで、まだ全然できないんですけど」

「そうなんですか。いいご趣味ですね」

「ありがとうございます」

「明日だったらお目にかかれますか?」

「大丈夫だと思います」

「よかった。ありがとうございます。何時にどこに伺えばよろしいでしょうか」

待ち合わせ時間と場所をてきぱきと打ち合わせてから、乃々香は言った。

「目印に『週刊フィーチャー』を持っていきます」

「分かりました」

「念のために、私の携帯電話の番号をお伝えしておきますね。何かあったらご連絡ください」乃々香は、名刺に記された、多恵の携帯電話番号を読み上げた。


翌日の夕方、乃々香は、待ち合わせの汐留パークホテルに正当派マタニティウエアで出かけた。少し早めに着き、ティールームの奥まったところにあるソファに座った。グレープフルーツジュースを注文し、のんびりと雑誌を眺めたり、携帯電話のメールを確認したりしていた。

こうしていれば、よもや乃々香を雑誌記者だと思う者はいないだろう。

約束の時間ちょうどにロビーに入ってきた女がいた。ベージュのスーツに白っぽいパンプス。同じく白いバッグを持っている。

彼女は待ち合わせの相手を探してきょろきょろしていたが、見つからなかったとみえて、ホテルの入り口を見渡せる席に腰を下ろした。

長谷川杏子に違いない。

第一印象は、若いな、ということだった。これは予想通りと言ってもいい。もうひとつ感じたのは、清潔感のある娘だな、ということだった。きちんとした服装といい、手入れの行き届いた長い髪といい、杏子はなかなか感じが良かった。育ちも悪くなさそうで、着付けを習っているというのもしっくりくる。癪《しやく》だけれど、それは認めるしかないのだった。

綺麗な娘じゃないの。

乃々香は、さりげなく杏子の方に目をやる。

彼女だったら、家庭持ちの男に寄り道なんかしなくても、いくらだって相手はいるはず。若い男が放っておかないだろうに。それとも、哲は乃々香が思っている以上に魅力的な男なのだろうか。

杏子は姿勢よく椅子に座って、紅茶を飲んでいる。

哲と二人で食事に出かけたときも、あんなふうに姿勢よく座り、向かい合っていたのだろうか。周囲の目に、二人はどんなふうに映っていたのだろう。似合いの恋人同士に見えたかもしれない。

そう思うと、胸の奥がずきりとしたが、そこにはちょっとした優越感が混じっていた。こんなに若くて、綺麗な女性が惹き付けられる男を夫にしているという優越感。ほしい？　でもあげないわよ、と取り上げてしまえる権利を自分が有しているという痛快さ。

長谷川杏子の顔を見たら、腸《はらわた》が煮えくりかえるのではないかと思っていた。たった一度だけとはいえ、他人の夫を誘い出し、食事を楽しんだのは許し難いと。けれど、違った。

思いがけず、乃々香は今、気分が良かった。

もしも杏子が醜い女だったら、こんな気持ちになることはなかっただろう。

いくら向こうから誘ってきたと言っても、レベルの低い女にでれでれと付き合った哲の馬鹿さ加減に腹が立っただろうし、杏子を心の底から憎んだはずだ。こんな女、消えてしまえ、と念じたかもしれない。

乃々香はジュースをひと口飲んでから、もう一度、杏子の方を見た。彼女は何度も時計に目をやっている。そわそわと落ち着かない。約束の時間を十五分過ぎても記者がやってこないので、気を揉んでいるに違いない。

さらに五分経ったとき、杏子が携帯電話を取り出して、かけ始めた。相手に通じたらしい。杏子の唇が動いている。耳をそばだてるが、席が離れているせいで何を言っているのか分からない。

乃々香は立ち上がり、杏子のそばを通ってカウンターに向かう。会計していると、杏子の声が聞こえてきた。

「え？　あの……どういうことでしょう。お電話くださったのは、相馬さんの方ですよね。『週刊フィーチャー』の特集だとかで」

「九百五十円になります」

係の女性に言われて、乃々香は財布を取り出す。グレープフルーツジュース一杯で九百五十円とは高いが、その価値はある。乃々香は一万円札を差し出した。

「芸能人と同じ名前の女性を探しているって。違うんですか。誤解？　誤解ってどういうことなんでしょう。『週刊フィーチャー』の相馬さんだっておっしゃって、携帯電話の番号も教えてくれたんですよ」

「お釣りをご確認ください」

係の女性が九枚の千円札を数えるのを眺めながら、意識は耳に集中する。

「いたずら？　そんな……」杏子の声には、明らかに当惑が滲んでいる。

ありがとうございました、という声に送られてティールームをあとにした。

3

「どうしたんだよ」清里が声をかけてくる。

多恵は首を傾げて考え込んでいた。

「誰からだったの。今の電話」

「ハセガワキョウコさん」

「え？　ほんとかよ。何で向こうから、電話してくるんだよ。多恵ちゃん、知り合いなの？」

「清里さんが思っている、女優のハセガワキョウコではありません。同姓同名のハセガワキョウコさん。キョウコは杏の子と書くんだそうです」

「なあんだ、そうか。一般人か。で、その杏子ちゃんがどうした？」

「それがですねえ」多恵は言い淀む。

自分自身の中でも、まだ整理できていなかったのだ。

「いいから、話せよ」清里がせっつく。

杏子の口から聞いたことをかいつまんで説明した。『週刊フィーチャー』の相馬多恵と名乗る人物から電話があり、取材に応じてほしいと言われたのだということを。

「芸能人と同姓同名の美人特集？　悪くないね。それ、頂いちゃおうか」

「真面目に聞いてくださいよ」

多恵が睨むと、清里は、悪い悪い、と軽く流し、「多恵ちゃんの名前を使われたってことだよなあ。そういうの、あるんだよ。雑誌記者の名前をかたって、だまそうとする輩《やから》ってのがいるんだ。雑誌の取材って言われると一般人は舞い上がっちゃうからさ。そこに付け込むわけ。取材させてくれって言って人目のないところに誘い込んでおかしなことをしたり、金を奪い取ったり。しかし、今回は、そのエセ雑誌記者は現れなかったわけだろ。実害がなくてよかったじゃないか」

「それはそうなんですけど」また多恵が首を捻る。

「なんだよ」

「引っかかるんです。私の名前をかたった人間は、長谷川杏子さんをわざわざ誘い出しておきながら、待ち合わせの場所に現れなかった。だますにしても、すごく中途半端なやり方ですよね。いったい、何が目的だったんでしょう」

「誘い出すのに成功したんだから、うまいこと言って、裸の写真でも撮っちまおうっていうのなら分かるけどな」

「そうなんですよ」

「土壇場になって怖じ気付いたのか。待ち合わせの場所に行けない急用でもできたのか。あるいは、誘い出すだけで目的を達したのか」

清里は腕組みをして考え、「どこの誰だか知らないが、多恵ちゃんの名前をかたったってことは、そのエセ記者は女だよな」と呟いた。

多恵がうなずく。

「長谷川杏子ちゃん、誰かに恨まれてるんじゃないのか。一番、ありそうなのは不倫かな。不倫相手の奥さんが、夫の相手がどんな女なのかを密かに観察しようとして呼び出した」

「不倫、ですか」

「今の段階ではなんとも言えないけど、誰かに目を付けられてるのは確かだよ。このあと、本当の嫌がらせが始まる可能性もあるな」

「それは、私も考えました。気を付けた方がいいですよって、長谷川さんには言っておきました」

「気を付けるのは多恵ちゃんも同じだよ」

「え?」

「多恵ちゃんの名前をかたった人間は、もしかしたら、多恵ちゃんに恨みがあるのかもしれない。あるいは、多恵ちゃんにねじれた愛情を感じているのかも。多恵ちゃんを困らせて、それを見ながら、どこかでにやにや笑っているのかもな。ほら、案外あいつかも」と言って、ちょうどにやにや笑いを浮かべていた編集部の男性社員を顎で示す。

「やめてくださいよ。彼はしょっちゅう、思い出し笑いをしているんです」

「冗談だよ。だけど、身近な人間がかかわっているケースっていうのは少なくないからね。用心するに越したことはない。ま、ただ単に、誰かを誘い出すのに都合がいいから、雑誌記者、相馬多恵の名前をかたった可能性が高いけどね」

「そうですね」

「最近、名刺をばらまいた覚えない？」

多恵は無言で清里を見る。

「ほら、たまにパーティなんかに出て、手当たり次第に名刺を渡すだろ。そういうことをしたあと、おかしな勧誘の電話が、編集部にかかってきたりすることって往々にしてあるからな。知らないうちに渡すべきじゃない相手にまで、自分の名刺が渡ってしまっている。それはもうどうにもならないさ」

名刺をばらまいた覚えはない。けれど、渡した覚えならある。それも、ご丁寧に二枚も。

「ほらほら、いつまでも難しい顔して考え込んでないで、『女たちのアルバイト』を仕上げちゃってくれよ」

はい、と答えながらも、多恵は空《くう》を見つめたままである。

柴田乃々香。彼女だ。

多恵が手渡した名刺を、まるで貴重品のように大事そうに手に取り、バッグにしまった。普段、多恵がどんなふうに取材に出向くかを語って聞かせたときには、身を乗り出し、とても熱心に聞き入っていた。

多恵の名前をかたって、長谷川杏子を誘い出したのは彼女に違いない。彼女ならやりかねない。

なぜそんなことをしたのかは、今の時点では分からない。けれど、そうしなければならない理由があったのだろう。

乃々香の持っていた携帯電話。きらきらと光を反射させながら揺れていた、ガラス飾りのストラップ。箱根のガラスの森美術館で見つけたと言っていた。夫と二人で旅行に出たのだと。

柴田乃々香の夫が不倫していないとは限らない。限らないどころか、している可能性は高い。妻の妊娠中というのは、男性が一番ぐらつきやすいときだと言うから。

先ほど電話してきた長谷川杏子に向かって、柴田という男性と不倫していませんか、と直截《ちょくせつ》に問いかけたい衝動に駆られる。もちろん、杏子が正直に答えてくれるとは思えないし、そんな質問をしてしまったら、雑誌記者をかたってあなたを誘い出したのは柴田という男性の奥さんですよ、と教えるようなものだ。

そんなことをしなくても、長谷川杏子の勤め先が新橋にあるQ建設だというのは聞いているから、あとは乃々香の夫の勤め先を確認すればいい。乃々香の夫もQ建設に勤めているか、取引関係にある企業の社員だとすれば、それである程度は決まりだ。

とはいえ、裏をとる前から多恵には確信があった。多恵の名前をかたったのは、乃々香なのだ。

待ち合わせ場所にいた長谷川杏子を、乃々香はすぐ近くで見ていたはずだ。夫の不倫相手に、煮えたぎるような視線を注いでいたのだろうか。清里が言っていた通り、このあと、本当の嫌がらせが始まるのだろうか。乃々香の心の中は、悪しき企みでいっぱいになっているのだろうか。

それとも……。

乃々香は、ちょっといたずらをしてみただけなのだろうか。

多恵の名前を使い、雑誌記者の振りをして電話をかける。長谷川杏子がまんまと引っかかったのを確認して、くすくす笑っている乃々香の顔が浮かんだ。

嫉妬と憎しみにぎりぎりと歯がみをしているよりも、悪戯心を起こして、多恵の真似をしている方が、乃々香には似合っている。

そして、もしかしたら、そんな悪戯心の延長線上に、森良和や鉤沼いづるの死もあるのではないか。

そう考えると、肌がぞわっと粟立った。

いずれにしても、柴田乃々香という女を逃がしてはならない。

妊婦特有のあの体形と、おっとりした雰囲気。それに相反するような、小賢しい計算と機敏な行動。

多恵の心の中で、ふつふつと湧き上がってくるものがあった。それはおそらく、闘志と呼ぶべきもの。

あの女の化けの皮をひっ剝がしてやりたい。おっとり微笑むその裏で、赤い舌をべろりと出しているに違いないのだ。

「多恵!」

清里の大声に、多恵の思考は中断される。

「さっさと仕事をしろよ」

しびれを切らせたらしい。

「すぐやりまーす」

「当たり前だろ」

パソコンに向かってはみるものの、多恵の思いはまだ乃々香に引き寄せられている。

乃々香に会わなければならない。

会って、もっと距離を詰めなければ。

4

会いたい相手は乃々香だけ。

何が何でも乃々香に会いたい。

他のことはどうでもいい。

認めてしまうと、楽になった。

その思い入れは恋愛初期の激しさにも似て、とにかくまっすぐに進んでいくしかない。

そして、今、多恵は葛西の駅に降り立ったのである。

すぐにでも乃々香に電話をかけたかったが、数日は我慢した。気持ちは急《せ》いていたが、時間をおく必要性も感じていた。時間をかければかけただけ、乃々香との関係が熟成していくように思えた。それに現実的な問題もあった。『女たちのアルバイト』の〆切の時期に重なっていたのだ。

多恵は自分を抑えた。そして、その間に必要な情報を入手する努力をした。長谷川杏子と連絡を取り、『週刊フィーチャー』の偽記者に呼び出されたときのことを詳細に訊いた。待ち合わせのホテルのロビーに、どんな人たちがいたかを可能な限り思い出してもらったのである。

杏子は、記者の姿を探して、何度もティールームの中を見渡したらしい。多恵が想像していた以上に、その場にいた人々の様子をよく覚えていた。待ち合わせの夕方六時半にティールームに居合わせたのは、スーツ姿の男性が多かったという。携帯電話をひっきりなしに確認している中年男性、仕事の流れで立ち寄ったらしい、若い男性の四人連れ、品のいい初老の男性。女性もいたが、年輩の女性の二人連れと、マタニティウエアを着た妊婦だった。さらに多恵が突っ込んで訊くと、そのマタニティウエアの女性が、すぐに席を立って出ていったことを杏子が思い出してくれたのである。

それを聞いたとき、やっぱり、と多恵は思った。多恵になりすまして、長谷川杏子を呼び出したのは乃々香に違いない。

そしてきょう、乃々香に電話をかけ、会いたいと素直に告げた。「もう一度、お目にかかってお話ししたいことがあるんです」と。

どんな反応が返ってくるかと心配したのだが、乃々香は、いいですよ、とすんなりと応じた。

この間、お茶を飲んだカフェで待ち合わせる約束をして、すぐに多恵はオフィスをあとにした。バカに嬉しそうだな、という編集部の人間の声を背中に受けながら。

その通り。多恵は嬉しかった。それはもう、どれだけ言葉を重ねても表現できないほどに。

カフェは混み合っていた。午後一時という時間帯のせいかもしれない。食後のコーヒーを楽しんでいる主婦のグループが多い。

乃々香はこの間と同じ窓際の席にいた。これまた同じく、薄いブルーのマタニティウエアに身を包んでいる。

「こんにちは」

多恵の声に乃々香が顔を向ける。穏やかな笑みを浮かべ、こんにちは、と乃々香も言った。

多恵は乃々香の前に座り、アイスコーヒーを頼んだ。

「ごめんなさいね。突然、呼び出したりして」

多恵が言うと、乃々香は、いいえ、と首を横に振った。

「体調はいかが?」

「おかげ様で、ここのところ気分がいいんです。この子がやたらに蹴飛ばすので、痛いのを除けば」乃々香がそっと腹をさする。

多恵はじっと乃々香の腹部を見た。乃々香が手を当ててさすっているせいで、腹が球体のような形をしているのがよく分かる。微笑ましく愛に満ちているはずのその形状は、はっきり言ってグロテスクで、それゆえ目が離せなくなる。

多恵が膨らんだ腹を見つめていると、ふふふ、と乃々香が笑った。錯覚だとは思うが、乃々香の腹の中の赤ん坊も、今まさに、ふふふ、と笑ったような気がした。多恵はぶるっと身を震わせる。

「寒いですか?」乃々香が気遣わしげな声を出す。

「大丈夫」

多恵は、バッグに突っ込んでいたカーディガンを引っぱり出して羽織った。本当に寒かったわけではないが、肩に薄物をかけたおかげで体がふわりと温まって、気持ちが楽になった。

「あの……お話って?」乃々香が上目遣いに多恵を見て訊いた。

「実はね、先日、ちょっと困ったことがあって」

「困ったこと?」

「そうなんです。あんまり気分の良くないこと。雑誌の記者をしていると、そういうことがあってもやむを得ないって、うちの上司なんかは言うんですけどね。でも、やっぱり気になっちゃって。私の名前、というか、身分って言った方がいいのかしら。つまり、『週刊フィーチャー』の相馬多恵っていう存在を、知らない間に誰かに使われていたんです」

乃々香が息を吞む。

構わず、多恵は続けた。

「その人物は、『週刊フィーチャー』の相馬多恵と名乗り、取材させてほしいと言ってある女性を呼び出したんです」乃々香の視線を捉えて言った。

乃々香の瞳に怯えが走る。多恵がさらに言葉を継ごうとして口を開きかけたとき、ごめんなさいっ！　と乃々香が叫ぶように言った。テーブルにつきそうなほど、深く頭を下げている。

「それ、私、私がやったんです」

多恵の方が呆気にとられた。こんなに簡単に乃々香が白状するとは思っていなかったのだ。杏子から聞き込んだ話があるので、逃げ道がないようにして、一歩一歩、追い込んでいくつもりでいた。なのに、これでは拍子抜けだった。

「ほんと、ごめんなさい。一度、相馬さんみたいな仕事をしてみたくて。頂いた名刺を見ているうちに、つい」

乃々香さんは、と言ってから、多恵は小さく咳払いをした。

「乃々香さんて呼んでいいですか」

「もちろんです。多恵さん」

「じゃあ、乃々香さん、ついっていうような軽い気持ちであんなことをしたんですか」

「ええ」

「他にも何か理由があったんじゃないんですか。長谷川杏子さんを呼び出したい理由が」

乃々香が驚いた顔をする。それから、恐る恐るといった口調で言った。

「もしかして……長谷川杏子とうちの主人のこと、調べたんですか」

「調べてはいませんけど、想像ならつきます。乃々香さんのご主人は、長谷川杏子さんと同じく、Q建設にお勤めですか」

はい、と言って乃々香はうつむく。

「世間ではありふれたことですよね。部下の女性との不倫」と言って、慌てて乃々香は口を押さえた。「いやだ、なんで不倫なんて言っちゃったんだろう。うちの場合は、そんな大それたものじゃないんですよ。一度、二人で食事に行ったっていうだけなんですから。それ以上のことは何もないんです。他の人から見たら、たったそれだけっていうようなことかもしれません。でも、私にとっては大事件だったんです」

次第に興奮してきたのか、乃々香の声が大きくなる。ざわめきに満ちていたはずの店内が、先ほどよりも静かになったような気がした。自分たちの話はひとまず置き、乃々香の話に耳をそばだてることにした人たちがいるのかもしれない。

「場所を変えましょうか」と多恵は言い、さりげなく周囲を示した。

「え？　ああ、そうですね。こんなところで話すことではないかも」乃々香も気付いたようだ。

多恵は伝票を手に取り、レジに向かった。そのあとを乃々香がついてくる。会計を済ませて、店の外に出た。

「どうしましょうか」

多恵が言うと、乃々香が探るような視線を当ててきた。

「よかったら、うちに来ますか」

飛びつきたかった。行く行く行く、と言いたかった。喉から手が出るというのはこのことだと思った。その気持ちを押し隠しつつ、多恵は、いいんですか、と遠慮がちに尋ねた。

「外は暑いですし、他にゆっくりお話ができる場所も思い付きませんし」と言って、乃々香は先に立って歩き出す。

多恵はすぐに乃々香の隣に並んだ。

「歩きながら、お話してもいいですか」乃々香が訊いてくる。

もちろん、と多恵は答えた。

「多恵さんの名前を使ったのが、どうして私だって分かったんですか」

多恵は少し考えてから答えた。

「勘、かな」

「勘？」

「ええ。長谷川杏子さんから電話があって、誰かが私の名前をかたったって聞いたときに、思い出してみたんです。最近、名刺を渡した相手。それも女性。そうしたら、すぐにあなたの顔が浮かんだ」

「そんなー。私って、要注意人物みたい」

「その後、長谷川杏子さんから、待ち合わせの場所にマタニティウエアを着た女性がいたって話を聞いて、確信したの」

あら、と言って乃々香は口を押さえる。

「妊婦って目立ってしまうのね。気を付けなくちゃ」

反省点その一、といったふうである。

ごめんなさい、と言ってひれ伏すような真似をしてみせたくせに、その実、ちっとも悪いとは思っていなさそうだ。

彼女の頭の中はどうなっているのだろう。

どこまでが計算なのか、どこからが計算外なのか。

自宅に誘ってくれたのも、行きがかり上仕方なくなのだと思ったが、もしかしたら違うのかもしれない。

気を引き締めてかからなくては。

「さっきの話に戻るけど、ご主人と長谷川杏子さんが一緒に食事をした。だから、私の名前を使って、長谷川さんを呼び出したってこと?」

歩きながら多恵が訊く。環七は車通りが激しく、少し声を張り上げないと話も聞き取りにくい。

「どんな女か見てやろうと思ったんですよ」と乃々香は言った。「週刊誌の記者だって言えば、きっと出てくるだろうなーって思って。そしたら、案の定でした」

「で、待ち合わせ場所に現れた長谷川さんを見て、それで満足して、あなたは帰ったの?」

「そう。ああ、こういう女だったんだって分かったので」

「長谷川さんと話をしようとは思わなかった?」

「話?」

「うちの主人に手を出すなっていうようなことよ」

ああ、と言って、乃々香は余裕の笑みを浮かべる。

「そんなみっともないことはできないでしょう。主人も、もう二人きりでは会わないって言ってるんだから、信じてあげないと」

「それでよかったの?」

「え?」

「だって、ご主人のことを信じ切れないから、長谷川さんを呼び出したんじゃないの? 直接、釘を刺しておきたいとは思わなかった?」

乃々香は視線を上に向けて考えている。ぼんやり上を向き、腹を突き出して歩く乃々香は、どこかペンギンを思わせる。

「多恵さん、長谷川杏子に会いました?」やがて乃々香が訊いた。

「いいえ。電話だけ」

「それじゃ、分からないと思いますけど、長谷川杏子ってまだ二十代前半かな。若くて綺麗な人だったの。だから、もういいやって思ったんですよ」楽しげに言う。

思わず、多恵は乃々香の顔を見る。

こういう場合の妻の心理というのが、よく分からない。夫が食事をともにした女性は、自分よりも若く綺麗な人だった。それは受け入れ難いことではないのだろうか。よくもこんな女と、と屈辱感と嫉妬がない交ぜになって煮えたぎるものだとばかり思っていた。もういいやって思った、などと清々した顔で言ってのけるのは、ポーズにすぎないのではないか。そんなに簡単に割り切れるはずがない。乃々香の心に長谷川杏子の存在は、今もしこりとなって残っていて当然だ。

「多恵さんに迷惑をかけるつもりはなかったんです。無断で多恵さんの名前と身分を使ったのは、本当に申し訳なかった。謝ります」歩きながら、乃々香は何度も頭を下げる。

「もういいわ」と多恵は言った。「正直言っていい気分じゃなかったけど、乃々香さんが正直に打ち明けてくれたから、許す」

「よかった」乃々香が胸の前で、ぽんと手を鳴らした。

歩きながら話しているうちに、用件は済んでしまった。乃々香の自宅を訪ねる口実は、もうない。困ったな、と多恵は内心思っていた。じゃあ、きょうはこれで、などと乃々香に言われたら、引き留める理由がない。多恵は慌てて言った。

「差し支えなかったら、乃々香さんの気持ちをもう少し聞かせてもらえない？　部下の女性と二人きりで食事に行ったと気付いたきっかけ、とか、そのときどう思ったのか、っていうようなこと。妻の心理に興味があるの」

「それでお詫びの代わりになるんなら、何でも話しますよ」

「じゃ、一緒にケーキでも食べながら。私、買っていくわ」

交差点を渡った先にケーキ屋があったので入ろうとすると、乃々香が引き留めた。

「お茶菓子ならあるの。昨日、クッキーを焼いたから。それより、冷たい飲み物がないんです。コンビニに寄りましょうよ」

ケーキ屋の隣のコンビニエンスストアに向かう。

ケーキだろうが、冷たい飲み物だろうがどちらでもよかった。乃々香の家を訪ねることさえできれば。

飲み物の棚の前で、何にしようかと相談する。乃々香がアイスティーとオレンジジュースを選んだ。ボトルを入れた籠は多恵が持つ。

「これは私が買うわね。手土産を何も持たずに来ちゃったから」財布を取り出しながら、多恵は言った。

「すみません」

乃々香は軽く頭を下げた。それから、『週刊フィーチャー』がある、と言って棚から雑誌をとってぱらぱらとめくり始めた。

多恵がレジに向かいかけたとき、ドアが開いて老人が一人、店に入ってきた。飲み物の棚の方に歩いてくる。足が不自由なのか、一歩一歩確かめるようなゆっくりとした歩き方である。

老人はあらぬところに目をやったまま、進んでくる。体がふらついている。狭い通路ですれ違おうとしたら、ぶつかってしまいそうだった。老人が身に着けている白いワイシャツは、もはや白とは言えない色になっており、ズボンも染みだらけ、しわだらけだった。履いている革靴も爪先が潰れて、今にも穴があきそうな代物《しろもの》である。

老人が通れるようにと、多恵は菓子の棚の方に身を避けた。親切心ばかりでなく、悪臭が漂っていそうな老人に触れるのがいやだったからである。

老人が歩を進める。

ひっ。

多恵は息を呑んだ。

ふいに老人の手が多恵の胸に向かって伸びてきたのだ。反射的に財布を持っていた手を胸に当てて、ガードした。空を睨んでいたはずの老人の目が、ぎろりと光った。そして、次の瞬間、多恵が目にしたのは、黒っぽいものが空を飛んで、老人の顔面を直撃するところである。

どさっという音とともに床に落ちたのは、『週刊フィーチャー』だった。

老人が呻く。

「変態ジジイ！」という声が響いた。

叫んだのは乃々香である。周囲がしんと静まり返る。乃々香は、彼女の目はこんなに大きかったのかと驚くほど、両眼をかっと見開いて老人を睨み付けている。頬が紅潮し、首に筋が浮いている。乃々香は両足を、だん、と踏み鳴らした。

老人は顔を押さえて、通路にうずくまっている。店員が二人、すっ飛んできた。老人を見て、慌てている。

「お客さん、大丈夫ですか」老人を助け起こそうとして、肩に手をかけた。

「触るな、馬鹿者」老人が店員の手を払いのける。「馬鹿者、馬鹿者、馬鹿者」

連呼された店員は、呆気にとられていた。

「放っておけばいいのよ、そんなやつ」乃々香が怒鳴った。「痴漢の常習者なんだから」

店員は戸惑った目で、乃々香を見る。

「その人が、私の友達の体に触ろうとしたのよ。ね？」

同意を求められて、多恵は反射的にうなずいた。

実際は、何が起きたのかまだはっきりと呑み込めていなかった。体の不自由そうな、この老人が痴漢、というのはしっくりこなかった。が、乃々香の言う通りなのだろう。老人の手が伸びてきたのは事実。足下のおぼつかない老人が、バランスを崩して摑まるところを探していたのではないか、という好意的な解釈もできなくはないが、一瞬、目にした老人の瞳の色を思い出すと、やはり乃々香の言う通り痴漢だったのだと思う。

「多恵さん、お財布」

乃々香が財布を拾って渡してくれた。

老人の手は多恵の胸に触れることはなく、二の腕の辺りをかすっただけだったが、多恵は財布を取り落としてしまったのだ。

床に小銭が散らばっている。老人の周りにも落ちていたが、そばに行くのがいやだったので、離れたところのものだけを拾う。老人の近くの小銭は、店員が拾って手渡してくれた。

「いこ」

乃々香に促され、多恵は別の通路を通ってレジに向かった。店員の一人が慌ててカウンターに戻る。店員は何か言いたげに、乃々香と多恵の顔を何度も見る。けれど、結局、何も言わなかった。

金を支払い、ペットボトルが二本入った袋を手にして多恵は店を出た。振り返ると、老人がまだ床にうずくまっているのがガラス越しに見えた。その格好で、しきりに右手を床に這わせている。必死の形相で、棚の下を探っているのだ。そして何かをつまみ、ズボンのポケットに入れた。先ほど多恵の財布からこぼれ落ちた小銭を見つけたようだった。

「『あのじいさん』に会うなんて。よりによって、『あのじいさん』に会うなんて」乃々香が繰り返した。

コンビニで遭遇した老人が、この辺りでは『あのじいさん』と呼ばれる変人だというのは、乃々香の話で分かった。

相手が老人で、しかも足が不自由だからと同情し、油断しているととんでもない目に遭うというのである。乃々香もすれ違いざまに二の腕をいやというほど摑まれ、また、乃々香の知人も、お尻と脇腹を思いきり摑まれたというのだった。

「呆けた振りして、いやらしいのよ」乃々香が吐き捨てるように言う。

腹を立てているせいか、乃々香は早足だった。つられて多恵の足も速くなる。

「多恵さんの胸を触ろうとしたんだもんね、『あのじいさん』。許せない」

「乃々香さんのおかげで、未遂で済んだけど」

「危ないところだった。ほんと、よかった。多恵さんに何事もなくて」乃々香が長く息をつく。

多恵は複雑な思いで、隣を歩く乃々香を見つめた。

おっとりとして見えた乃々香の、素早い行動や、激しい怒りを目の当たりにして、ああ、やっぱり彼女にはこういう一面があったのだと納得する一方で、多恵は感動と呼ぶしかない思いに打たれていた。

乃々香が素の自分をさらして、多恵を守ってくれたという事実。

コンビニで、あのおかしな老人に胸を触られそうになったのは、それはそれでショッキングな出来事だったが、それ以上に多恵を動揺させているのは、乃々香だった。乃々香は、手にしていた週刊誌を投げつけるという荒っぽいやり方で、多恵に危害が及ばないようにしてくれたのだ。そして今、多恵さんに何事もなくてよかったと言って、安堵の息をついている。

「乃々香さん、ありがとう」

「いやだ、多恵さん」乃々香が顔の前で手を振る。「お礼なんて言わないで。私がもっと早く気が付けばよかったのよ。雑誌なんか見てたから、『あのじいさん』が店に入ってきたのに気付くのが遅れちゃった。あ、信号がちかちかしてる」

乃々香が小走りに信号を渡る。多恵も慌ててあとを追った。

「乃々香さん、ゆっくり歩いた方がいいんじゃない？　無理すると、お腹の赤ちゃんに良くないわよ」

「あ、そうね」

乃々香が歩調を緩める。

「こっち」

乃々香に促されて、左に曲がる。

ふと思い出して、多恵は、今、歩いてきたばかりの環七を振り返った。『あのじいさん』のことを夢中になって話していたせいで、鉤沼いづるが亡くなった現場を知らぬ間に通り過ぎてしまっていた。

あそこを通るときに、鉤沼いづるの話題を出し、乃々香の反応を窺おうと思っていたのに。

「もう少しだから」と乃々香が言う。

「一本入ると、静かね」

「そうなの。それ、重くない?」多恵がぶら下げているコンビニの袋を目で示した。

「大丈夫よ」

「ごめんね。持たせちゃって」

「何言ってるのよ」と多恵は笑った。

古い付き合いの女友達といるような気になってしまう。乃々香の方も、ちょっと前までの丁寧な話し方は影を潜め、打ち解けた口調である。

乃々香との間にある距離を詰めたいと、ずっと思っていた。彼女と親しくなるためだったら、どんなことでもすると。今、それが現実になりつつある。願ってもないことだった。ただひとつ、予定外だったのは、多恵自身の気持ちである。あくまでも多恵は冷静に、どれほど乃々香と親しくなろうとも、それは意図的なもの、あくまでも仲良くなった振りをするつもりでいた。こんなふうに、本物の親近感を覚えてしまうというのは思ってもいないことだった。

「ここ」

白い外壁の瀟洒《しょうしゃ》なマンションの前で、乃々香が立ち止まった。

「素敵なマンションね」

「ありがと」

乃々香は微笑み、エントランスを入る。壁に整然と並んだ、ステンレス製のメールボックスも、同じくステンレス製のオートロックのパネルも、ぴかぴかと輝いている。壁は白く、エントランスホールの床は美しい大理石である。

「新しいマンションのにおいがする」多恵は鼻をくんくんさせた。

「新しくないわよ。三年経ってる」

「三年なんて、新築と同じ」

多恵が住んでいる恵比寿のマンションは、築二十年以上だ。ここは何もかもが違っている。メールボックスは古びているし、オートロックでもない。もとは白かった壁はベージュで、ところどころひび割れている。

「うらやましいわ」

なぜそんなことを言ったのか分からない。多恵はもともと、誰かをうらやんだりするタイプではなかったし、もしもうらやんだとしても、それを口に出すことはまずなかった。

「私も多恵さんがうらやましい。熱中できる仕事があって」乃々香が言った。

お互いをうらやましがる女二人は、エレベーターで四階に行く。

想像していたのは、どこか少女っぽさの残る部屋だったが、実際は違った。家具や調度品の数は最低限に抑えられ、ファブリックはベージュ系で統一されたすっきりとした部屋だった。

いいお部屋ね、と言いながら、コンビニで買った飲み物をキッチンまで運んだ。キッチンも綺麗に片付いている。

「座ってて」と乃々香が言う。

「乃々香さんこそ休んだら？　お茶ぐらい、私がやるわよ」

「大丈夫。いいから、いいから、多恵さんは座っててよ」

乃々香に言われて、多恵はリビングルームのソファに腰を下ろした。

改めて部屋を見渡す。掃除の行き届いた綺麗な部屋だ。雑多なものが溢れている多恵の部屋とは大違いだった。乃々香は真面目に主婦業をやっているらしい。

アイスティーと手製のクッキーを載せたトレーを持って、乃々香が現れた。それをテーブルに置く。

「おいしそう」

乃々香は笑って、「自分で言うのもなんだけど、けっこういけると思う。クッキー作りは得意なの。こっちがレーズン、こっちがナッツ」

早速、レーズンの方を一枚取って食べてみる。確かにおいしかった。多恵が一枚食べる間に、乃々香の方は、レーズンとナッツをそれぞれ二枚ずつ、瞬く間に平らげてしまった。

「『あのじいさん』のせいで話が途中になっちゃったけど、ご主人と長谷川杏子さんのことに気付いたきっかけを教えてくれる？」多恵は切り出した。

「ありふれたことなの」と乃々香は言った。「主人のジャケットのポケットにあったレシート。銀座のイタリアンレストランのものでね、私も行きたいと思ってたお店だった」

そこまで話したとき、電話が鳴った。ちょっとごめんね、と言いおいて、乃々香が席を立つ。

多恵はまた一枚、クッキーを取る。乃々香自身がばくばく食べていることからして、このクッキーには何も問題はないらしい。何かおかしなものが混入されている、というようなことは。

乃々香に親近感を覚えていたが、警戒を解いたわけではなかった。解いてはいけないと思っていた。親密になるのと、相手を信頼するのとはまた別である。乃々香との距離を詰めたいと思ったのに、今は一定の距離を保つことに腐心している。乃々香にはするりとこちらの懐に入り込んでくる、不思議な力が備わっていた。

「あ、お母さん」と乃々香が言った。

電話をかけてきた相手は、彼女の母親だったらしい。乃々香はとても嬉しそうで、声も表情もどこか幼いものに変わっている。

「今ね、お友達が来てくれてるの。うん、うん、そう。大丈夫よ、心配しないで。それよりね、さっきコンビニで『あのじいさん』と出くわしたの。私の友達にいやらしいことしようとしたのよ。許せないでしょう?」

母親が何か言ったらしい。しばらく、乃々香は、うん、と、そうね、しか言わなくなった。

綺麗に整理整頓された部屋を眺める。

真面目な主婦であり、子供が産まれる日を心待ちにする妊婦であり、友達思いでもある乃々香。

その乃々香は、この家のどこかに、ミルクちゃんのストラップを隠しているのかもしれない。森が愛用していた、ふくろうの絵柄つき名刺入れと一緒に。

隠すとしたら、どこだろう。

空き巣にでもなった気分で、ぐるりと見渡す。

リビングルームではないな、と思った。もっと乃々香自身をさらけ出せる場所、あるいは彼女自身にとって大事な場所。寝室か、キッチンか。

首を伸ばしてキッチンの方を窺おうとしたとき、「分かったわ。じゃ、また、あとでこっちから電話するわね」と言って乃々香は電話を切り、多恵のところに戻ってきた。

「お母様とゆっくり話していてよかったのに」多恵は言った。

「ううん。母とお喋りしていると、私、止まらなくなっちゃうから。電話じゃ話し足りなくて、これからそっちに行くわっていうこともあるくらい。だから、適当なところで切り上げないと」

「仲がいいのね」

「一人っ子のせいもあると思うけど、私にとって母は一番の相談相手かな」

乃々香はアイスティーのグラスに手を伸ばし、「さてと、何でしたっけ?」と話を戻す。

「ご主人と長谷川杏子さんのこと」

「ああ、レストランのレシートの話をしてたんだった」

ジャケットのポケットに見つけたレシートから、夫が女性と二人で食事に行ったらしいと推測し、箱根旅行に行った折に夫を問いつめ、白状させたのだと乃々香は語った。

「箱根旅行はそのためだったの?」

「そうよ。子供が産まれる前に、夫婦二人で仲良く旅行っていうのは、表向き。本当は、主人を追及するためだったの」

「で、ご主人が正直に話したから許してあげたの?」

「そう」と言って、乃々香が微笑みを浮かべる。「もう二度とあんな真似はしないって約束してくれたしね」

「あんな真似?」

多恵はうなずいた。

「多恵さん、たかが食事って思ってるでしょう」

「多恵さんみたいに仕事をしている女の人だったら、男性と二人で食事に行く機会もあるかもしれない。でも、それは仕事の延長線上にあるものでしょう。主人と長谷川杏子の場合は違った。仕事とは何の関係もないのよ。しかもね、二人きりで食事に行きたいって言ってきたのは、女の方なのよ。主人はそれに応えただけだったらしいけど、男って、女に積極的に出られたら、デレデレになるに決まってる。放っておいたら、とんでもないことになるのよ。芽のうちにつみ取ることが大事」

「なるほど。それが賢明なる妻の判断ってことね」

ふふふ、と乃々香は笑った。

「冷たいものばかり飲んでいると、体が冷えちゃう。温かいお茶をいれてくるわね」乃々香が立ち上がる。

お構いなく、と心から多恵は言ったのだが、私が飲みたいんだから気にしないで、と乃々香は応じた。

「あ、そうだわ、これ」

キッチンに向かう途中で棚から紙袋を引っぱり出して、多恵の方に差し出す。

「箱根に行ったときの写真なの。まだ整理していないんだけど、よかったら見る？」

「問題の箱根ね」と言いながら多恵は受け取る。「ご主人はさぞかし、神妙な面もちをしてらっしゃるのでしょうね」

「それがね、そうでもないのよ。主人ったらね、なんだかぼやーんとした暢気な顔で写ってるの。いやんなっちゃう」

紙袋から写真を取り出した。乃々香が一人で写っているものが多い。ホテルの庭で写したもの、カフェで写したもの、美術館の入り口で写したもの。どの写真でも、乃々香は淡い色調のニットを着て、幸福そうに微笑んでいる。乃々香と夫が二人で写っているものも何枚かあった。乃々香は、ぼやーんとした暢気な顔と表現したが、もっと普通の言い方をすれば、乃々香の夫はとても優しそうだった。微笑みを浮かべて、乃々香に寄り添っている。夫が肩にかけているバッグは女物である。ごく普通の大きさのショルダーバッグに見えるが、身重の妻には、ほんのちょっとした荷物も持たせないのが、良き夫というものなのかもしれない。

乃々香の夫は、背の高い、なかなか見てくれのいい男でもある。清潔感もあり、知的な雰囲気も感じられる。長谷川杏子が一緒に食事に行きたい、と思ったのもうなずける。

「ご主人、もてそうね」キッチンにいる乃々香に声をかける。

「そんなことないわよ」と言いながらも、声が弾んでいる。

写真を汚さないように気を付けながら、順番に見ていく。煉瓦《れんが》造りの美しい建物の前に、夫婦が並んで立っている。近くにいる人に頼んでシャッターを押してもらったのだろう。同じ構図の写真が二枚あった。一枚では、乃々香の夫が横を向いてしまっていたので、おそらく撮り直したものと思われる。あ、ご主人、動かないで。もう一枚撮りますね。知らない誰かの声が聞こえるような気がした。

その乃々香の夫が横を向いている写真を、多恵は食い入るように見つめた。

この写真でも、乃々香の夫は女物のショルダーバッグをかけている。他の写真では、バッグは夫の背に隠れ、ストラップ部分だけしか写っていないが、このときは、横を向いた拍子にバッグが触れたとみえてバッグそのものが見えていた。外ポケットに携帯電話が納まっている。携帯電話に付けられたストラップも写っている。ごく小さいため、はっきりとは分からないが、ストラップにはピンク色をした飾りがついているようだ。

多恵は、その写真を顔に近付けて注意深く見た。この間見せてもらったときは、乃々香の携帯電話にはガラスの飾りのストラップが付いていた。写真のものは、それとは違う。違うということは分かるのだが、それじゃあどんな飾りがついているのかと言うと、はっきりとは分からない。

キッチンからは、陶器の触れ合う音がしている。もう間もなく、お茶の準備を整えた乃々香が、戻ってきてしまう。

今しかない。

多恵はその写真を抜き取ると、自分のバッグに滑り込ませた。が、そのままでは写真が折れ曲がってしまうかもしれないと思い、今度は手帳を取り出し、間に写真を挟んでから改めてバッグにしまう。たったそれだけのことなのに、手に汗が滲み、呼吸は浅く、胸の鼓動が激しくなる。

「お待たせ」

乃々香がリビングルームに入ってきた。まだ、胸がどきどきしていたが、多恵は努力して笑顔を作る。

「写真を汚すと大変。こっちに置くわね」

テーブルに置いたままにしていた写真をもと通り紙袋の中にしまって、多恵はそれをソファの脇に置いた。そうしながら祈る。写真が一枚、抜き取られたことに、どうか乃々香が気付かずにいてくれますように。

「いい香りでしょ。アプリコットティーなのよ」乃々香は言った。

5

「具合、悪いの？」

哲の声に、乃々香はぼんやりと目を開けた。

家具や照明器具のぼやけた輪郭が、少しずつ像を結び始める。哲は寝室のドアを薄く開けて、覗き込んでいた。廊下の明かりのせいで、哲の顔が黄色っぽく見える。

「大丈夫？」

ああ、うん、と乃々香は曖昧《あいまい》に応じた。

「どうした？」と哲が訊く。

「ちょっと疲れただけ。いつの間にか寝ちゃってたのね」

乃々香は何度か瞬きをする。瞼が貼り付くような感覚。目やにのせいだろう。妊娠して以来、あらゆる分泌物が増えたような気がする。口の中にはすぐに唾液がたまるし、汗もよくかく。目やにも多い。日に日に動物じみていくようだ。

「いやんなっちゃう」つい声に出して言うと、哲が驚いた顔をした。

「何かあった？」

「別に何かあったわけじゃないの。疲れやすくて、いやんなっちゃうってことよ」

「なんだ、そうか」

それはしようがないよ、と言いたげだ。乃々香がむっとしたのに気付いたのか、寝てていいよ、と哲は優しい口調になって言った。けれど、そういうわけにはいかないわ、と乃々香はそろそろとベッドから起きる。勢いよく起き上がると、目眩に襲われることもあるから、ゆっくりゆっくり。

哲は洗面所で手洗いとうがいをしている。子供の頃からそうするようにしつけられたのか、哲はいつも念入りにうがいをするのだ。

ベッドサイドの目覚まし時計を見ると、午後八時半を回っている。母との電話を終えて、ちょっと休もうとベッドに横たわったら、眠ってしまっていた。自分で思っていた以上に疲れていたようだった。

確かに、きょうはいろいろなことがあったから、疲れていたとしても当たり前だった。

午前中は、いつもと変わらなかった。洗濯をし、掃除機をかけ、テレビを見て過ごした。昼食にはサンドイッチを食べた。きょうはマタニティ・ヨガの日だったから、午後から出かけようと思っていた。が、昼過ぎにかかってきた多恵からの電話で、ヨガ教室に行く予定をキャンセルすることにした。多恵にごり押しされたわけではない。乃々香が進んでそうしたのだ。ヨガ教室に行って、体をねじったり、反らしたり、伸ばしたりしているよりも、多恵と向かい合って話をすることの方に興味を惹かれた。多恵は誘いの電話で、どうしても、お話ししたいことがあるんです、と言ったのだ。気にならないはずがない。

洗面所から聞こえていたうがいの音がやんだ。乃々香はゆっくりした足どりで洗面所に向かい、歯ブラシを手に持った。哲のうがいに負けないような念の入れ方で歯を磨く。上の前歯、下の前歯、そして奥歯。そうしながら思う。多恵はとても、綺麗な歯をしていた、と。

相馬多恵という女性は、勘もいいし行動力もある。こちらが戸惑っていようとなんだろうと、是非会いたい、すぐに会いたいとストレートに伝えてくる電話にも表れているが、神経も太そうだ。同時に、彼女にはどこかすっきりと爽やかで綺麗なところがある。それが歯に象徴されているように思えるのだ。

同性の友達、たとえばときどきランチをともにする寧子などは、話していて楽しいのは間違いないが、裏に回れば何を言うか分かったものではない、という警戒心が常につきまとう。弱みを握られたり、醜態をさらしたりしたら陰でおもしろおかしく語られる。だから、ゆったりと微笑みつつ会話を繋ぎながら、気を引き締めていなければならない。女同士の付き合いでは、それが当たり前なのかとばかり思っていた。

が、多恵の場合は違う。もちろん、違う意味で気を引き締めている必要があるにはあるが、それだけではない。多恵が、乃々香を理解しようと努めてくれているのがひしひしと感じられるのだ。彼女は、乃々香が長谷川杏子にかけたいたずら電話の件もすっかり見抜いており、それを乃々香自身に告げた。けれど、それは乃々香に腹を立て、糾弾するというよりは、こちらの事情を聞いて受け止めようというスタンスであるように思われた。

多恵は乃々香のことを知りたがっている。乃々香の気持ちを分かろうと必死になっている。

誰かが自分に強烈な興味を持っており、しかも、その相手が、多恵のようなマスコミの人間だというのは、少なからず自尊心をくすぐられる。多恵といると、自分自身の価値が急速に高まっていくような気がする。

だからこそ、多恵に近付くのが危険だと承知しつつも、そうせずにはいられなくなってしまうのだ。

それにしても……。

乃々香は改めて考える。

多恵が『あのじいさん』の被害を受けなくて、本当によかった。

よりによって、『あのじいさん』は多恵の胸を触ろうとしたのだ。いや、『あのじいさん』のことだ。触るなどというやんわりしたものではないだろう。思いきり摑むつもりだったのだ。痛いほどの力で。

その場面を想像しただけで、乃々香は身震いしてしまう。多恵にそんな思いをさせるわけにはいかない。

お腹の子供のことを思えば、あんなふうに感情的に、荒っぽい行動をとるのは好ましくない。けれど、乃々香の咄嗟の判断で、『あのじいさん』の手が多恵の胸を摑むのを阻止することができたのだから、あれでよかったのだと思う。

「乃々香は無理することないのよ」と母は言った。

多恵が帰ったあと、改めて母に電話をしてきょうの出来事を報告したのである。

「お腹に赤ちゃんがいるんだから、あなた自身が一番大事。一緒にいたお友達だって、自分でなんとかできたかもしれないでしょ」

母が言うのも、もっともである。けれど、あのときの多恵は、本来の行動的な多恵ではなかった。すくんでいた。意表を突かれたのだろう。誰だって、実状を知らなければ、『あのじいさん』のことを気の毒な年寄りだとしか思わない。

歯磨きを終えて顔を洗うと、気分がさっぱりした。リビングルームに行くと、出しっぱなしになっていた菓子皿から哲がクッキーをつまんでいた。

「誰か来てたの?」と哲が訊く。

ティーカップも出したままだった。

「お友達がね。お茶を飲みに寄ってくれたの」

「ふうん。それで喋りすぎて疲れたのか」

「喋りすぎ？　どうして」

「声がかれてるよ」

思わず喉に手をやる。そういえば、少し声が掠れていた。けれどこれは、多恵といて喋りすぎたからではない。その後、実家に電話をして母と喋ったせいだろう。

ソファの脇に置かれた写真屋の紙袋が目に入った。ふと思い出して言ってみる。

「きょう来てくれたお友達がね、その写真を見て、あなたのことをもてそうなご主人ね、だって」

哲は困惑したような笑いを浮かべ、ふうん、と言った。

多恵の言葉をそのまま伝えただけなのに、当てこすりを言われたと深読みしたのかもしれない。

哲は困惑を紛らわせるためか、袋の中から写真を取り出して見ようとしたが、箱根の写真だと分かるとすぐにもとに戻した。

「私、今度、着付けを習おうかしら」杏子が着付けを習っていたのを思い出して言ってみた。

「着付けって着物の？　そんな大きなお腹でできるの？」哲が驚いた顔をする。

乃々香は軽く笑って、「そうよね。子供が産まれてからじゃないと無理よね」と言った。

哲は苦笑で応じた。

「ねえ、私が着付けを習ったら、着物を買ってくれる？」

「うん、まあ、あんまり高くないのならね」

「あんまり高くない着物ねえ。いいのあるのかしら」

それには答えないまま哲はキッチンに行き、冷蔵庫の中を覗いている。

「ごめん。ろくなもの、入ってないでしょ。買い物に行ってないの」

「なんか食べに行こうか」

「そうね」

うたた寝していたせいで、服がしわだらけだ。面倒だが、着替えるしかないだろう。

「あまり食べたくないなら、俺一人で行ってくるけど」

着替えるのを渋っていただけなのに、哲は勘違いしたらしい。最近の哲にはこういうところがある。乃々香の気持ちを先読みしようとするのだが、それがどうにも的外れなのだ。

乃々香の体調を気遣い、長谷川杏子と食事に出かけた一件を埋め合わせようとしてのことだと思うが、成功しているとは言えなかった。

「私もお腹がすいてるの！　一緒に行くわ」

乃々香が膨れっ面をしてみせると、哲は慌てて、ごめんごめん、と言う。眉が下がって、情けない顔だ。

「着替えてくるわね」

うん、と哲は応じ、すぐに訊いてくる。

「何が食べたい？」

そうねえ、と言いながら考える。すぐに食べたいものが浮かんだ。

「角の中華料理屋に行かない？　チャーシュー麺と餃子がいいなあ」

「そんな脂っぽいものを食べて大丈夫なの？」

角の中華料理屋の料理はすべてこってりしていて、特にラーメンのスープは、ぎとぎとした脂が浮いている。肉体労働者の食べ物だと、乃々香はいつも思っていた。けれど、きょうはそれがいい。

「大丈夫よ。きょうは疲れたから、精力をつけなくちゃ」

「じゃ、そうしよう」

6

編集部の隅にあるパソコンの前に多恵は座った。

ストックルームに近いこの場所なら、人目に触れることはあまりない。周囲に目を配る。多恵を見ているものは誰もいない。

スキャナーで写真を読み込み、問題の箇所を拡大してみる。二百パーセントに指定するが、はっきりしない。携帯電話のストラップと思しきもの。それは、乃々香が持っているバッグに半分隠れていて、全体が摑みにくい。さらに倍率を上げていくと、粒子が粗くなってぼやけてしまう。拡大する範囲指定のやり方を変えてみる。やはりだめだった。

「何やってんの?」

突然、声をかけられて、多恵はびくりとする。

編集部の男性社員だった。ストックルームで何か探しものをしていたらしい。段ボールを抱えている。多恵は慌てて、両手を当ててパソコンの画面を隠した。

「なんだよ。怪しいな。エロ写真? 別に女の子がそういうのを見たって恥ずかしくないんだよ。気にしない、気にしない。どれ、ちょっと見せて。写真を拡大したいの?」

「いいです、いいです。自分でできます」

「いいからちょっと見せてみなって」男性社員は段ボールを床に置くと、多恵の手を振り払って画面を覗き込む。「ふうん。この写真かあ。別にエロじゃないじゃん。ただのスナップでしょ。このパソコン古いからさあ、こっちのソフトを使った方がいいよ」

多恵の手からマウスを取り上げ、手早く操作して別のソフトウエアを立ち上げる。ここをこうしてこうやって、などと言いながら次々とメニューバーから選んでいくと、突然、画面にピンク色のミニワンピースが大映しになった。

「あっ」

「おっ」

ほぼ同時に声を上げたが、その意味するところは違っている。男性社員の驚きの声は、ピンクのミニワンピースを着た女性の太股《ふともも》が目の前に現れたからであり、多恵の方は、ミルクちゃんに間違いないと確信したからである。

「もう大丈夫です。ありがとうございました」

多恵はそう言って彼を追い払おうとしたのだが、「もっと見せてよ。なんだよ、それ。やっぱりエロ写真なの？　女性が女性の体に興味を持つってやつ？　手伝ってやるよ」などと言って、なかなかどこうとしない。

「あとは自分でできますから。ほら、清里さんが呼んでますよ」

「呼んでねえよ」

「呼んでますったら。ほら、ほら！」

清里が立ち上がり、手招きしていた。

「俺ですか」彼は鼻の頭に人差し指を当てた。

清里がうなずいたので、彼はようやくのことでその場を離れた。

一人になって、多恵はじっくりパソコン画面を眺める。

やっぱり……。やっぱり、そうだった。

乃々香はミルクちゃんのストラップを持っていた。

乃々香といづるの間を繋ぐ物体。確かに繋がった。繋がってしまった。

予想したことの裏付けが取れたのだ。喜ぶべきなのに、なぜこんなに重苦しい気持ちになるのだろう。

本来だったら、乃々香がミルクちゃんのストラップを持っていたという確証を得たのは大手柄である。これまで推論と勘に頼って追っていたネタに、具体的な裏付けが手に入ったのだ。清里にすぐさま知らせるべきだろう。なのに、清里のところに走るどころか、編集部の誰にも見つからないようにと注意を払ったりしている。

乃々香の件は、自分一人のものにしておきたかった。最初のうちは、いちいち清里に相談して意見を聞いていたが、今はそんな気になれない。第三者に無責任にいろいろ言われるのは我慢がならなかった。

それに、ミルクちゃんのストラップを持っていたからと言って、乃々香が鉤沼いづるの死にかかわっている直接的な証拠とはならない。たまたまどこかで買ったのかもしれないし、誰かにもらったのかもしれない。

多恵は画面に映し出されているミルクちゃんの画像をプリントアウトした。印刷されたものをきちんと畳むと、ウインドウを閉じて、画面からミルクちゃんを消す。

清里の方を見ると、先ほどの男性社員と一緒に会議室に向かおうとしていた。多恵にはお呼びがかかっていない。

ホワイトボードに外出する旨を記し、多恵はオフィスを出た。行き先は新富町である。鉤沼いづるの恋人、佐藤の勤め先がそこにある。


「あ、それ、いづるのキーホルダー」と佐藤はすぐに言った。

「間違いありませんか」多恵は膝を乗り出す。

二人の間には、多恵がプリントアウトしてきたミルクちゃんの画像がある。

「間違いないよ。だってそれ、僕がネットで探してやったやつだもん」

「そう言えば、佐藤さんがいづるさんのために、ミルクちゃんのセル画をオークションで落札したことがあるって話、例の女性から聞きましたよ」

「そ。ミルクちゃん関係はチェックしてた。キーホルダーもそのひとつ」

「これ、キーホルダーだったんですね」

乃々香はミルクちゃんのフィギュアの部分だけを使って、携帯電話のストラップとしていた。

「うん。家の鍵じゃなくて会社の机の鍵とか、そんなのを付けてたと思う」

「佐藤さんが、いづるさんにプレゼントしたものなんですね？」

「プレゼントってわけじゃないよ。代金はもらってたから。僕はただ探してやってただけ。誰かがコレクションしてるものって、気になっちゃわない？　いいのあったら、教えてやろうなんて思ってさ。ついついいろんなところ、覗いちゃう。で、見つけると、あった、あったなんて嬉しくなってさ」

「親切なんですね」

「まあね」

「佐藤さん、以前、いづるさんがいろいろ必要なものを買っておいてくれた、っておっしゃってませんでした？」

「そうだよ。食料品とか洗剤とかトイレットペーパーとか鍋とかシーツとか、そんなもんをね」

「日用品の買い物はいづるさんに任せて、佐藤さんは趣味の品を手にいれる方を受け持っていたってことですか」

「ネットで探すのは好きだから。ねえ、なんかコレクションしてるものない？」

「え？ 私ですか」

「うん。なんかほしいもんあったら、探してあげるよ」

「今のところ、思い当たらないですけど、何かあったらお願いします」

「いいよ」

初めて会ったときと比べれば、佐藤は格段に打ち解け、愛想もいい。社会人としての常識に目覚めたというわけではなく、佐藤の場合は、きょうは機嫌がいいというだけのことなのだろう。

「そのキーホルダーさあ、どこにあんの？」目でプリントアウトを示しながら佐藤が言った。

「私も探しているところなんです」

「ふうん。そうなの？　じゃ、なんで写真があるのさ？」

「これは、たまたま手に入ったというか。実物はまだ見ていませんし。今、どこにあるのかもはっきりとは分からないんです」

「見つかりそう？」

「何とも言えませんけど、どうしてですか」

「見つかったら、教えてほしいなと思って」

いづるとの思い出の品なのだろう。遺品として、大事にとっておくつもりなのかもしれない。

だが、佐藤の言葉で、多恵の予想は覆された。

「いづるが持ってたキーホルダーはレア物だからさ、ネットに出したらいい値がつくんだよね」

多恵はまじまじと佐藤の顔を見る。

「どうかした？」

「いえ、別に」

「じゃ、頼んだよ」

ミルクちゃんのキーホルダーが見つかったら知らせてくれと念を押したようだった。

「佐藤さん、改めてお訊きしますけど、あなたにとって鉤沼いづるさんはどういった存在だったんですか」

幾分の非難と、単純な疑問とを併せた質問だった。佐藤はしばらく考え込んだが、やがてさっぱりした口調で言った。

「いづるはいづるだよ。それ以外の何ものでもなかった」

この男にはこういうところがある。自己中心的で、配慮に欠けて、何を考えているのか分からない。なのにこうして、いづるはいづるで、それ以外の何ものでもなかった、などと胸にぐっとくるようなことを言う。

いづるに対してもそうだったのだろうか。

ないがしろにしているようで優しく、優しいようでいて突き放している。そんなふうにいづると付き合っていたのか。一緒にいたときは、いつも佐藤にべたべたとくっついていたというづるはどんな気持ちだったのだろう。佐藤に愛されているという自信を持っていたのか、それとも不安でたまらなくて佐藤に体を寄せていたのか。

どちらだったにせよ、いづるにはひとつ確かなことがあったのだ。いづる自身が佐藤をた。


愛していたというその気持ち。

私は佐藤さんが大好き。

常にいづるは全身でそれを表現していた。そして、佐藤はそれを拒絶したりはしなかった。

「もしも、いづるさんが事故死ではなく、何者かに殺されたのだとしたら、どう思われますか」多恵は訊いた。

「まだそんなこと言ってるの。僕じゃないよ。僕はそんなことしないから」

「佐藤さんが犯人だと言っているのではありません。誰か別の人だったとしての話です」

ふうん、と言って、佐藤はまた考え込んだ。

「そういう可能性を考えたことはありませんか」

「可能性ならあるんじゃない」と佐藤が答える。

「いづるさんを恨んでいた人がいた、ということですか」

佐藤は激しく首を横に振り、そういう意味じゃないよ、と言う。

「なんでいづるが死んだのか、全然、分からないってことだよ。だから、いろんな可能性があるわけでしょ。自分から道路に飛び出してトラックにひかれたのかもしれないし、誰かに突き飛ばされたのかもしれない」

「誰かに突き飛ばされたとしたら、その誰かはなぜそんなことをしたんでしょうね」

「知らないよ。当人にだけ分かる理由があったんじゃないの」

佐藤の言う通りだろう。もしも、乃々香がいづるを突き飛ばした犯人だったとしたら、彼女にはそうしなければならない理由があったのだ。彼女にだけ分かる理由が。

鉤沼いづると乃々香は、二人とも江戸川区の葛西周辺に住んでいた。いづるのアパートと乃々香のマンションは、歩いて十分程度の距離にある。東西線葛西駅を利用していたから、車内や駅のホームや改札口、あるいは駅までの道筋など、どこかで顔を合わせることもあったのかもしれない。鉤沼いづるはあの通り、ある意味で目立つ外見をしているから、一度、会ったら忘れることはないだろう。

いづると乃々香の間で、何かトラブルがあったとも考えられる。人目につくようなトラブルではなかったのかもしれないが、乃々香には許し難いものだった。いづるの存在自体を嫌悪した、というのはありそうなことだった。

佐藤の会社を訪ねた帰り、多恵は近くにあるカフェに立ち寄った。コーヒーを飲みながら、手帳に挟んである鉤沼いづるの写真を取り出し、じっくりと眺めた。併せて、手帳にメモしてある鉤沼いづるについての情報も読み返す。

いづるは自分の意見をはっきりと口にする方だったらしいし、男性に対しても積極的だったし、付き合っていた佐藤に対しては、人目もはばからず、べたべたと寄り添っていたという。

何も、コンプレックスの塊になれとは言うつもりはないが、ある程度、自分を客観的に捉えることも必要だろうと思う。いづるにはそれがなかった。

なんで、あんたが？　というような相手が自信満々に振る舞っている姿ほど、見ていて不愉快なものはない。

乃々香がどこかでいづると出会ったとしたら、いづるに対して不快感を抱いたのは容易に想像がつく。

そして、森良和。森と乃々香の接点は、やはり葛西駅である。森が痴漢だと指弾された現場に、乃々香は居合わせたのだ。乃々香と森の間に何があったのかは分からない。けれど、ここでも乃々香は不快感を覚えたに違いないのだ。

なんだかちょっと分かる。

いやな気分になったであろう乃々香が、とても身近に感じられる。

「死んじゃえばいいのに」

乃々香の心の声が聞こえた気がした。鉤沼いづるや森良和を横目で見ながら、密かに心の中で呟いていた乃々香の声が。

そのとき携帯電話が振動した。

「すみません。お忙しいところをお邪魔して」細く澄んだ声。長谷川杏子だった。

「いえ。何かありました？」

「何かあったっていうわけじゃないんですけど、考えているうちに、気になってしまって。あの、この間、待ち合わせ場所にどんな人たちがいたかを思い出してくれって相馬さんおっしゃいましたよね。それで、私は覚えている限りのことをお話ししたと思います」いったん言葉を切ってから、杏子は続ける。「ホテルのティールームにマタニティウエアを着た女性がいたってこと、お伝えしましたよね。そのことが、なんだか引っかかって」

「引っかかるというのは、何が?」

「その女性のことを私が話したとき、相馬さん、お訊きになりましたよね。マタニティウエアの女性は、ずっとお店にいたのかって」

「ええ」

「わりとすぐにお店を出ていったとお話ししたら、ああ、そうですかって言って、それ以上のことはお訊きにならなかった」

そうだったかしら、と言いながら、そうだったに違いない、と多恵は思う。マタニティウエアの女性がすぐに店を出ていったと聞いた瞬間、乃々香だと直感したのだ。やはり、乃々香がいたのだと、それで質問を打ち切った。

「あのあと、いろいろ考えているうちに、思い当たったことがあるんです。うちの部署に柴田さんという方がいらっしゃいます。その方の奥さんが、今、妊娠中なんですよ」

多恵は黙って話の続きを待つ。

「実は私、その柴田さんと、一度、お食事に行ったことがあります。土曜日のランチタイムに二人だけで。もしかしたら奥さんがそのことを知って、誤解したんじゃないでしょうか。それで私に電話をかけてきた。違いますか。あのとき相馬さんの振りをしていたのは、柴田さんの奥さんなんじゃありませんか」

多恵は反射的に、いいえ、と言っていた。

「違うんですか」

「まだ分からないです。他の仕事に追われていて、あのときのいたずら電話の犯人について、十分に調べていないので」

あのときの電話の主が乃々香だったということを、杏子に知らせるわけにはいかない。それはもう、絶対に。

杏子はいたずら電話の被害者だが、それだけだった。一方の乃々香は、いたずら電話の犯人だが、それだけではなかった。

「柴田さんという方の奥さんが、私の名をかたったというのもあり得ないことじゃないと思いますけど。でも、長谷川さんは、その男性とお食事に行っただけなんでしょう。それくらいで、奥さんがわざわざ手の込んだ嫌がらせをするかしら」当たり障りのないことを言ってみる。

「だから、誤解してるんだと思うんです。食事だけじゃないと思ってるかもしれないでしょう。つまり、もっと深い関係だと邪推している、というような……。そんなふうに思われるの、私、耐えられないんです。柴田さんから、一回だけでいいから付き合ってくれってしつこく誘われて、それで仕方なくランチに行っただけなのに」

乃々香によれば、杏子の方が乃々香の夫を熱心に誘ったということだったが、どうやら事実は違うらしい。

「相馬さんはご存じなんでしょう。私に電話をして、あなたの振りをして誘い出した女性が柴田さんの奥さんだったって、本当は突き止めたんじゃないんですか」

「先ほど申し上げましたでしょう。まだ分からないって」

「でも……」

「とにかく、放っておけばいいんですよ。仮に、その柴田さんの奥さんとの間に誤解があったのだとしても、いずれ解けますから」

多恵はそう言って杏子を宥《なだ》めたつもりだったが、彼女の気持ちは収まらないようだった。

「放っておくなんてできないわ。私にだってプライドがあります。柴田さんの奥さんに嫌がらせをされる覚えはないんですから。いやいや付き合って、柴田さんと一緒に食事に出かけただけなのに、そんなふうに思われるの、いい迷惑なんです」

若くて綺麗なお嬢さん、と乃々香は長谷川杏子を表現したし、最初に杏子と電話で交わした会話は確かにそういうイメージだった。言葉遣いも丁寧で、育ちのいい女性という印象を受けたのだ。だが、実際の杏子はかなり多弁だ。おまけに少々ヒステリックなところもありそうだ。こちらが地なのだろう。

「ああ、もう、いや！」

いやになる気持ちは分かるが、よけいなことをして乃々香を刺激してほしくなかった。

乃々香が鉤沼いづると森良和の死にかかわっていた可能性は高いが、今のところ、それに気付いているのは多恵だけだった。誰も、そんな推論に推論を重ねたこじつけを、まともに取り上げようとはしていない。これまでの途中経過を報告してきた清里だって、本気にしていないくらいなのだ。だから、今ならまだ乃々香は安全だ。今のままなら。けれど、もしも杏子が乃々香を苛立たせ、その結果として、乃々香が何らかの行動を起こしたとしたら……？

そういう事態はどうあっても阻止しなければならない。もちろん、杏子の身を案ずるからでもあるが、それ以上に乃々香に罪を重ねてほしくないという思いが先に立つ。そのためには、杏子におとなしくしていてもらいたかった。だからこそ、心を込めて言った。

「長谷川さん、あなたがわざわざ弁明なさらなくても、食事に行ったのは、相手の男性の方が熱心に誘ったからだっていうのは、きっと誰の目にも明らかなことだと思いますよ。直接、長谷川さんにお目にかかったことのない私が言うのもなんですけれど、お話ししていれば、長谷川さんが魅力的な女性だってことくらい分かります。なのに、こんなことで大げさに騒ぎ立てたりしたら、あなた自身の価値を下げてしまうことになる。そうじゃありませんか」

杏子が黙る。

頼むから、面倒を起こさないでくれという願いを込めて、もうひと押しする。

「長谷川さんのことを呼び出したのが、柴田さんの奥さんだったとして、待ち合わせの場所にいらした長谷川さんのことを見て、すべてを悟ったんじゃないでしょうか。こんな若くてステキなお嬢さんが、うちの夫をまともに相手にするわけがないって思ったんじゃないでしょうか。だから、そのまま帰ってしまった。尻尾を巻いて帰ったと言ってもいいのかもしれませんよ」

乃々香が聞いたらひどく怒りそうだが、そう言っておくより他はない。

「とにかく、しばらく様子を見た方がいいですよ」

「そうですねえ」杏子は、まだ納得しきれてはいないようだった。

「もしもまた何か、嫌がらせを受けるようなことがあったら、そのときにもう一度考えましょうよ」

「それがいやなんですよね」杏子がぽつりと呟く。「また嫌がらせをされるかも、ってびくびくしているのが、すごくいや」

「お気持ちは分かります。でも、今は何もしない方がいいですよ。私も、もう少し調べてみますから。ね？」

「相馬さんがそうおっしゃるなら、仕方ありませんけど」

それで多恵はほっとしたのだが、杏子はさらに続けた。

「ちょっと鎌を掛けてみるだけなら、問題はないですよね？」

「鎌を掛ける、というのは？」

「ですから、うちの部署の柴田さんに訊いてみるんです。最近、奥さんはお元気ですか、とかなんとか」楽しげな声だった。いいことを思いついたと喜んでいるのだろう。

「やめた方がいいと思いますよ」多恵は強い口調で言った。

「どうしてですか。家族のことを話題にするのは、別におかしくないと思いますけど。それに、ちょっとした質問を投げかけることで、いろんなことが分かるかもしれません。柴田さんの奥さんが、私に嫌がらせをしそうなタイプなのかどうかとか」

「長谷川さん」

再度、そんなことはしないようにと言うつもりだったのだが、杏子は勝手に決めて、

「私の方も何か分かったら、また連絡しますね」と言って電話を切ってしまった。

7

定期検診というのは、どうしてこうも時間がかかるのだろう。

午前九時の予約時間よりも二十分早く行ったのにもかかわらず、一時間以上待たされた。なのに、実際の診察にかかる時間は、ほんの数分。本当にちゃんと診てるんですか、と医師に詰め寄りたくなるが、順調だからこそそれで済むのよ、診察に時間がかかったらそれこそ大変、という母の言葉を思い出して、なんとか我慢しているのである。

体重増加は平均以下だが、それでも体が重たいのには変わりがない。腰痛もひどく、トイレも近い。そのせいか、眠りも浅く、疲れがとれないような気がするのだと伝えたら、医師は、それが普通ですよ、と応じた。そう言われてしまうと返す言葉がない。普通だったら、我慢するより仕方がないのだろう。

自宅に戻って、ハーブティーを入れた。カモマイルの香りにほっと息をつく。

乃々香は静かに腹をさする。一人でいるとき、よくこうしている。お腹の中の赤ん坊が安心して眠ってくれるような気がする。

ハーブティーを飲み終えると、気分が良くなった。昼ご飯がまだだったので、何か簡単なものを用意しようとキッチンに向かいかけたときに電話が鳴った。

はい、と言って受けると、高い女性の声が、柴田さんのお宅でしょうか、と訊いた。

とらなければよかった、と乃々香は思った。きっとセールスだ。どこから情報が漏れるのか定かではないが、胎教に良いクラシック音楽のCDセットだの、妊娠線予防のためのボディクリーム・セットなどを売り込む電話がよくかかってくる。

「失礼ですが、奥様ですか」と電話の相手は訊いた。

「はい」

「私、長谷川と申します。Q建設の長谷川杏子です。柴田課長にはいつもお世話になっております」

一瞬、息を呑むが、すぐに乃々香は気持ちを立て直し、「こちらこそ、いつも主人がお世話になっております」と落ち着いて応じた。

「こうやって電話でお話するの、初めてではないですよね？」杏子が言う。

「え？　初めてだと思いますけど」

「『週刊フィーチャー』の相馬多恵。覚えがありません？」

「なんのことだか分かりません。長谷川さんとおっしゃいましたよね、どうかなさったんですか。突然お電話くださったのは、どういうご用件でしょう？」

「柴田課長に聞いたんですけど、奥さん、着付けを習いたいんですって？」と言って杏子はくすくす笑う。「課長ったら、着物って高いんだろうな、なんて言ってらっしゃいましたよ」

「それが何か？」

「偶然ですね。私も着付けを習ってるんです」

「そうですか。それは本当に偶然ですね。で、その着付けが何か？」

「着付けはどうでもいいんです。お電話しましたのは、奥さんが誤解なさっているようなので、訂正しておきたいと思ったからです」

「ごめんなさい。何をおっしゃってるのか分からないんですけど」

「それならそれで構いません。とにかく聞いて頂けますか。私、前に一度、柴田課長と食事に行ったことがあります。柴田課長から何度も熱心に誘われて、奢ってくれるって言うし、行ってみたいレストランがあったし、じゃあ、まあいいかと思って、一度だけ付き合ったんです。でも、それだけです。それに、二度と食事にしろ何にしろ、お付き合いするつもりはありません。したいとも思いません。だから誤解しないでください」

「誤解なんかしてませんけど」

「柴田課長はお幸せですよね。奥様に愛されていて」

乃々香は黙っていた。

「なのに何で、会社の女の子にいろいろ声をかけてるのかしら」杏子が呟いた。

「いろいろ声をかける？」

「私も何回も誘われて根負けして、一度付き合ってあげたんですよね。そのあとは、ずっとお断りしてるんです。そうしたら、別の部署の女の子を誘ったりしているみたいなんですよ」

「いい加減なことを言わないで」

「いい加減なことなんか言ってませんよ。でも、奥さんは心配しなくて大丈夫ですよ。私たち女子社員もそんなに馬鹿じゃありませんから。柴田課長のことをまともに相手にする子はいないと思います」

「ちょっと、あなた、何を言ってるんですか」

「どうも、お邪魔しました。お体お大事にしてください」それだけ言って、杏子は電話を切った。

乃々香は受話器を握りしめたまま、呆然と立ち尽くす。耳鳴りがしていた。杏子の細く高い声が針のように耳の奥底に突き刺さっていた。

若くて綺麗な、感じのいい女性だと思ったが、とんでもない。なんて生意気で意地の悪い女なのだろう。

人の亭主と食事に行っておきながら、熱心に誘われたから仕方なく、と言った。

哲が手当たり次第に若い女子社員を誘っているようなことも言っていた。おまけに、哲のことを誰もまともに相手にしない、などと。

まったくどういう神経をしているのか。

乃々香は両手をぎゅっと握り合わせた。その瞬間、お腹の中の赤ん坊が思いきり乃々香の骨盤を蹴飛ばした。

「いたっ」

思わずしゃがみ込む。赤ん坊が暴れていた。乃々香の怒りが乗り移ったかのようだ。右手を当ててさするが、なかなかおとなしくならない。

よろよろと歩いて寝室に行き、ベッドに横たわる。目を瞑って休もうとするが、神経がいやな感じに冴え渡って、先ほどの杏子とのやりとりが繰り返し頭に浮かんでくる。

それでも小一時間ほど体を休めていた。睡魔が訪れるかと思ったが、その気配はない。こうしていても、気持ちが晴れるどころか、苛立ちが募るばかりだ。

とにかく、何か食べよう。

乃々香はゆっくりと起き上がった。キッチンを覗く。昼食にできそうなものは、冷凍うどんしかない。こういうときに、わびしくうどんをすすっていたら、ひどく惨めな気分に陥りそうだった。

買い物に行こうと決めて、自宅を出た。近くのスーパーマーケットでパック詰めになった総菜を何種類か選ぶ。場所を移動して、パンや菓子類を次々に籠に放り込んでいるうちに、今朝、産婦人科で、母体の健康のために、野菜を多めにとるようにと言われたことを思い出した。

お体を大事にしてください。

また、杏子の声が甦る。ふん、と乃々香は鼻を鳴らした。おっしゃる通り、体を大事にしてやろうじゃないの。

総菜コーナーに戻って、サラダを選ぶ。サラダだけでも何種類もある。プチトマトの赤、レタスやキュウリ、キャベツのグリーン、パプリカのオレンジと黄色。生き生きと爽やかな色合いである。が、そのすぐ近くに生き生きもしておらず、爽やかでもないものを見つけてしまった。『あのじいさん』である。

乃々香はさりげなくその場から離れた。もしかしたら、この間のコンビニでの一件を根に持っているかもしれないと思ったからだった。『週刊フィーチャー』を老人の顔に思いきり投げつけた。かなりの衝撃があったはずだ。

が、『あのじいさん』の目には乃々香など映っていないようだった。彼の目はひたすら、パック入りの総菜に注がれている。それも三十円引き、五十円引きといったシールの貼られた、売れ残り商品に。

さんざん迷った末、老人は大根のなますと卯の花のパックを握りしめ、よちよち歩きでレジカウンターに向かった。彼がいつも穿いているグレーのズボンはさらに生地が薄くなり、染みも増えたようだ。

適当な間合いを取って、乃々香はあとに続いた。

売場とレジの間のほんの短い距離も、彼の歩き方だと永遠にたどり着かないのではないかと心配になる。

ようやくのことでカウンターに着き、総菜を置いた。レジの女性が金額を告げると、老人はズボンのポケットから小銭を取り出し、震える手で数え始めた。硬貨を取り落として慌てて拾おうとするのだが、体が傾いた弾みで掌に載っていた別の硬貨までもが散らばってしまう。見ていてもどかしくなるような動作で彼はそれをひとつひとつ拾う。手助けする様子もなく、レジの女性は黙って見ている。彼女も老人に体のどこかを摑まれたクチなのかもしれない。

老人はかなり長い時間をかけて金を支払い、余った金をポケットに慎重にしまう。レジの女性が総菜を袋に入れて老人に渡した。それをひっ摑むと、彼はまた一歩一歩確かめるように歩き出す。出口近くに置いてあるゴミ箱の中を物色して、長葱の青い部分を見つけると、しっかりと小脇に抱えた。

老人の姿が自動ドアの向こうに消えてから、乃々香はレジカウンターに籠を載せた。支払いを済ませ、老人のあとを追う。急ぐ必要はなかった。スーパーの袋と葱を抱えた老人は、膝をがくがくさせるおかしな歩き方でほんの数メートル先を進んでいた。

こうして見ていると気の毒な老人にしか見えないのだが、やはり気を緩めてはいけないのだと、すぐに思った。老人が、すれ違った女子高生の二人連れに向かって叫んだのである。

「チチ！」

言われた方の女子高生は、一瞬ぽかんとした顔になる。

「チチ！」金属的な声で彼は繰り返した。

チチ？

その響きから、『父』を連想したが、どうやら老人は、『乳』と言いたいらしい。乳房という意味の乳と。

「やだあ」

女子高生もようやく分かったのか、眉をひそめ、それから噴き出した。

「ばっかじゃない」もう一人の女子高生も言う。

「不気味。見てるよー」女子高生が体をくねらせて、胸をかばう。

葱のおかげよ、と乃々香は彼女たちに言いたかった。老人は、総菜と葱をそれぞれの手に持っていたから両手が塞《ふさ》がっていた。そのおかげで、彼女たちは体を掴まれずに済んだのだ。笑っていられるのは、単に運が良かったから。

「行こう」

二人連れの女子高生は、老人の立っている場所を大きく迂回《うかい》して去っていった。老人は彼女たちの後ろ姿を睨み付けながらぶつぶつ言っていたが、しばらくすると諦めたのか、また歩き始めた。

老人の住まいが、乃々香のマンションの先にある都営住宅だというのは知っていた。そこに住んでいる知人もいないので訪ねる用事もなく、これまで足を踏み入れたことはない。都営住宅はかなり年季の入った建物で、外壁や階段がひび割れているが、ゴミ置き場が綺麗に掃除されているところを見ると、それなりにきちんと管理されているのか、それとも良心的な住人が掃除を買って出ているのか。

老人は、三ヶ所ある都営住宅の入り口のひとつに入っていった。がちゃがちゃ音がしているのは、メールボックスをいじっているのかもしれない。

すぐ近くの植え込みの陰から様子を窺っていると、階段で二階に上がっていった。道路を歩いているときと同様、あらぬところに視線を据えて、階段を上っていく。一段上るたびに、がさがさ音がする。スーパーの袋が壁をこすっているのだろう。ようやく彼は足を止めた。階段を上がってすぐ目の前が、彼の部屋らしい。

十分な時間を置いてから、乃々香は足音を立てないよう気遣いつつ、ゆっくりと階段を上っていった。目当ての家のドアは薄く開いていた。ドアに、見覚えのある革靴が挟まっていた。脱ぎ散らかしたものが、そのままドアに挟まれ、ストッパーになってしまったらしい。不用心だと呆れるが、用心する必要もないのかもしれない。

近付いてみると、家の中からすえたようなにおいが流れ出てきた。乃々香は吐き気を覚えて思わず口元を両手で押さえた。この家の中には、腐った食べ物が累積している。

あとずさりしてその場を離れ、外階段から体を乗り出して新鮮な空気を吸う。肩を上下させて何回も。

なんだかあまりにもイメージ通りの暮らしぶりに脱力する。これで『あのじいさん』がすごく洒落た靴を玄関に並べていたり、家の中に香を焚きこめていたりしたら、おもしろいのにな、と乃々香は残念に思う。そういう意外性を垣間見せてくれれば、少しは見直したのに。

ま、仕方ないか。

結局は、しようもない年寄りだということだ。

乃々香はもう一度、老人の部屋の前に戻った。ハンカチを鼻と口に当て、いやなにおいを嗅がないよう気を付けながら表札を見る。

『田村湯一』

プラスチックのプレートに、太いマジックで書かれている。達筆ではないが、読みやすく、きちんとした字である。スーパーマーケットのポップなどに、よくこんな字を見かける。おそらく湯一ではない別の誰かが書いたものだろう。湯一の子供だろうか。それとも孫か。

田村湯一。

湯という文字の連想で、頭の中に温泉マークが浮かぶ。

湯一っつぁん、と時代劇風に呼んでみたりする。長屋の住人のようだと思い、密かに笑う。

おかしな名前だけれど、『あのじいさん』には似合っている。

そう思ったとき、杏子との電話でささくれ立っていた神経がすっと楽になった。

8

翌週、仕事がいち段落すると、多恵は長谷川杏子に電話をかけた。鎌を掛けてみるだけなら問題はないですよね？　と杏子が言っていたのが気になっていた。

「あ、相馬さん。こんにちは」

杏子は明るかった。元気そうである。ひとまずほっとする。何も悪いことは起きてはいないのだ。たとえば、乃々香が杏子に危害を加えるというようなことは。

こんにちは、と応じてから、多恵は切り出した。

「先日、長谷川さんがおっしゃっていた件ですけど、ほら、同じ部署の柴田さんという方の奥さんがいたずら電話をかけた犯人じゃないかっていう」

「ああ、あれはもういいんです」さっぱりとした口調で杏子が言う。

「え？」

「解決しましたから」

「解決っておっしゃいますと？」

「相馬さんをわずらわせるのは申し訳ないと思いましたので、自分でなんとかしました」

「どういうことか、説明していただけますか」

「ごめんなさい。ちょっと待ってくださいね」と言って会話が中断される。

杏子はどこかへ移動しているようである。誰かが別の誰かを呼んでいる。電話の鳴る音がする。それらオフィスのざわめきが次第に遠のいていく。トイレか会議室か、人に話を聞かれないような場所に移ったのだろう。

「お待たせしました」と言って、杏子が電話に戻ってきた。「いたずら電話をかけたのは、やはり柴田さんの奥さんだったんです。柴田課長と話していて、これは間違いないなって思うことがあったんですよ。それで私、直接、柴田さんの奥さんと話しました」

「直接、話した？」

「ええ。思い切って柴田課長のご自宅に電話をかけたんです。奥さんはしらばっくれてましたけど、私の方は言うだけのことは言いました」

乃々香に向かって杏子が何を言ったのかは想像がつく。真綿でくるんだような言い方をしたのか、直截に言ったのかは分からないが、いずれにしろ乃々香をひどく怒らせたに違いない。

「それで、その後は何か?」多恵は慎重に訊いた。

「別に何も」

「嫌がらせめいたことはありませんか」

「ありませんよ。もしかしたら、柴田課長と奥さんの間では何かあったかもしれませんけど、私に対しては何もありません」

「それなら良かったですね」

「ほんと、良かったです。すっきりしました」

ちっとも良くない、と多恵は歯がみする。乃々香は今、どんな気持ちでいることだろう。

「相馬さんとは、おかしなことでお知り合いになっちゃいましたけど、これからもよろしくお願いします」杏子は如才なく言う。

その如才なさは、杏子の機嫌の良さの表れのようだった。そして杏子の機嫌の良さは、乃々香の不機嫌さに通じる。

「じゃあ、また」

と言って電話を切り、多恵はすぐに乃々香の電話番号をプッシュしようとしたが、清里に邪魔をされた。アルバイトの女性が整理した新聞の切り抜きを持ってくると、見ろよ、と押しつけてきたのだ。

「またもや、葛西の事件だよ。今回は死んでないけど、ちょっと気になる話ではある。調べてまとめてみたらどうだ？」

葛西と聞いて思わず目をやる。

独居老人宅に薬物入り缶コーヒー
××日午前11時ごろ、江戸川区中葛西に住む田村湯一さん（77）が玄関付近に倒れているのを、近くを通りかかった宅配便配達員が発見し、１１９番通報した。田村さんは救急車で運ばれ、現在入院中である。ふたが開いた状態で玄関わきに置かれていた缶コーヒーを飲んだところ、吐き気に襲われたという。その後の調べで、薬物が混入していたことが分かった。缶コーヒーが田村さん宅に置かれた経緯については、現在捜査中である。

読み終わるとすぐに多恵は立ち上がった。

「どうした？」清里が訊く。

「この田村さんていう方の正確な住所が知りたいんです」

おーい、と清里が少し離れた席の男に声をかける。警察を担当している記者が顔を上げる。

「葛西の老人の住所」清里が言うと、記者は、ちょっと待ってくださいよ、と言って机の上をかき回した。ようやく何か見つけたらしく、メモしている。多恵はその記者の席まで行って、メモを受け取った。

田村湯一の住所が記されている。多恵にとっては馴染みある住所。

「そこ、都営住宅だよ」記者が言い添える。

老人が住んでいた都営住宅は、乃々香のマンションのすぐ近くである。そこに住む老人を一人、多恵も知っている。乃々香が『あのじいさん』と呼んでいた老人である。

メモを睨み付けたまま席に戻ると、「お、多恵ちゃんが猟犬になった」清里が笑う。「そのよく利く鼻で、俺のにおいも嗅いでくれ」

「ふざけている場合じゃないですよ。すみません、電話しますから」多恵は受話器に手を伸ばした。

「つめてーなー」

清里は笑って多恵の席を離れかけたが、途中で振り返り、それまでとは違った鋭い視線を当ててきた。

「多恵ちゃん、何か摑んだら、ちゃんと俺に報告しろよ」

「分かってます」

「このネタ、独居老人の悲劇、とか、独居老人の現実っていうような特集を組めるかもしれないからな」

はい、と応じながら、乃々香の携帯電話の番号をプッシュする。留守番電話になってしまう。もう一度かけてみたが同じである。自宅の電話番号は聞いていなかった。

とにかく出かけることにした。新聞の切り抜きと江戸川区の区分地図をバッグに突っ込み、多恵は編集部をあとにする。葛西に向かう途中から何回か乃々香の携帯電話にかけてみたが、相変わらず留守番電話である。乃々香が電話に出ないことと、独居老人が薬物入りコーヒーを飲んで入院していることに繋がりがあるのだろうか。乃々香は、今どこでどうしているのだろう。

考え始めると、いても立ってもいられない気分になる。葛西駅で電車を降りた多恵は、小走りに乃々香のマンションまでの道を辿った。着いたときには息が上がっていた。

一階のエントランスにあるパネルで、部屋番号を押して呼ぶ。はい、と応じた声は乃々香ではない。もっと年配の女性のようである。

「柴田さんのお宅ですか」

「柴田でございます」

「乃々香さんはご在宅でしょうか。相馬と申しますが」

「相馬さん?」

「はい。『週刊フィーチャー』の相馬と申します」

「ああ、週刊誌の方。乃々香から聞いています。少々お待ちください」と言って、一旦、声が途切れたがすぐに戻ってきて、「ごめんなさい。乃々香は休んでいるんです。体調があまり良くなくて。今はよく眠っているものですから、起こすのもねえ」と言う。

「そうなんですか」

とりあえず乃々香は自宅にいるらしい。体調が悪いというのは気がかりだが、居場所が分かったことで安堵する。

「何かお急ぎの用事でしたか」

もちろん急ぎだ。けれど、インターフォン越しに話せることではなかった。

「失礼ですが、乃々香さんのお母様ですか」と多恵は訊いた。

「ええ、そうです」

「あとで伺ったら、乃々香さんにお目にかかれるでしょうか」

「ええっと、そうですねえ」乃々香の母親は困惑した声を出す。

さぞかし迷惑に感じているだろうと思ったが、遠慮してはいられない。

「どうしても乃々香さんとお話したいことがあって」

「そうですね。一時間もしたら、乃々香も目を覚ますと思いますよ」

「分かりました。ではまた後ほど」

マンションのエントランスを出て、多恵はバッグから地図を取り出した。都営住宅の場所を確認する。

田村湯一という老人が病院に運ばれたのは、昨日の昼前である。一日経った今、老人の住まいがどのような状況に置かれているのかは分からなかったが、行ってみることにした。乃々香のマンションの前の通りを駅とは反対方向に直進する。ひと区画先に古いコンクリート造りの建物が三棟並んでいた。いかにも古びた建物だという印象が先に立つ。乃々香の住む、こぎれいなマンションをあとにしてきたばかりだからよけいに。

都営住宅には、特に変わった様子はなかった。パトカーが横付けされていたり、立ち入り禁止にされているというようなことは。

郵便受けで老人の部屋番号を確認し、エレベーターがないので階段で上がる。目当ての部屋は階段のすぐ近くだった。

ドアフォンを鳴らした。返事はない。もう一度、鳴らそうとしたときにドアが開いた。五十年配の男が顔を出し、多恵をじろりと見る。白目が黄色く濁っている。

「突然、申し訳ありません。『週刊フィーチャー』の者です」

「あ?」

「こちらにお住まいの田村湯一さんが、昨日、薬物入りのコーヒーを飲んでしまわれた件で、お話を伺いたいのですが」

「親父は病院」

　ということは、この男は田村湯一の息子なのだ。

「ちょっと、なあに？」

　太った女が顔を覗かせる。ひと昔前に流行した、濃いローズピンクの口紅をこれでもかと言うほど塗りたくっている。

「週刊なんとかから来たんだとよ」

「『週刊フィーチャー』の相馬です」

「週刊誌の記者さん？」女が訊く。「もしかして私たちの写真撮る？」女は笑顔を作って、厚みのある体をくねらせた。

　カメラを持ってくるのだったと思ったが、どうにもならない。

「写真はいずれまた改めて撮らせていただきます。今は、田村湯一さんのことをお聞かせ頂きたいんです」

「なあんだ」女は露骨にがっかりした顔をする。

「すみません」

「別にいいけど」と言いおいて、女は中に入っていった。

　多恵はもう一度男に向き直り、「田村湯一さんのことをお聞かせ願えませんか」と繰り返した。

「何を話せっていうんだ？」

「缶コーヒーを飲んだ経緯について教えて頂けませんか」

「知らねえよ、そんなの。見てたわけじゃないんだから」

「一緒に住んでらっしゃるわけではないんですね？」

多恵の質問に、男はとんでもないというように手を振った。

「違うよ。俺らは川崎。親父は一人で住んでたの」

「そうですか。それじゃあ、分かりませんよね」理解を示して多恵はうなずく。

「そうだよ。親父は、コーヒーが置いてあったから飲んだとしか言わねえし」

「置いてあったというのは、どこに？」

「玄関だと」

「田村さんご自身が買ってきたものなんでしょうか」

「よく分からねえ。でもよお、親父は缶コーヒーなんか買わねえと思うけどな。どこかで、ただで配ってれば別だけどよ」

「コーヒーがお嫌いなんですか」

ぷっと男は笑い、「そんなんじゃねえよ。もらえば、何だって喜んで飲むさ。ただ自分で買うとなるとな。牛乳なんかの方が割安だろ。それか、どうせ金を払うんなら酒の方がいいだろうし」

なるほど、と多恵はうなずき、「それで、田村湯一さんのご容態は？」と訊いた。

「昨日はひどいありさまだったけど、命に別状はない。少しは話もできたし。まったくよお、どこのどいつだよ、こんなことするの」男が口をひん曲げる。

「缶コーヒーに薬物が混入していたのは、悪意のある第三者のしわざとお考えになっているんですか」

「他に考えられるか？　親父がミルクと薬品を間違えてコーヒーに入れたとか？　さすがにそこまで耄碌《もうろく》してないと思うぞ」

「田村さんは誰かに恨まれていたんでしょうか」

「好かれてはいなかったかもな」男は悲しそうだった。

「どうしてですか」

「あんた、このあと、近所でいろいろ話を訊いたりするわけだろ。そうすればすぐ分かるだろうから、教えてやるよ。親父はここらでは有名な色呆けだったわけ。女の体にやたらに触りたがった。なんでだろうなあ。昔は堅い男だったのに」

「いつ頃からそんなふうに？」

「二、三年前まではまだそんなにひどくはなかった。だから、うちのやつもしょっちゅうここに顔を出しては、親父の世話を焼いていた。そのあと、俺もうちのやつも仕事が忙しくなって、あまり親父のところに顔を出さなかったんだ。で、久しぶりに来てみたら、言動がおかしくなってた。特に女に対してね。うちのやつを押し倒そうとしたこともある」

「ご家族としては心配ですよね」

「まあな。早いところ、親父を引きとってやらないとなって話してはいたんだよ。ほんと、一人にしておいたのがいけなかったな。俺たちも生活が楽じゃなかったから、ついつい先延ばしにしてた」

一度、家に引っ込んだ女がいつの間にか玄関先に戻ってきて、男の後ろから顔を覗かせた。

「ねえ、記者さん、お義父さんのこと、変なふうに書かないでよ。毒を飲まされた被害者なんですからね。色呆けだなんて書いたらだめですからね」

多恵は困惑した。書かないわけにはいかないからだ。

「お義父さんは、もともとは感謝の気持ちに溢れた人でね。私がちょっと何かしてあげたとするじゃない。そうすると、ありがとう、ありがとうって何度も何度も言うの。次に会ったときにも、この間はありがとうって。こっちが申し訳なくなるくらいにね。お義父さんと一緒にいると、自分がすごく優しい人間になったような気がした。今はとにかく、ちょっと前まではそうだったの。そういうことを何も知らない人に、無責任にあれこれ言われるのって我慢できないの」

ちょっと前の『あのじいさん』は堅い男で、感謝の気持ちに溢れた人だった。コンビニで多恵の胸を摑もうとしたときのギラつく目をした老人と、同一人物だとは思えない。けれど、息子と嫁の真面目な表情から推して、嘘ではないのだろう。

多恵はひとつ咳払いをしてから言った。

「先ほどの話に戻りますけど、何者かが薬物入りのコーヒーを意図的に田村さんの家に置いていったのではないかという……」

「この家は、いつも玄関が開けっ放しだったから、誰だってやろうと思えばできたはずなのよ」女が言った。

「不用心ですね」

「気にしてなかったんだろ」と男が言う。

「まあね。盗られるものも何もないし。そうそう、盗られるって言えば、警察は物取りのセンも考えていたみたい。何かなくなっているものはありませんかって訊いてた。通帳、印鑑、保険証、貴重品なんかはひとつひとつ確かめたわ」

「それで?」

「全部あったわよ」

「物取りではなかったってことですか」

女はゆっくりうなずいてから、くすっと息を抜くようにして笑った。

「ひとつだけなくなったものがあると言えばあるんだけど」

「何ですか」多恵は思わず身を乗り出した。

「それ」

女は顎をしゃくって、多恵の横を示した。振り返ってみる。あるのは薄汚れた壁だけである。

女はもう一度笑って、「そこに表札がかけてあったの。表札ってほどじゃないな。ネームプレートって言えばいいのかな。薄べったいプラスチックの板に田村湯一って名前を書いたヤツ。あれ、私が書いてあげたのよね。スーパーでバイトしてるんだけど、そこでよくポップを書くんだ。私、ああいうの得意でさ。だから、お義父さんの名前もそんな感じで綺麗に書いたのよ。お義父さん、すごく気に入ってくれた」

「そのネームプレートがなくなっていたんですね？」

「うん。なかった」

「別にどうってことないだろ。またお前が書いてやればいいんだから」男が言うと、女は、まあね、とうなずいた。

「このこと、警察には？」

「言ってないわよ。別に金目のものでもないし、いつなくなったのか分からなかったから。私ら、ここに来るの久しぶりだったから、ずっと前からなかったかもしれないじゃない。でも、そうじゃなかったって分かったけど」

多恵は黙って女を見つめる。

「さっきさあ、掃除のおばさんがいたから訊いてみたのよね。どこかにネームプレート落ちてなかったかって。そしたら、えーって驚いて、ここまで見に来たの。でもって、なくなってるのを見て驚いてた。一昨日まではあったんだって。お義父さんが救急車で運ばれた前の日まではね」

「確かなんですか、それ」

「親切な掃除のおばさんでさ。掃除のついでに、それぞれの家の表札やドアノブなんかも乾拭きしてくれてたらしいのよ。で、ここのうちのは、ちょっと目立ったから、よく覚えてるって言ってた」

そうなんですか、と応じながら、多恵は考えに沈む。

実際に目にしていないので多恵は想像するしかないのだが、スーパーのポップのような字体で『田村湯一』と書かれたそれは、この場にあったら違和感を覚え、なんだこれ？と目を止めてしまう類のものだったのではないか。実際、犯人は目を止めた。そして持ち帰ったのだ。おそらくは記念品として。

ぞくりとした。

やはりこれは乃々香のしわざだ。

箱根の写真に写っていたミルクちゃんのストラップ。地下鉄で居眠りしていた乃々香のバッグから覗いていた、革製の名刺入れ。乃々香の大切なコレクションに、ひとつまた新しい記念品が加わったのだ。

「もういいかな」男が多恵に向かって言った。

「これから病院に行かないとなんないの」女も言った。「だから悪いんだけどさ」

「ああ、そうですよね。お忙しいところ、すみませんでした」

多恵は頭を下げて、田村湯一の家をあとにした。階段を下りながら考える。

なぜなのだろう。なぜ乃々香は湯一をターゲットにしたのか。

乃々香が今、一番腹を立て、憎んでいる相手は、長谷川杏子のはずである。それはもう間違いなく。なのに、杏子に対しては、嫌がらせめいたこともしていない。代わりに、『あのじいさん』は薬物入りコーヒーを飲んで入院中。

気晴らしなのかな、と思う。杏子に対する苛立ちをそのまま当人に向けるのはあまりにも芸がないというか、思慮が浅い。だから、別の方向に向けて気分をすかっとさせたということだろうか。

あるいは……。この間、田村湯一がコンビニで多恵の胸を触ろうとした。あのときのことを乃々香は、ずっと許し難く思っていたのだろうか。

まさか、私のために？

階段の踊り場に、多恵は呆然と立ち尽くす。

晴れ渡った空。暖かな日差し。心地よい風。なのに寒気がする。

一度は都営住宅を出たものの、思い直して引き返した。田村湯一と同じ階に住む人たちの話をひと通り聞くことにしたのである。いずれも多恵が抱いていた田村湯一に関するイメージの範囲内の話ばかりだった。いわく、足が悪くて気の毒に思い、荷物を持ってあげようと申し出たら、逆に怒鳴られた、うちの娘にいやらしい言葉を投げつけた、通りかかった女の人の体を触ろうとするのを目撃したことがある、ドアの隙間から漂ってくる悪臭に閉口していた、などなど。けれど皆、最後に付け加える。ちょっと前まではあんなじゃなかったんですけどねえ。とても真面目ないい人だった。

多恵は再び乃々香のマンションに向かった。インターフォンを鳴らすと、あ、先ほどの、と言って乃々香の母親が鍵を開けてくれた。四階では、乃々香の母親がドアを開けて待っていた。小柄でほっそりとした女性である。顔立ちは乃々香によく似ている。全体に乃々香をひと回り小さくした感じ、と言ったらいいだろうか。

「すみませんね。何度も足を運んで頂いて」母親が言った。

「いえ、こちらこそ。無理を言って申し訳ありません」

「乃々香、起きてますから」

促されて玄関を上がる。乃々香はジャージー素材の部屋着にカーディガンを羽織っていた。幾分顔色が悪いように思えた。

「乃々香さん、大丈夫？」

多恵が訊くと、弱々しい笑みを見せる。

「張り切りすぎなのよ、乃々香は」母親が言う。「お医者様に歩いた方がいいって言われたからって、やたらに歩き回ってばかりいて。ここのところ、万歩計なんかつけて一心不乱に歩いていたみたい」

「歩くと、気分がすっきりするんだもん」

「すっきりするのはいいけど、あとでダウンしてるんじゃ何にもならないじゃないの。ねえ？」と多恵に同意を求めてくる。

「ほどほどにね」多恵は乃々香に向かって言った。

「そうよ、乃々香。何事もほどほどにしておかないと」

優しい口調で母親も言って、キッチンに消える。立ち居振る舞いの静かな人だった。その場を離れたときも、空気がすっと動いた程度の気配しかなかった。おそらく、キッチンでお茶をいれているのだろうが、陶器の触れ合う音もほとんど聞こえない。

「実はね」と多恵は切り出した。「田村湯一っていう老人のことで伺ったの。この近くの都営住宅に住んでいる人」

「田村さん？」

「ほら、『あのじいさん』よ」

言いながら注意深く乃々香を見るが、反応らしい反応はなかった。

「へえ、あの人、田村湯一って名前なの？」乃々香はしれっとして言うのだった。「で、その田村さんがどうかしたの？」

「田村さんのお宅の玄関先に、薬品の混入した缶コーヒーが置かれていたそうなの。それを飲んだ田村さんが病院に運ばれた。幸い、命には別状ないそうだけど。知らなかった？新聞に出てるわよ」

「きょうはずっと寝てたから、新聞も見ていないの」

「それで、今、田村さんのお宅に行ってきたのよ。息子さん夫婦がいたから話を聞いてきたの」

「何て言ってるの？　その息子夫婦は」

「田村さんを一人にしておいたのがいけなかったって言ってたわ」

ふうん、と言って乃々香がうなずいた。

「なあに、なあに、何のお話？」紅茶の載ったトレーをテーブルに静かに置き、乃々香の母親が話に入ってくる。

「ほら、お母さんにもこの間話したじゃない。『あのじいさん』のこと。近所にちょっとおかしな年寄りがいるって。コンビニで相馬さんの胸を触ろうとしたって」

「ああ、聞いたわ。災難でしたわね」

同情に満ちた目を多恵に向ける。そうしながら、どうぞ、と紅茶を勧めた。

ありがとうございます、と言って、紅茶をひと口飲み、「乃々香さんのおかげで被害には遭いませんでしたから」と多恵は答えた。

「でね、『あのじいさん』が毒入りコーヒーを飲んで病院に運ばれたんだって」

「まあ！　毒？」母親が高い声を上げる。

「正確には何か薬物のようなんですけど」と多恵が説明する。「詳しいことはまだ分からなくて」

「どちらにしても恐ろしいわね」

「本当に」

黙って紅茶を飲む。

「アップルティーはお好き？」母親が多恵に問いかける。

田村湯一のことで頭の中がいっぱいになっていたせいで、一瞬答えるのが遅れた。

「お嫌いでした？」母親が心配そうに眉根を寄せた。

「いえ、とてもおいしいです。香りが良くて」

「よかった。この紅茶、私が選んだものだから。マンゴーティーにしようか、アップルティーにしようか迷ってしまって」

そうですか、としか言い様がなかった。今の多恵にとっては、紅茶の種類などどうでもよく、乃々香の母親の話に上手に付き合うことができなかった。

短い沈黙のあと、乃々香の母親が急にぽんと手を打った。

「いけない。そろそろ行かなくちゃ。お茶のお稽古の時間」と言う。

「あら、もう?」乃々香は残念そうだ。

「これでもお母さん、忙しいのよ。お食事は作ってあるから大丈夫よね? それじゃ、相馬さん、すみませんが、失礼します。どうぞゆっくりなさってね」

すっと立ち上がると、バッグを手にして母親は乃々香を見やる。

「乃々香、いいわよ、座ってらっしゃい。お母さん、自分で鍵を掛けて出るから大丈夫よ」

腰を浮かしかけた乃々香は、再びソファに深く座り、じゃあね、と母親に手を振った。

母親は玄関に向かい、やがてドアの開閉する音と、施錠される音が聞こえてきた。

「優しそうなお母様ね」

「そうねえ。優しいのかな。どうかしら」と乃々香はちょっと笑った。

「ところで乃々香さん、話は戻るけど、田村湯一って老人のことをお訊きしたいの。今回の薬物入りコーヒーの事件と絡めて、『独居老人の現実』っていう視点でまとめたいと思っているの。そのために乃々香さんの体調が悪いって知りながら、図々しくお邪魔したわけ。この間、乃々香さん、言ってたでしょう。『あのじいさん』に二の腕をいやってほど摑まれたことがあるって。乃々香さんのお友達は、お尻を摑まれたとか」

「そうよ。あとね、女子高校生に向かって『チチ!』って叫んでいる場面も目撃したことがある。チチってお父さんっていう意味のチチじゃないわよ。胸を意味するチチ」言いながら乃々香は自分の胸に両手を当てた。

多恵は乃々香の話を手帳にメモする。

「他には何かない?」

乃々香は首を傾げて考えていたが、「私が知ってるのはそのくらいかな。『あのじいさん』にお尻を摑まれた知り合いに訊けば、もっといろいろ出てくるかも。その人、このマンションの住人だから、あとで訪ねてみたら?」

「紹介してくれる?」

いいわよ、と言って、乃々香はティーポットに手を伸ばした。お代わりを注ごうとしてポットを傾けたが、飴色の液体がちょろりと滴っただけだった。

「新しい紅茶をいれてくるわ」

乃々香の手からポットを取り、多恵は立ち上がる。

「お客様にそんなことさせられない」と乃々香は言ったが、図々しくお邪魔したお詫びとしてこのくらいさせて、と強引に多恵はキッチンに向かった。

乃々香のマンションのキッチンは、リビングルームからは見通せない造りになっている。お湯を沸かし、ティーポットを洗って新しい茶葉を入れながら、多恵は素早くキッチンの中を見渡す。乃々香のプライベートな場所のひとつ。それがここ。

音がしないように気を付けながら、流し台の引き出しをひとつひとつ開けてみる。箸やフォークやスプーンなどのカトラリーがきちんとしまわれている。下の方には保存用のビニール袋や紙皿などがまとめてあった。ビニール袋や紙皿を指でよけながら隙間を覗いてみたが、何もなかった。次に、流し台と向かい合わせに置かれている食器棚の引き出しにかかる。コースターやナプキン類、箸置きなどこまごましたものが整理されてあった。

どこかにないだろうか。乃々香が大切にしているもの。彼女が人目に触れないように隠しながら、それでいてそうしたいときには気軽に取り出して愛《め》でているもの。

紙ナプキンを指先で持ち上げて下を探る。何かが指に触れた。紙ではない、もっとしっとりと滑らかな手触り。多恵が手元を覗き込んだそのとき、

「多恵さん」

すぐ近くで声がした。多恵は慌てて引き出しを閉める。弾みで食器棚の角に、腰をいやというほどぶつけてしまった。

「大丈夫？」乃々香が覗き込んでいた。

「あ、うん。大丈夫。ええっと、紅茶にいれるお砂糖あるかしら」

引き出しを開け閉めしていたのが分かってしまったかと思い、多恵は言い繕った。

「それならここ」

乃々香は食器棚のガラス扉を開けた。小さな陶製の容器を取り出して蓋を開ける。中にはスティックシュガーが入っていた。

「ありがとう」

多恵は一本だけシュガーを取る。

「どういたしまして。多恵さんは紅茶やコーヒーにお砂糖を入れないんだとばかり思ってたけど」

「疲れているのかしら。なんだか甘いものが飲みたくなって」

「ふうん。そうなの。だったら、お砂糖、好きなだけどうぞ」砂糖の入った容器ごと多恵に手渡す。「多恵さんは向こうに座っていて。あとは私がやります。だいぶ気分が良くなったから」

そう言われてしまっては、それ以上キッチンにいる理由がない。多恵はリビングルームに戻り、ソファに座った。

指先が覚えている。あの感触。あれは革に違いない。ちらりと目に入ったのは黒い色。黒い革製品で、乃々香があんなところに隠していそうなものといえば、ひとつしか思い浮かばない。

森良和が愛用していた黒い革製の名刺入れ。もしかしたら、田村湯一の家から紛失したネームプレートもあそこに一緒に隠してあったのかもしれない。薄いプラスチックプレートだと言っていたから、隠せないことはない。確かめたかった。なんとしても確かめたかった。けれど、そのチャンスはもう二度と巡ってこないだろう。

「ねえねえ、多恵さん」乃々香がティーポットを持って戻ってきた。「先週ね、長谷川杏子さんから電話があったのよ」

「Q建設の？」

「そう。私が多恵さんに成りすましていたずら電話をかけた相手。私だって分かっちゃったみたいなの」

「それで？」

「自分のことは棚に上げて、言いたい放題言ってくれたわよ。まったくねえ。人の亭主に手を出しておいてよく言うわって感じ」

多恵は黙って続きを待つ。

「でも、気にしないことにしたの。うちの夫が、ああいう女に深入りせずに済んでよかったと思うことにした。割り切ったらすっきりしちゃった」

長谷川杏子もすっきりしたと言っていた。乃々香は苛立ちを募らせているとばかり思ったが、こちらはこちらですっきりしたと言う。すっきりするために田村湯一を使ったのだろうか。

多恵が納得のいかない顔をしていると、どういうつもりか、乃々香は、うふふ、と笑った。

「だいぶ元気になったみたいね」多恵は当たり障りのない言葉を口にした。

「ゆっくり休んだのがよかったみたい。さてと」と言って乃々香は立ち上がる。「着替えてくるわね。多恵さんに紹介しなくちゃいけない人がいるものね。彼女、出かけていないといいんだけど。ほら、『あのじいさん』にお尻を摑まれた女性よ」

9

乃々香と同じマンションに住む主婦は饒舌《じょうぜつ》だった。慢性的に話し相手に飢えているという印象を受けた。

多恵が聞きたかったのは田村湯一の行状だけだったのだが、それ以外のこと、たとえばご近所トラブルのあれこれだとか、最近引っ越してきた非常識な若いカップルについてだとかをひっきりなしに喋り続けた。その大半が多恵にとってはどうでもいい話だったが、ひとつだけ興味を惹かれた話題があった。乃々香のことだ。

「柴田さんの奥さんっておっとりしたお嬢さんっぽい人でしょ。だけど前にどきっとさせられたことがあったの」と秘密を打ち明けるような調子で言った。

多恵がつい身を乗り出すと、「柴田さんには私がこんなことを言ったなんて、絶対に言わないでくださいよ」と念を押してから主婦は続ける。

「『あのじいさん』が柴田さんの腕をいやってほど摑んだ場面をたまたま私、見ちゃったんですよ。それで大丈夫だった？　って声をかけたの。その後ちょっとだけお喋りしたんだけど、そのときにね」と言って、主婦はごくりと唾を呑み込む。「柴田さんが、ああいう年寄りって、死んでくれるのを待つしかないんでしょうかね、って言ったのよ。平然とした顔で、当たり前のことのように。ちょっとびっくりしちゃった」

多恵はそれほどはびっくりしなかった。乃々香らしいと思った。むしろ驚いたのは、乃々香が不用意にもぽろりと本音を漏らしてしまったことに対してだろうか。乃々香は思っていたほど、警戒心の強い人間ではないのかもしれない。

それからも主婦は近隣の人たちの噂話や、子供の通う小学校の担任教師の悪口まで並べ立て、多恵は熱心に聞き入る振りをしながら、帰るきっかけを探していた。宅配便が荷物を届けにきたのを潮に多恵は立ち上がり、話を聞かせてくれた礼を言ってその部屋をあとにしたのだった。

編集部に戻り、さっそく清里に報告した。

「色呆けじいさんだったのか。おもしろいな」と言って清里はにやりと笑った。「おまけに多恵ちゃんまでもが被害に遭いそうになったのか。奇遇だな」

「こういうの、奇遇って言うんでしょうか」

「奇遇だよ。運命を感じる。薬物入り缶コーヒーを飲んだ経緯もいろいろ考えられるしな。じいさんが自分で薬物を入れた、何者かがじいさんの家の玄関に置いた、あるいは、薬物入り缶コーヒーは最初はどこか別の場所に置いてあって、それをじいさんが拾ってきた、とかさ」

「そうですね」

「二番目の何者かが缶コーヒーに薬物を入れて、じいさんの家の玄関に置いたのだとしたら、犯人は誰なのか。じいさんとの間で何かしらトラブルのあった近所の人、じいさんに体を触られたことのある女性、はたまた心の奥でじいさんのことを疎ましく思っていた家族、というのも考えられる」

「はい」

「多恵ちゃん、まとめてみろよ。二ページやるから」

「いいんですか」

「ああ。警察からの情報はあいつに聞けばいい」と警察担当の記者の席を示す。「いいか。多恵ちゃん、淡々と書くんだぞ。多恵ちゃん自身の気持ちは脇に置いて、色呆けじじいが毒を飲んだって事実を淡々と書いた方が、このネタはおもしろい。じいさんに同情するのも、じいさんにいやらしいことをされた女性たちに共感するのもだめだ。とにかく事実を淡々と並べろ」

「やってみます」

本格的な記事を任せてもらったのは初めてだった。

清里の言う通り、事実をきちんと整理してまとめていけばおもしろいものになりそうだ。湯一についての記事を、人はさまざまな思いで読むことだろう。いくつになっても女の体を触りたいんだな、こんな年寄りが身内にいたら困るよなあ、と思ったり、薬物入りのコーヒーを飲んでしまったのは気の毒だが、意地汚いからそういうことになるんだよ、などと気の毒な目に遭ったことについてもちょっと納得したりする。そして考える。ほんの二、三年前までは、堅い真面目な男だったという。なのにこんなふうになってしまうのだと。

多恵は早速パソコンに向かい、手帳のメモを見ながらこれまでに分かっていることをまとめ始めた。

夜十時過ぎに恵比寿のマンションに帰った。軽い食事をとり、熱いシャワーを浴びた。髪を乾かし、ベッドに横になる。疲れているのに頭の芯は冴えている。

田村湯一に関する客観的な事実をまとめ、今回の事件に関する可能性を列挙していたのだが、その間も多恵の頭の中にはずっと乃々香がいた。

多恵は確信していた。どれほど他にさまざまな可能性が考えられようとも、今回の事件を引き起こしたのは乃々香に間違いないのだと。

田村湯一の家からネームプレートを持ち帰る犯人など、乃々香以外には考えられなかった。

どうすればいいのだろう。

乃々香を告発する？

しかし、証拠が足りない。ミルクちゃんのストラップ付の携帯電話が写っている写真だけでは不十分だ。どこかで拾ったと言われてしまえば、おしまいだった。もっと確かな証拠が要る。

それに多恵には、自分が乃々香を告発したいと思っているのかどうか定かではないのだった。憎むべき相手なのだと頭で分かってはいても、不思議な親近感を覚えてしまう。身重の乃々香をかばってやりたい気持ちもある。

しかし、だからこそ乃々香にこれ以上罪を重ねてほしくはないのだった。生まれてくる赤ん坊のためにも。できることなら、乃々香に自首してもらいたいと思っていた。

考えれば考えるほど苦しくなる。

誰かと無性に話したかった。どうでもいい話をしたかった。

夜十一時を過ぎたこんな時間に電話をできる相手は、一人しか思い当たらない。けれど、その一人とも疎遠になっていて、電話がしにくい。どうしようかと迷ったが、すぐに出なかったら切ってしまおうと決めて、聖司の携帯電話にかけてみた。聖司は一回目のコールで電話に出た。

「どうした?」と訊いてくる。

「どうもしないんだけど」と言って多恵は黙る。何と言えばいいのか分からなかった。

ふうん、とだけ聖司は言った。

「寝てなかった?」多恵が訊く。

「寝てないよ」

「それならよかった」

「多恵は?」

「うん?」

「今どこにいるの?」

「自分の部屋よ。さっき帰ってきたの」

「相変わらず帰りが遅いんだな。仕事どう?」

「うん、まあ、いろいろ」

「仕事のことは、あんまり話したくないのか?」

「話し出したら止まらなくなりそうだから」

「そっか」

聖司はあっさり言った。そこに彼の努力めいたものを感じてしまう。しつこく訊いたら、多恵が逃げていってしまうとでも思っているのではないだろうか。多恵は少し申し訳なく思った。

「聖司、今、何してた？」

「別に何もしてないよ。ＣＤ聴きながらぼうっとしてた」

「くつろいでいるところをお邪魔してごめんね」

「歓迎だよ。邪魔してくれてよかった。多恵、晩飯食った？」

「食べたわよ。トーストとサラダだけど」

「朝飯みたいだな」

「聖司は？」

「俺はカレー」

「レトルトね？」

「無論。多恵だっていつもレトルトだろ」

「そうだけど」

多恵の部屋で、聖司と食べたカレーを思い出した。鍋で湯煎《ゆせん》したレトルトカレーだったが、いろいろな銘柄を試し、ここのは肉が多い、ここのは味に深みがある、などと聖司は批評しながら食べていた。食べ終わると、カレー食べると汗かくよな、と言ってシャワーを浴びに立っていった。いつも、Tシャツとセーターを二枚重ねて脱いでいた。着るときも一度で済むから合理的だなどと言って。

「Tシャツとセーターは、きちんと一枚ずつ脱いだ方がいいわよ」

「なんだよ、急に」

「その方がいいと思うから。聖司はちゃんとしているようでいてずぼらなんだもん」

「まあね。実はさっきもさ」と聖司が言う。「聴こうと思ったCDが見つからなくて捜しまくったよ」

「置き忘れ？」

「ケースはあるんだけど、空なんだ。他のCDのケースを片っ端から開けてみたら、二枚重なって入っているのがあった」

「ケースに、二枚重ねて入る？」

「無理矢理入れたんだろうな。全然、覚えてないけど」

「そそっかしいわね」

「だよな」

笑いながら多恵は、ひどくじれったい気持ちを覚えていた。ケースの中に二枚重なって入っていたというCD。そのイメージが何度も浮かんで消える。引っかかる。何かが引っかかる。

多恵は目を瞑って、必死でその何かを追った。

「黙っちゃって、どうしたんだよ」聖司が言う。

「ううん。なんでもない。久しぶりに聖司と話せてよかった」

「俺もだよ。もう寝るの?」

「そうね」

「じゃ、切るよ。またな」

「おやすみなさい」

電話を切りながら、まだ多恵は考えていた。二枚重なった銀色の円盤について。

10

多恵ちゃん、やったね、と言いながら、清里が多恵の背中をばんと叩いた。不意を衝かれて咳き込みそうになる。

「評判いいよ」

清里は今週号の『週刊フィーチャー』を手にしていた。上機嫌の顔だ。

「独居老人の現実。『あのじいさん』と呼ばれる男」清里がタイトルを読み上げた。

多恵も思わず笑顔になる。

「普通さ、独居老人って言うと、寂しくて心細いでしょうね、気の毒に、お一人で暮らしているのは大変ですよね、家族はもちろん、もっと地域で面倒みないと、みたいな論調になるだろ。けど、多恵ちゃんの記事は違う。『あのじいさん』は薄汚いエロじじいで、地域の鼻つまみものだった。ま、そこまではっきりは書いてないものの、そういうニュアンスがしっかり伝わってくる。薬物入り缶コーヒーがじいさんの自宅玄関で見つかったのも、さもありなんというふうにも読めるし、どこかで拾ったのか、誰かが故意に置いたのかは分からないけど、いずれにしても意地汚くわけの分かんないものを飲んじゃったんだよな、このじいさん、あーあ、しょうがねえよなとも思うし、でもやっぱり、こういう老人に一人暮らしをさせておくのは問題あるよな、ほんの何年か前までは、まともなじいさんだったみたいじゃないか、歳をとるのって切ないよなあって、記事を読み終えたときには考えさせられてしまう。自然な形で、問題意識を持たせるのに成功してるよ」

「清里さんのアドバイス通り、事実を淡々と書くよう努めたんです。それがよかったのかも」

「俺のアドバイスが的を射てたってことだよな」清里は鼻をうごめかす。「ま、それはともかくとして、多恵ちゃんに、記事をまとめる力がついてきたのは確かだ。これをきっかけに頑張れよ」清里はもう一度、多恵の背中をばんと叩いた。

「ありがとうございます」

『週刊フィーチャー』編集部でライター兼雑用係として仕事を始めて以来、清里からこんなふうに誉められ、励まされたのは初めてだった。今までは、女の子が編集部にいると何かと便利だし華やぐ、という意味合いでしか評価されていなかったが、ようやく駆け出しとはいえ、一人のライターとして認めてもらえた気がする。

それもこれも『あのじいさん』のおかげだった。もっと言えば、『あのじいさん』と引き合わせてくれた乃々香の。

『あのじいさん』こと、田村湯一の自宅で見つかった問題の缶コーヒーからは、ジクロロベンゼンといった成分が検出されており、これらは一般的に殺虫剤に含まれているものだという。湯一の記憶が不明瞭で説明にも信が置けないということもあり、コーヒーに薬物が混入し、さらにはそれが、湯一の家の玄関にあった経緯に関しては、いまだ明らかになっていない。

けれど、多恵には乃々香がやったのだという確信がある。

乃々香が湯一を毛嫌いしていたこと、たまたまその頃、夫の女性関係で苛立ちを抱えていたこと、鬱憤《うっぷん》を晴らしたいと思っていただろうこと、湯一の家のネームプレートが紛失した事実、などを考え合わせると、多恵には犯人は乃々香に違いないと思える。

「よお」通りかかった編集部の人間が多恵に声をかけていく。「何を難しい顔してるんだよ。もっとにこにこしてても良さそうなもんだ。清里さんも誉めてたじゃないか」

多恵は、そうですね、と応じ、『週刊フィーチャー』を開いた。自分の書いたページを見る。田村湯一の住む都営住宅と缶コーヒーの写真。湯一自身の写真を載せられたらもっとインパクトがあったのだろうが、適当なものが手に入らなかった。湯一はこれまでの人生のほとんどにおいて、写真を撮ってもらうこととは無縁に生きてきたようだった。

自分の書いた記事をこうやって目にするのは気分がいい。多恵は一人、悦に入る。

これまでも『女たちのアルバイト』というコラムを担当してきたから、自分の書いた文章は何度も見ている。けれど、『女たちのアルバイト』は多恵自身の声ではなかった。女たちに取材した男性記者から伝え聞いたものをまとめているだけ。それに比べると、今回の記事には多恵自身の声がある。清里が言うように事実を淡々と記したものだが、その淡々とした調子の中に多恵自身の声が、思いが、反映されているのだ。

多恵が今、この記事を一番見せたい相手、それはもちろん乃々香である。

記事を書く上で、コンビニエンスストアで多恵自身が湯一に出くわしたときの印象はもちろん大切にしたが、それ以上に乃々香から聞いた話、乃々香が紹介してくれた主婦から聞いた話などを参考にした。乃々香なしでは、書けなかったと言っても言いすぎではないだろう。

きょうは打ち合わせも急ぎの用事も入っていない。

多恵としては、是非とも乃々香の自宅をもう一度訪ねたかった。

電話はせずに、向かった。乃々香がいなかった場合はしばらく待つ。それでも会えなかったら、日を改めてもう一度訪ねよう。どれだけ手間取っても構わなかった。

東西線葛西駅で降り、既に通い慣れたといった感のある乃々香のマンションまでの道を辿る。この街はきょうも風が強かった。

風に向かって歩いていると、童話『北風と太陽』の中の旅人を思い出してしまう。飛ばされないようにと上着をかき合わせていた旅人。太陽に照らされるとやすやすと上着を脱いでリラックスしていたが、北風に向かって必死で歩を進めていたときの方が、生きている実感があったのではないだろうか。

乃々香のマンションに着いた。インターフォンを押すと、すぐに乃々香の声で返事があった。不在でも仕方がないという心づもりで来たのだが、やはり乃々香がいてくれてほっとする。

相馬です、と名乗ると、あら、と乃々香が高い声を上げた。

「突然伺って、ごめんなさい。近くまで来る用事があったものだから」

今までだったら不自然に響いたであろう言い訳も、『あのじいさん』のおかげで立派な口実になる。多恵が取材のために、この近辺を訪れる必然性ができたのである。

「どうぞ」乃々香は施錠を解いてくれた。

エレベーターで四階に上がる。乃々香は玄関のドアを開けて待っていた。こんにちは、と言う彼女の声は明るい。顔色も良く、きょうは体調が良さそうだ。ゆったりとしたTシャツにグレーのスパッツ。普段着でくつろいでいたらしい。

「お元気そうでよかった」多恵は言った。

乃々香がその言葉に微笑む。

「ヨガをやってたのよ」

「邪魔しちゃって、ごめんなさい」

「いいの。もうおしまいにして、お茶でも飲もうと思ってたから、ちょうどよかったわ」

リビングルームに通され、ソファに座った。突然、訪ねてきたにもかかわらず、床にヨガマットが敷いてある以外はきちんと片付いている。多恵は密かに感心した。

乃々香はさっとしゃがんで、くるくるとマットを丸めた。妊婦体形のせいでのんびりとした印象を受けるが、存外、乃々香の動きは軽やかだった。

軽やかな足どりのまま乃々香はキッチンに入っていき、お茶をいれて戻ってきた。

「きょう伺ったのは、お礼を言いたかったからなの」多恵は乃々香がソファに座るのを待って切り出した。

「お礼？」

乃々香が小首を傾げる。そんなふうにすると、あどけない少女のようだ。

これ、と言って『週刊フィーチャー』を差し出した。

「付箋《ふせん》を貼ってあるところに、私の書いた記事が載ってます。この記事は、乃々香さんのおかげで書けたようなものなのよ。どうもありがとう」

「そんな、私のおかげだなんて」と言いながら、乃々香は付箋の貼ってあるページを開いた。

「独居老人の現実。『あのじいさん』と呼ばれる男」

乃々香はタイトルを声に出して読み上げる。それから無言で記事に見入った。

乃々香が読み終わるのを多恵は黙って待つ。原稿を清里に読んでもらったときとは別種の緊張感である。乃々香の反応を心待ちにする気持ち、そして恐れる気持ちが半分半分。

読み終わった乃々香は顔を上げ、「不思議な感じ」と呟いた。

「不思議って?」

「私が多恵さんに話したことが、こんなふうに記事になってるなんて」

乃々香の反応は、情報源となった人としてはごく普通の部類だろう。記事を読んで、気分を害してもいないし、それほど興奮してもいない。乃々香は落ち着いていた。

「乃々香さんから聞いたことをなんでも書いちゃうから、迂闊《うかつ》なことを口にできないでしょう?」

多恵がわざとそんなふうに言うと、乃々香も、そうね、と笑って応じる。

「『あのじいさん』の取材は続けるの？　この記事の続報とか」

「薬物混入について警察の捜査が進めば、また記事にできると思うけど」

「捜査は進んでないのかしら」

「今のところ、目立った進展はないみたい」

「そう。『あのじいさん』はもう退院したんでしょ。今も都営住宅に住んでるの？」

「息子さん夫婦と一緒に住んでるんじゃないかな。川崎でね」

「へええ、そうなんだ。大変でしょうね」

乃々香は、息子夫婦に同情する言葉を口にしながらも、おもしろがっているような顔をしていた。

「でも、よかった」と乃々香が言う。「『あのじいさん』がいなくなって」

殺すのには失敗してしまったけれど、結果的にはいなくなってくれたのだから成功だった、というふうに多恵の耳には聞こえた。

「乃々香さん」多恵は口調を改めた。「今回の記事のことで、いろいろお世話になったから、何かお礼をと思っているのよ」

「やだ、多恵さん、そんなのいいわよ。わざわざこうして『週刊フィーチャー』を持ってきてくれただけで十分。お気遣いなく」乃々香はころころと笑った。

「大したことはできないけど、私の気持ちだから。ホテルでちょっと贅沢《ぜいたく》なランチでもいかが？」

「嬉しいけど、でも……」

「遠慮しないで」

「いいのかしら」

「もちろんよ。いろいろと協力してもらって、とっても有り難かったのよ。本当は宿泊チケットか何かをプレゼントしたいところだけど、一泊家を空けるとなると大変でしょうし、それに、私の方の予算もね」と言って、多恵は軽く笑う。「お台場辺りのホテルのレストランでランチをしたあと、お部屋でゆっくりお茶を飲むっていうのは、どうかしら」

「ホテルでランチなんて、すごく久しぶり」

「私もよ」と多恵は言い、バッグから手帳を取り出した。「できれば、来週か、再来週にと思ってるんだけど。乃々香さんの予定を教えて。いつだったら大丈夫？」てきぱきと話を進める。

ちょっと待ってね、と乃々香は立ち上がり、電話台の脇にかけてあるカレンダーに指を当て、ヨガ教室、検診、などと呟きながら確認している。

「来週だったら木曜か金曜かしら」と乃々香が言った。

多恵はさっと手帳に目をやり、予定を確認する。金曜は午後一番に編集部の会議が入っていた。木曜日は、幸いにして予定がない。

「レストランの予約が取れたら、木曜にしましょうか」

乃々香がにっこり笑ってうなずく。

「何か食べたいものある？　ホテル内にいろいろなお店が入ってたと思うけど。和食、イタリアン、中華、あとビュッフェもあったと思うわ」

多恵が訊くと、乃々香は微笑んだまま、多恵さんにお任せします、と言った。

「じゃあ、良さそうなレストランを探して、予約しておくわね。待ち合わせの時間や場所は、またあとで連絡します」

それだけ言って、多恵は手帳をバッグにしまった。腰を浮かしかけると、もう行くの？　と乃々香が訊いた。

「ええ。これから、田村湯一さんが住んでいた都営住宅に行ってこようと思うの。田村さんが退院してきたときのことや、引っ越したときの様子なんか、近所の人から何か話が聞けるかもしれないから」と説明する。それからもう一冊、『週刊フィーチャー』を取り出し、「これ、ここのマンションに住んでいる乃々香さんのお友達、尾上さんだったかしら？　彼女に渡してもらえるかしら。ついでのときでいいから。本当は直接、私が渡すべきなんだけど、彼女、話が長いでしょう？」

「いいわよ。私から渡しておく」乃々香は笑って週刊誌を受け取った。

「じゃあ、また」

多恵はさっと立ち上がった。乃々香が玄関のドアを開けて見送ってくれる。エレベーターホールで立ち止まり、もう一度手を振ってから多恵はエレベーターに乗った。

一階に着いても降りることはせずに、すぐにまた四階を示すボタンを押した。エレベーターのドアが閉まり、ゆっくりと上昇していく。

四階で再びエレベーターを降り、多恵は廊下に立って周囲に目を配る。外廊下に人の気配はない。乃々香の家の玄関は既に閉まっていた。多恵はできるだけ足音を立てないように気を付けながら、乃々香の家の前まで歩いていった。

耳を澄ます。静かだった。ドアの右側を見やる。表札を入れるための枠があって、そこにプレートがぴたりとはめ込まれている。シルバーのプレートに、ローマ字で『ＳＨＩＢＡＴＡ』と記された表札。

多恵はじっと表札を見つめた。

ついこの間、電話で話しているときに聖司が、聴きたいＣＤが見つからなくて、ずいぶん捜したという話をしていた。結局、目当てのＣＤは過って別のケースにしまってあったらしい。他のＣＤのケースを片っ端から開けてみたら、二枚重なって入っているのがあった、と。

重なった二枚の銀盤。

そのイメージがなぜか引っかかった。なぜ引っかかるのかが分からず、多恵はずっと理由を考え続けた。そして、ひらめいたのだ。

乃々香の携帯電話のストラップになっていた、ミルクちゃんのフィギュア。

乃々香が電車で居眠りしていたときに、バッグの中に覗いていた名刺入れ。

彼女は亡くなった人たちの持ち物を記念品として持ち帰り、身近な場所、そこにあってもちっとも不自然ではない場所に置いていた。多恵が乃々香の身辺を探るようになってからは用心してどこか別の場所に移したようだが。それでも多恵には乃々香の基本方針が透けて見える。記念品を保管するのは、見たいときに見ることのできる場所、触れたいときに簡単に触れられる場所。

それならば、もうひとつの記念品、田村湯一の家のネームプレートも……。

多恵は表札に手を伸ばした。『SHIBATA』というプレートを右方向に押しやる。きっちりと枠にはまっていて動かない。指先に少し力を入れた。わずかに動く。そのときドアの内側で何か音がした。多恵は慌ててプレートをもとの位置に戻す。左右を見回すが、身を潜められるような場所はない。ホールまで戻って、エレベーターに乗る時間もなさそうだ。

こんなところを乃々香に見られたりしたら……。

掌に汗が浮いた。ドアの向こうで微かな金属音が聞こえる。チェーンを外しているらしい。鼓動が速くなる。何とかしなくちゃ。その一心で多恵はドアフォンを押した。

「はい」間近で乃々香の声がする。

「相馬でーす」

できるだけ軽い調子で返事をした。すぐにドアが開けられ、乃々香が顔を出した。

「たびたびごめんなさいね。ハンカチを忘れちゃったみたいなの。エントランスを出ようとしたときに気が付いたのよ」ついつい多恵は早口になる。息も弾んでいる。

「ハンカチ？」乃々香は微かに眉を寄せた。「どんなの？」

「薄いブルーで大判の。リビングのソファに置き忘れてないかしら」

「ちょっと待ってて」

乃々香は小走りに廊下を戻っていった。その間に、多恵は玄関で呼吸を整える。玄関のドアを開けて、表札を確認する。大丈夫。ずれたり、外れたりはしていない。

「見当たらないんだけど。多恵さんも上がって捜してみて」乃々香の声がする。

「なかったらいいの。ごめんなさい。もしかしたら、オフィスに置いてきたのかもしれないし」

それでもまだ乃々香は探しているようだった。ときどき、ないわねえ、と呟く声がする。

「乃々香さん、なかったら本当にいいのよ」多恵は先ほどよりも大きな声で言った。「ごめんね。お手間を取らせて」

それはいいんだけど、と言いながら乃々香は廊下を戻ってきた。

「もしどこかにあったら、取っておいてくれる？」

多恵が言い、乃々香がうなずいた。

「じゃ、今度こそ本当に失礼するわ。お邪魔しました」多恵は玄関で頭を下げた。

「ちょっと待って。私もそこまで行くの」

乃々香がサンダルをつっかけて、玄関を出てきた。手には『週刊フィーチャー』を持っている。

「四二〇号室の尾上さんに、これを持っていってあげようと思って」と言って週刊誌を目で示す。

「ああ」

うなずきながら多恵は、自分の迂闊さを呪った。尾上という主婦に『週刊フィーチャー』を渡してほしいと頼んだのは多恵自身だった。まさか、乃々香がこんなにすぐに行動に移すとは。そのせいで、危うく乃々香の家のドアの前で鉢合わせしそうになった。

「尾上さんに電話をしたら、おいしいお煎餅があるから、来て来てって言ってたの。長くなりそう」と言って乃々香が笑う。

「ごめんね」

「いいの、いいの」

乃々香は玄関に鍵をかけ、多恵と並んで外廊下を歩き出す。

「ハンカチがなくて困らない？」乃々香が訊いた。

「え？　ううん。大丈夫よ」

「うちに新しいのがあったから、貸してあげればよかったわね」とさらに乃々香が言った。

「そんな、大丈夫よ」

ぎこちなく応じながら、多恵はエレベーターホールで立ち止まった。尾上の部屋はエレベーターホールを挟んで乃々香の部屋と反対側に位置する。

「じゃあ、またね」と多恵は言う。

乃々香も、またね、と言って手を振り返し、そのまま廊下を歩いていった。

乃々香の後ろ姿を目で追う。尾上の家のドアフォンを鳴らしているのが見える。エレベーターが来たので乗った。一階に着くと、今度はエレベーターではなく非常階段で上ることにする。その方が四階で何か物音がしたときに、すぐに気付くことができるだろう。足音を立てないよう上っていく。力を入れているせいで、脹《ふく》ら脛《はぎ》がつりそうだ。三階を過ぎ、四階へ。乃々香が、あのお喋りな尾上の家に長居をしてくれることをひたすら祈った。

外廊下に誰もいないのを確認すると、多恵は走り出した。乃々香の家の前の表札に手を置き、少しの躊躇《ちゆうちよ》もなく横にずらす。先ほどよりも力を入れて、ぐいと動かした。シルバーのプレートが微かに軋みながらずれた。

そこにあるのは、薄汚れた白色のプラスチックプレート。表札と枠組との隙間に隠されていた。マジックで文字が記されている。ポップ文字と言えばいいのか、丸っこい愛嬌のある文字で『田村湯一』と。

やっぱりここにあった。

多恵は思わず拳を握りしめる。

予想が当たったこと、当たってしまったことに衝撃を受けていた。

湯一の家からネームプレートを持ち去ったのは、やはり乃々香だったのだ。

バッグからカメラを取り出して写真を撮る。手が震えた。乃々香が戻ってくるのではないかという不安が押し寄せてくる。今にも、多恵さん、何やってるの？　と呼びかけられるのではないかと。

どこかでドアが開く音がした。思わず飛び上がりそうになるが、どうやらそれはひとつ上の階の住人の立てた物音らしい。尾上の部屋の方角を見たが、ドアは閉まったままだった。心臓の拍動が激しく、額に汗が浮いた。バッグからハンカチを取り出して汗を拭う。薄いブルーの大判のハンカチである。

数枚写真を撮り、表札をもとの位置に戻そうとしたとき、田村湯一の名前の脇に何か模様のようなものが描かれているのが目に入った。曲線がちらりと見えている。乃々香の家の表札をあともう少しだけ、右にずらしてみる。

え？

多恵は目の前に現れたその模様を凝視した。

何、これ。

ぽかんと口を開けて見入る。

そこに描かれていたのは、いびつな楕円形とそこから立ち上る三本の波線。温泉マークだった。湯一の家にネームプレートがかけられていたときに、こんなマークがあったはずはない。いくら湯一が身の回りのことに十分に気を配っていなかったにしても、自分の名前にふざけたマークが描かれているのを放っておくとは思えない。となると、これは乃々香が描いたものなのだ。

子供のいたずら描きのようなその絵。

湯一という名前から温泉を連想して、描いたのだろう。そのとき乃々香は微かな笑みを浮かべていたような気がする。マジックペンを握り、気ままに描いたのだ。

多恵の背筋を冷たいものが走る。

乃々香が一連の事件を楽しんでいるらしいというのは、予想はしていたことだった。それでも実際に証拠を目の当たりにすると、動揺してしまう。乃々香の心のありようを想像しようとしても、多恵には理解不能なスライム状のぐにゃりとしたものに行き当たり、その不気味さに後込《しりご》みしそうになってしまうのだ。親近感を覚え、もっと言えば好意をも抱いた相手だからこそ、よけいに。

聖司。

気が付くと、心の中で呼んでいた。一人でここにいるのが、こわくてたまらなかった。誰かにしがみつきたい。

もう一度、聖司の名を呼びそうになって、多恵は自分を叱りつける。しっかりしなくてはいけない。多恵はもう一度カメラを構えて、温泉マークの写真を撮った。それから表札をもとあった場所に戻し、すべてがきちんと納まっているのを確認した。

11

「柴田さんのおかげで、貴重な経験をさせてもらっちゃった」と言って、尾上は小気味よい音を立てて煎餅をかじる。

乃々香は愛想笑いで応じた。

「主人は、おかしなことに首を突っ込むんじゃない、なんて言ってたけど、別におかしなことなんかじゃないわよねえ。マスコミのインタビューに答えただけなんだから。それがこうして記事になっているんだから。意味のあることよねえ?」

乃々香は軽くうなずく。

「ねえ、ねえ、柴田さん」尾上が身を乗り出した。「誰だと思う？　犯人」

「犯人？」

乃々香が戸惑った顔をすると、尾上は週刊誌を手で軽く叩いてみせた。

「これよ、この記事。『あのじいさん』に毒を盛った犯人は誰なのかしら」

「さあ」

「私、考えてみたのよ」

尾上がまっすぐに乃々香を見つめる。乃々香は思わず顎を引く。

「息子夫婦よ」と尾上は自信に満ちた口調で言った。

「は？」

「『あのじいさん』には息子夫婦がいるそうじゃない。だから、その人たちなのよ。まだ表面に出てきてないけど、老人には隠し財産があったわけ。都営住宅で倹《つま》しく暮らしていたけど、実は金を持っていた。その金を狙ったの」

乃々香は答えに窮して、湯飲み茶碗に手を伸ばす。尾上は構わず続けた。

「でね、私の推測では、息子夫婦には借金があったの。今すぐお金が必要だった。もちろん、自分の父親に金を貸してほしいと頼んだのよ。でも、断られた、と言うか、老人は思考能力が落ちていたようだからまともな返事がもらえなかったのかもね。それで思いあまってっていうことよ」

「なるほど」と乃々香は言った。「すごいですね、尾上さん」

「そうお？」

「自分なりの仮説を立てるなんて」

「だって気になるじゃない。ご近所で起きた事件だし、週刊誌の記者さんにインタビューされたりもしたし、無関心じゃいられないわよ」

「そうですね」

「柴田さんはどう思う？」

乃々香は少し考えてから答える。

「うちの主人は、愉快犯だろうなって言ってましたけど。薬物入りの缶コーヒーがどこかに置いてあった。たとえば自販機のそばなんかに。それを『あのじいさん』が拾ってきて、飲んでしまったというような」

尾上は深くうなずいて言う。

「愉快犯。確かにそのセンもあるわよねえ。最近の若い子なんか、何をやるか分からないしねえ。おもしろ半分に缶コーヒーに薬物を入れて、そこらに置いておくなんて、犯罪のうちに入らないと思ってるでしょうからね」

さらに彼女は、最近、マスコミで取り沙汰されている少年犯罪について論じ始めた。

多恵が尾上の家を敬遠したのは正解だったようだ、と乃々香は密かに考える。仕事に追われる多恵にとって尾上の話に付き合うのは、取材のために必要な場合はともかく、それ以外のときは苦痛でしかないだろう。

多恵はいつも忙しそうだし。

さっきだってランチの予定を決めると、都営住宅に取材に行くからと言ってすぐに帰って行ってしまった。あんなふうに慌ただしいから忘れ物をするのだと、乃々香は思う。

多恵がなくしたという薄いブルーのハンカチ。ざっと見た限りではなかったけれど、ソファとクッションの間にでも挟まっているかもしれない。家に戻ったら、もう一度、捜してみよう。

「ね？　柴田さん」

多恵のことを考えていたので、尾上の話を聞き逃してしまった。

「え？」

訊き返すと、尾上はころころと笑い、「いやあねえ、聞いてなかった？　しょうがないか。妊娠中ってぼうっとしちゃうのよね。私もそうだったなあ。娘がお腹にいたときなんか、物忘れが激しくて、一度、主人と一緒に出かけようと……」

妊娠中の思い出話へとそれていってしまいそうだったので、乃々香は慌てて、「ごめんなさい。ついぼんやりしてしまって。何のお話でしたっけ？」ともとに戻した。

「この記事の第二弾があるといいわねって言ったのよ。いつでもまた取材に協力するって、あの記者さんに言っておいてね」

「分かりました。伝えておきますね」乃々香は微笑みを浮かべたまま立ち上がる。「お邪魔しました」

「またお茶を飲みにきて。あの記者さんも誘ってよ」

「そうですね」

適当に応じつつ、尾上の家をあとにする。まっすぐ外廊下を歩いて自宅に戻った。

玄関の鍵を開けていると、辺りに多恵の香りが残っているような気がした。ほのかに香るグリーンノート。あれは何という香水なのだろう。多恵にとてもよく合っている。

それにしても、と部屋に入りながら乃々香は考える。たった今まで多恵がこの辺りにいたような気がするのは、それだけ自分の心の中に彼女が強い印象を残しているからだろうか。

リビングルームを横切って、乃々香はすぐに電話に向かう。

多恵から、ホテルのランチに誘われたことを母に報告しようと思った。わくわくすることは、まず母に伝える。幼い頃からの習慣だ。

ホテルのレストランで女同士のランチ。寧子と食事に行く機会は何度もあったが、妊婦仲間と食事に行くのと、週刊誌の記者をしている多恵と出かけるのとでは気の持ちようが違う。

何を着ていけばいいだろう。多恵に張り合うつもりなどないが、一緒にいて見劣りされたくはない。スプリングコートを羽織って紺色のワンピースか、それともクリーム色のニットの上下の方がいいだろうか。それも母に相談することにしよう。

12

「久しぶりだな」聖司が言う。

そうね、と多恵もうなずいた。

食事でもどう？　とメールを送ったら、聖司から、いいよ、と返事があったのだ。

誘っても応じてくれないのではないかと思っていた。しばらく会わない、と言った聖司の声がまだ耳に残っていた。

恵比寿の裏通りにある小さなフレンチレストランに落ち着き、単品の料理を何皿か頼み、ワインを飲む。

「この間は、電話に付き合ってくれてどうも」

多恵が頭を下げると、聖司は苦笑して、「礼を言われるようなことは何もしてないよ」と言った。

「違うのよ」

「違うって、何が？」

「聖司は知らないから、礼を言われるようなことは何もしてないなんて言うの。本当は、どれだけお礼を言っても足りないくらい」

「なんで」

「この間の電話で聖司が言ってたでしょう。聴こうと思ったCDが見当たらなくて捜し回ったって。そしたら、別のCDのケースに二枚重なって入ってたって」

「うん」

「あれがヒントになったの」

ふうん、と言って聖司はワインを飲む。多恵の話に興味を惹かれているようには見えない。

どこまで話そうかと多恵は考える。乃々香の家の表札の下に見つけた、田村湯一のネームプレート。そこに温泉マークを見たとき、心の中で聖司を呼んだのだと打ち明けたかった。けれど、そのためには、これまでに分かったことすべてを話さなければならない。葛西で起きた一連の事件の中心に乃々香がいることも。そうしたら、きっと聖司は心配する。乃々香は危険な女だ、これ以上、近付くのはやめろと言うに決まっている。やめろと言われても、多恵はやめない。今さらやめられるわけがない。結局、同じことの繰り返しになってしまう。

せっかくこうして一緒に食事をしているのに、以前と同じような諍《いさか》いをしたくはなかった。それに、聖司に洗いざらい喋ってしまいたいという衝動は、結局のところ、荷物を預けたら楽になるという甘えなのかもしれない。

「北風と太陽の話、知ってる?」と多恵は言ってみた。

「知ってるけど」

「聖司は、私に太陽の光を浴びてぬくぬくしていてほしいと思ってるのよね。北風に当たっていたら、かわいそうだって」

「そりゃそうだろう。付き合ってる相手に、北風に吹かれていろ、って言うような男はいないと思うけどな」

「それもそうね」

きみは、太陽を浴びてぬくぬくしていなさい。そんなふうに思ってくれる相手がいるというのは幸せなことだ。多恵の性分が、北風を求めてしまうのは仕方がないにしても。

「あのね、ひとつ言っておきたいんだけど」それまでとは違う口調で多恵が言う。

「何?」

「前に聖司が邪推したことがあったでしょ。編集長の清里さんと付き合ってるんじゃないかって。私が不倫してるんじゃないかって」

「あれは本気で言ったわけじゃないよ。勢いっていうかさ」聖司が困惑した様子で頭に手をやる。

「その場の勢いで言ったにしろ、少しは疑っていたってことよね？　ほんの少しだったかもしれないけど、でもゼロじゃなかった」

聖司は、うーん、とうなって答えない。

「はっきり言っておきますけど、清里さんとどうこうなんてことは絶対にありませんから。仕事を教えてもらったのは本当だし、いろいろお世話になってるのも本当だけど、それだけ」

「分かったよ」

「本当に？」

「ああ」

「二度とあんなこと言わないで。絶対よ」

「あのあと、言うんじゃなかったと反省したよ。悪かった」

「じゃ、いいわ」多恵はワインを飲む。それからテーブルに身を乗り出し、小声で聖司に訊いた。「食事が終わったら、私の部屋に来る？」

「いいの？」

「うん」

「じゃ、急いで食べよう」と聖司は言い、本当にものすごい勢いで皿の上の料理を食べ始めた。

多恵はそれを見て笑う。そして、笑いながら考える。

聖司にあとで合い鍵を渡そう。

そう決めると、今まで聖司になぜ合い鍵を渡していなかったのかが分からなくなる。

聖司は、部屋に来る？　と訊かれたときと同様、ちょっと照れたような顔で、いいの？と言いながら受け取るだろう。俺の部屋の鍵も今度渡すよ、と律儀に言い添えるかもしれない。

聖司はもしかしたらずっと前から合い鍵を多恵に渡したいと思い、多恵の部屋の合い鍵を渡されたいと思っていたのかもしれない。彼にそれを言い出せないようにさせていたのは、きっと自分の頑なさだったのだろうと多恵は思う。

「多恵も食えよ」聖司が急かす。

多恵はうなずき、フォークを手に取った。


リサーチの結果、妊婦には和食が喜ばれるらしいと分かった。品数が多く、野菜が豊富で、味付けがあっさりしている。動物性油脂が比較的少ないので、肥満防止にもなるらしい。

それで多恵は、お台場のホテルの日本料理店を予約した。五千円、七千五百円、一万円のランチコースがあったので、真ん中のものを選んだ。

ホテルが提供している「ルーム&ランチ」というプラン。食事をしたあと、部屋でお茶を飲みながら夕方までゆっくりできる。主にカップルが利用するのだろうが、女同士でのんびりするのにももってこいである。込み入った話をするにも、部屋がとってあれば便利だし。

乃々香に、懐石料理にしたと電話で伝えたら喜んでいた。

「わあ、嬉しい。朝ご飯は抜いていくわ」などと。

もしかしたら表面的なものなのかもしれないが、それでも乃々香の素直さ純真さは好ましい。

乃々香は、何を着ていこうかしら、と電話口で迷っていたが、多恵が着ていく服は決まっている。濃紺のパンツスーツ。きちんとした店にふさわしいし、ストレッチ素材でしわにならず、とても動きやすい。

今、多恵はそのスーツを身に着け、メイクもヘアブローも終わり、自宅を出ようとしていた。

その前にもう一度、頭の中で確認する。清里には、きょう休みを取る許可をもらっている。その上で必要な手配や準備はしてあるし、話の運び方についても十分に検討を重ねた。

大丈夫だ。

あとはあまり緊張しないこと。

多恵は自分にそう言い聞かせる。

鏡に向かって、微笑んでみる。ダメだ。硬い。もう一度、笑顔を作る。少しましになっただろうか。

今この瞬間、乃々香も同じようなことをしている気がした。自宅で鏡に向かって笑顔を作り、自分で自分にダメ出ししているのではないか。

二人の女が、それぞれに相手を前にしたときのことを思い描きながら、感じのいい表情を作る練習をする。それはひどく滑稽《こっけい》だが、とても真面目な作業でもあった。

時計に目をやる。今、出たら、かなり早めに着くだろうが、それぐらいでちょうどいい。

多恵は部屋を出て、早足で駅へ向かった。天気は良く、風もない。汗が浮く。途中でジャケットを脱いで手に持った。

山手線で新橋まで行き、ゆりかもめに乗り換える。電車の窓から日が差し込んでいる。こんな光の中でまどろむことができたら幸せだろうと思いつつ、多恵は日除《ひよ》けを下ろした。

お台場のホテルのロビーも、ゆりかもめの中と同じく、明るい日差しに満ち満ちている。

約束の時間まで二十分余りある。多恵はソファに腰を下ろして、携帯電話にメッセージや電話が入っていないことを確認する。一応、清里に電話を入れておこうかと思うが、やめることにする。立ち上がり、ロビーをぐるりと歩いて、飾ってある絵を眺めたり、控えめに掲示されている今月の催し物についての案内を読んだ。それから化粧室に行って、大して乱れてもいない髪を直した。

落ち着かない。聖司と初めて待ち合わせしたときも、こんなにそわそわしたりはしなかった。

あまりうろうろしているのはみっともないと思い、ロビーに戻ってソファに座った。手帳を膝の上で開いて、ぼんやりと眺める。スケジュール表に記された日付だけを機械的に目で追っていく。

「多恵さん」

呼ばれて、多恵は顔を上げた。乃々香は薄手のコートを手に持ち、クリーム色のニットの上下を身に着けていた。色といい、丸味を帯びた体形といい、季節はずれのたんぽぽのようだった。

「早かったんですね」と乃々香が言う。

時計を見ると、まだ待ち合わせの時間まで十分ある。乃々香も早く来たらしい。

「遅れたくないと思って、少し早めに出てきたの。乃々香さん、そのニットよく似合ってる」

乃々香は嬉しそうな顔をして、「紺色のワンピースにしようか、このニットにしようか迷ったの。こっちにしてよかったわ。多恵さんが紺色のスーツだものね」と言った。

「十二時ちょうどにレストランを予約してあるの。少し早いけど、行ってみる?」

乃々香がうなずいた。

多恵は先に立って、エレベーターホールに向かう。

「いいお天気でよかったわね」

「そうね」と乃々香が答える。

予約の時間には早かったものの、すぐにテーブルに案内してもらうことができた。窓に近い席である。眩しいというほどではないが、ここでも日の光が明るく差し込んでいる。

予約のときに既に料理の注文は済ませてあるので、飲み物だけを頼んだ。乃々香も少しなら飲めるというので、ビールを。

乾杯をしてひと口飲んだあと、乃々香がくすっと笑った。

「どうしたの?」

「なんだか初デートって感じ」と乃々香はまだ笑いながら言う。「どきどきしちゃう」

「実は私も」

「えー、多恵さんでも緊張することなんかあるの?」

「あるわよ」

「多恵さんはいつでも冷静なのかと思った。取り乱したりしなそうだし、緊張もしなそう」

「そんなふうに見えるのかな」

「見える、見える」

多恵にしてみれば、乃々香の方がそう見える。素直で正直そうな顔の後ろで、冷静に計算し、どんな場面でも緊張しない。

「乃々香さん、ご主人との最初のデートはどこだった？」多恵が訊く。

「お友達をまじえて食事やなんかには何度も出かけてたけど、二人で初めて出かけたのはディズニーランド」

「へええ」

月並みである。が、乃々香らしい。彼女は月並みな手順を踏みながら、月並みでなく生きている。

「多恵さんは？ 彼とのファーストデートはどこ？」

「映画」言ってから、これもまた月並みだな、と多恵は思う。

料理が運ばれてきた。季節の素材を使った手の込んだものばかりで、どれも美しく、おいしい。

「乃々香さんは、結婚前は仕事をしてたの？」と訊いてみた。

「仕事って言えるかどうかは分からないけど、一応」

短大を出たあと、歯科医で受付のアルバイトをしていたのだと言う。夫は、患者として歯科医院を訪れたのだと。親知らずを抜いたあと、真っ青な顔をしていた彼に、親切に世話を焼いたことがきっかけで付き合うようになった。とんとん拍子で結婚が決まり、今、乃々香のお腹には赤ん坊がいる、というわけだ。

当時の乃々香が思い浮かぶ。淡い色のユニフォームに身を包み、髪をきちんとまとめ、化粧はごく薄く、清楚な雰囲気で歯医者の受付にいたことだろう。医院を訪れた患者から、診察券や保険証を預かり、おかけになってお待ちください、と待合室のソファを手で示す。診療の終わった患者には、次回の来院予定日を確認し、予約簿に名前を記す。そういった作業の傍ら、患者が差し出す保険証を抜け目なくチェックしていたはずだ。住所や年齢はもちろんのこと、勤務先、その勤務先のグレード、扶養家族の有無などを。乃々香が、患者すべてに分け隔てなく親切だったとは思えない。これは、と狙った獲物にだけ極上の笑みと、面倒見の良さを発揮したのだ。

「おいしい！」

イカの刺身を口に運んだ乃々香が、無邪気な声を上げる。

「ほんと」多恵も無邪気に返す。

「私、別に何にもしてないのに、こんなにご馳走になっちゃっていいのかしら」

「この間も言ったじゃない。あの記事が書けたのは乃々香さんのおかげだったって。それにね、『あのじいさん』についての記事の評判が良くて、私の仕事もこれから広がりそうなの」

「へええ。それならよかった。仕事が広がるってどんなふうに?」

「うーん、そうねえ」多恵は少し考えてから続ける。「また記事を書かせてもらえるんじゃないかなあ。独居老人についての連続ルポとかね」

「うわあ、なんかやだわ。取材のターゲットは『あのじいさん』みたいな老人ってことでしょ。想像するだけでも、気分が悪くなる」

「乃々香さんは正直ねえ」

「そう?」

「そうよ。普通、そんなふうに嫌悪の感情をはっきり言葉にしないと思う」

乃々香は小さく笑い、「多恵さんの前だけよ」と言った。「多恵さんの前では正直なの。私の全部を知ってもらいたいから」

多恵は一瞬、言葉に詰まる。乃々香がどんなつもりで言っているのか量りかねた。

「多恵さんは特別だから」意図を量りかねることを、なおも乃々香は言う。

「どうして?」

「多恵さんは、私のお友達にはいないタイプなの。仕事を持っていて、頭が良くて、行動力がある。うちの母も言ってたわ。この間、多恵さんと会ったでしょう。あのとき、切れ者って感じの女性ねえって言ってたのよ」

「誉めすぎよ」

「そんなことないわよ」乃々香は真面目な顔だ。「母が私のお友達のことをそんなふうに誉めるのって珍しいのよ。あれでうちの母、けっこう、他人に対する目が厳しいから」

「そうなの？」

いかにもおっとりした様子だった乃々香の母を思い出すと、少し意外だった。

「そうなの。あまり人を誉めないの。でも、母が誉めた相手は、それだけの価値のある人なの。私も、母が誉めた相手のことは絶対に信頼する。だから多恵さんもね」

自分の母親の人を見る目を誇っているのか、多恵のことを誉めてくれているのか、だんだん分からなくなってきた。

話している間にも料理が何品か出て、乃々香はひとつひとつに感嘆の声を上げながら箸を使った。

「多恵さん、残してる」乃々香が多恵の皿を見て、咎めるように言った。

「なんだかお腹がいっぱいになっちゃって」

持て余した揚げ物の皿を下げてもらう。ご飯と香の物、赤だしの味噌汁が供された。

「ああ、ご飯もおいしい」

乃々香は最後まで食欲旺盛だ。

「よかったら、私のもどうぞ」

多恵が勧めると、さすがにそれはねえ、と言いながらも、じゃあ、少しだけ、と乃々香は多恵のご飯茶碗を自分の方に引き寄せた。

乃々香は逞しい。

今さらながら多恵はそんなことを思い、熱いお茶を飲んだ。

13

乃々香と二人で部屋に向かって歩いているところを誰かが見たら、同性愛者のカップルだと思いはしないだろうか、などとつまらないことを考えるのは、昼食時に飲んだビールのせいだろうか、それとも緊張しているせいなのだろうか。

「ああ、お腹いっぱい」廊下を歩きながら、乃々香は掌で腹をさする。「お食事のあと、部屋でのんびりできるなんて極楽よね」

「ルーム&ランチのプラン、なかなか使えるでしょう」と多恵は言った。

ほんと、ほんと、と乃々香もうなずく。

部屋番号を確かめ、ルームキーを使う。ベージュ系で統一された落ち着いた雰囲気のツインベッドルームである。多恵は窓辺まで歩いていき、薄いカーテンを開け放った。光が差し込む。その光の中に、東京湾とレインボーブリッジが見えている。

「すてき」と乃々香が言った。

「ちょっとしたリゾート気分」

「ほんと」

多恵は微笑み、ちらりと腕時計に視線を落とした。もうすぐ午後二時になる。ほぼ予定通りだ。

しばらく窓の外を眺めていた。

「中国茶を頼んでおいたわ」

「中国茶？　消化によさそう」

乃々香はベッドに腰を下ろした。と思ったら、すぐにごろんと横になり、お昼寝したくなっちゃう、などと呟く。

ベッドに横たわった乃々香は小山のようである。手足をだらんと伸ばし、いかにも気持ちが良さそうだ。本当に寝入ってしまうのではないかと、多恵は少し心配になる。満腹になったら眠くなるのは当たり前のことなのかもしれないが、それにしても乃々香のこのリラックスぶりときたらどうだろう。普通、もう少し、一緒にいる相手に気を遣うものではないのだろうか。半ば呆れ、半ば感心して乃々香を見る。

そのときドアにノックがあった。

「ルームサービスだわ」

言いながら多恵は立ち上がる。乃々香もベッドで身を起こし、乱れた髪を手櫛《てぐし》で整えている。

ドアを開けると係の女性が、失礼します、と言いながらワゴンを押して入ってきた。お茶と中華菓子の載ったトレーを窓際のテーブルに置く。

「熱いですので、お気を付けて」ポットを示して言い、丁寧に一礼すると部屋を出て行った。

早速、多恵はポットを手に取り、小さな茶碗にお茶を注ぐ。薄黄色の香りの良いお茶である。

「乃々香さん、どうぞ」

はあい、という返事とともに乃々香が近づいてきたが、動作がのろく気怠そうだ。

「大丈夫?」と多恵は訊いた。

だめなのよねえ、と乃々香は髪を触りながら言う。

「食後ってだるくなっちゃって。食べてるときは幸せなんだけど、そのあとが少しつらいの。お腹が張るっていうか」

「お茶を飲んだらすっきりするんじゃない?」

そうね、とうなずきはしたものの、横たわっている方がいいようだった。ひと口お茶を飲むと、恋しそうにベッドを見る。

「少し休ませてもらってもいいかしら」

多恵は答えるのを一瞬躊躇した。普通だったら迷わず、どうぞと言うところである。

けれど、今は……。

ルーム&ランチのプランで客室を使えるのは四時半までである。少し休ませて、と言う乃々香が本当に寝入ってしまったら、あっという間に退室時間になってしまいそうだった。乃々香と二人で部屋に落ち着けるときを、多恵はずっと待っていたのだ。昼食もそのための前奏のようなものだった。なのにここで肩すかしを食らってはたまらない。

「乃々香さん、話がしたいのよ。だから、ベッドで休むのは少し待って」多恵は真面目な口調で言った。

「話？　今じゃないとだめなのかしら」乃々香は、ふわーとひとつあくびをする。

「大事な話なの」

多恵の声音に常とは違うものを聞き取ったのか、ようやく乃々香もきちんと背筋を伸ばした。

「じゃ、聞くわ。何かしら」と言って、多恵を見た乃々香の表情はこれまでとは一変していた。気怠そうな様子が消えて、口元が引き締まり、目には挑発的な光が点《とも》っている。

多恵は顎を引き、目元に力を入れて見返した。そうしないと、気圧《けお》されてしまいそうだった。いや、既に気圧されていたのかもしれない。何度も頭の中で反芻《はんすう》してきたはずなのに、話そうと思っていた順番がどこかにすっ飛んでいってしまった。

救いを求めるように多恵はバッグに手を伸ばし、中を探った。指先で探り当てた封筒を引っ張り出す。中から二枚の写真を引き抜いて、テーブルに並べて置いた。

「見て」

乃々香は写真に目をやった。じっと見ている。表情は変わらない。

「何の写真だか分かるでしょ」

多恵の言葉に乃々香は軽くうなずき、

「やあねえ、盗み撮り」と呟いた。「多恵さんにそんな趣味があるなんて、思いもしなかった」

写真は、先日乃々香の家に行った際に写したものだった。乃々香の家の表札。その下に田村湯一の文字が見えている。もう一枚には、温泉マークも一緒に写っていた。

多恵は続ける。

「田村湯一って誰だか分かるでしょう？」

「さあ」

「『あのじいさん』よ。前に話したと思うけど、本名は田村湯一っていうの。薬物入り缶コーヒーの事件のあと、田村さんのお宅からネームプレートがなくなっていた。それがどうして乃々香さんの家の表札の下にあるのかしら」

乃々香は答えない。二枚の写真をトランプのカードのように指先に挟み、重ねたり、開いたりしている。

「田村湯一さんの家から取ってきたんじゃない？　記念品として。そして、隠しておいた」

「だったら？」乃々香は相変わらず平気な顔だ。

「犯罪に関係する証拠物件ってことになると思うわ」

「そうかしら。捨ててあったのを拾っただけでも？」

「捨ててあったの？」

「そういうことも考えられるでしょう、って言いたかっただけ」

多恵は膝の上で両手を握り合わせた。汗ばんでぬるぬるしている。

「いずれにしてもきちんとした説明が必要よ。どういった経緯で田村湯一さんの家のネームプレートがあなたのお宅にあるのか。温泉マークのいたずら描き付きで」

「こんなの、多恵さんのでっち上げかもしれないじゃない。ネタほしさに、我が家の表札の下に変なネームプレートを仕込んでおいたんじゃない？　それか、もしかしたら合成写真かも。パソコンを使えば簡単なんでしょ。そんなもの、私が説明しなきゃならない理由なんてどこにもないわ。そうでしょ」

乃々香はテーブルに肘をついて、温泉マークが写っている写真を顔の前でひらひらさせる。

「乃々香さん！」乃々香の態度に業を煮やした多恵が声を荒らげた。

「こわーい」乃々香は上目遣いで多恵を窺い、肩をすくめた。

「ふざけないで。真面目な話をしているの。これが合成写真でないことは、調べればすぐに分かるのよ」

「はいはい」

「私のでっち上げだって言うのなら、こっちの写真を見て」

多恵は封筒の中から別の写真を取り出し、乃々香に手渡した。

「あら、やだ。今度は泥棒」乃々香が多恵を睨む。

「無断で写真を拝借したのは悪かったわ」

「無断で拝借？　物は言いようね」

乃々香と彼女の夫が箱根に旅行した際のスナップ写真である。乃々香の家にあったものを失敬したのだ。そこには、乃々香の携帯電話のストラップが写っている。

「拡大したのが、これ」

パソコンでストラップの部分を拡大し、プリントしたものをテーブルに置く。全身をピンクでまとめたミルクちゃんの姿がはっきりと分かる。

「ストラップにミルクちゃんのフィギュアが付いてる。これはね、葛西でトラックにひかれて亡くなった鉤沼いづるさんが持っていたものなのよ」

「へえぇ」

「それがどうして乃々香さんの携帯電話に付いてるの？」

「さあ」

「ちゃんと説明して」

「どうして？」

「どうしてって、当たり前じゃない。鉤沼いづるさんの持ち物、田村湯一さんの家にあった物、それらが乃々香さんの手元にあるのは不自然だもの」

「拾ったのよ。それでいいでしょ」面倒くさそうに乃々香は言った。

「本当に拾ったの？」

「私ね、散歩が趣味なの。正確には、お医者様に勧められて、できるだけ歩くように心がけているってことだけど。だから葛西の街をあちこち歩き回ることが多いの。そんな折に、ちょっとおもしろいものを見つけて、それで拾ったってわけ」

「田村さんの方はともかく、鉤沼いづるさんが亡くなったとき、乃々香さんはまだ妊娠初期だったと思うわ。つわりがひどくてウォーキングどころじゃなかったでしょ？」

「ウォーキングとまではいかなくても、スーパーに買い物に行くくらいはしてたもん」

乃々香はしれっとした顔で言い放つ。

「他にもあるのよ。痴漢騒ぎに巻き込まれたときに、乃々香さん、ホームで気分が悪くなったでしょ。痴漢と間違えられた森良和さんは、その後、葛西駅の階段で転落死した。森さんはね、ふくろうの絵の入った名刺入れを持っていたんだけど、騒ぎのどさくさで紛失したのよ。その名刺入れも、乃々香さんが持っているでしょう?」

「知らないわ、そんなの」

「私、あなたが名刺入れを持っていたのを偶然見かけたことがあるのよ」

「多恵さんの見間違いよ」

切り捨てるように言うと、乃々香はさっと立ち上がった。

「なんだか日差しが強すぎる。カーテンを引いていい?」

多恵の返事も待たずに、カーテンを閉める。それまで明るかった室内に翳りが落ちる。

ふいに多恵は寒気を覚え、自分自身を抱きしめるようにした。これまで何度も乃々香と二人きりになる機会はあったのに、改めて殺人犯と向かい合っているのだという思いが押し寄せてくる。

「乃々香さん」

「なあに」

乃々香は戻ってきて、再び多恵の向かい側の椅子に腰かけた。

「私はね、あなたに自首してもらいたいの。そうすれば罪が軽くなるわ。お腹のお子さんのためにもそうしてほしい」

乃々香が驚いた目で多恵を見る。

「あなたなんでしょ？　鉤沼いづるさんの背を押して事故に見せかけて殺した、森良和さんを階段の上から突き落とした、田村湯一さんの自宅に、薬物入り缶コーヒーを置いた。全部、あなたがやったことなんでしょう？」

乃々香はまっすぐに多恵を見ていた。彼女の瞳に怯えはない。単純にびっくりしているような目をしていた。

「乃々香さん」

もう一度、多恵が呼びかけると、堪えかねたように乃々香は噴き出した。腹に手を当てて笑い転げる。

「いやだ、多恵さんったら何を言い出すかと思ったら。『あのじいさん』はともかくとして、トラックにひかれた女性も、階段から落ちた男性も、全然知らない人なのよ。なんで私がそんなことをしなくちゃならないの？」

「鉤沼いづるさんや森良和さんと乃々香さんの間に、面識があったのかどうかは分からないけど、乃々香さんがあの人たちを亡き者にしようとした動機は、漠然とだけど想像できる」

「聞かせて。おもしろそう」

「彼らの存在が不愉快だったんでしょう？　あの人たちの外見、態度、声、といったものに乃々香さんは苛立ったのよ。いなくなったらすっきりするだろうなあって、そんな気分であの人たちを殺した」

「すごい、多恵さん、お見事」乃々香がぱちぱちと手を叩く。

「真面目に聞いて。あなたのために言ってるの。私はね、乃々香さんに自首してほしいと心から思ってるのよ。厳しい取り調べを受けて白状するより、自分から進んで話した方がいい」

「多恵さんの気持ちは分かったわ。ふざけてばかりでごめんなさい」乃々香は神妙に言った。「だけど、やってもいないことを自首できないでしょ」

「やってもいない？　それ本当なの？　だったら説明してよ。事件の現場にあったものをどうしてあなたが持っていたのか。拾ったなんていう説明じゃ、納得がいかないわ」

「それ以前に、この写真に証拠としての価値があるのかしら」横目で写真を見ながら続ける。「ミルクちゃんのフィギュアとうちの表札の写真だけど、実物がないことには話にならないでしょ。ミルクちゃんのフィギュアだって、トラックにひかれた女の人が同じものを持ってたってだけで、これがそのものなのかどうかは分からない。『あのじいさん』のネームプレートだって、これがじいさんの家にあったものかどうか、証明できないでしょ。たまたま似たようなものを私が持っていたってだけのことじゃない」

「調べれば分かるわ。あのネームプレートはね、田村さんの息子の奥さんが書いたものなの。彼女に見せれば判断がつくはずよ。警察だって乃々香さんのことを重要参考人として、本格的に調べ始めるでしょう。だから、そうなる前に自首してって言ってるの」

「私がいやだって言ったらどうなるの？」

多恵は拳を握りしめる。思い切って口を開いた。

「残念だけど、乃々香さんには自首する以外ないのよ。今、うちの編集長が乃々香さんのマンションにいるの。マンションの集合玄関は尾上さんが開けてくれたはずよ。尾上さんには、取材に応じてくれたお礼の品を届けるって言ってあったから。そして、その後、編集長は乃々香さんの部屋の前で待機している。私が連絡すれば、すぐに警察を呼んで、あのネームプレートのことを告げるはずよ。乃々香さんの家を訪ねた際に、たまたま見つけたものだけど、どうやらこれは薬物入り缶コーヒーを飲んだ、田村湯一さんの家から紛失したもののようだって言えば、興味を持つでしょう。そうしたら、乃々香さんはいやでも捜査対象になる」

「あらまあ、用意周到ね」乃々香は薄ら笑いを浮かべた。「だったら、その編集長さんに連絡してみたら？」

「乃々香さん、私はあなたに自首してほしいのよ」

乃々香はうるさそうに手を振って、「いいから電話してみてよ。ああ、なんだか喉が渇いちゃったわ」

ポットから中国茶を注ぐ。そうしながらも、早く電話をしたら？　とせっつく。乃々香のふてぶてしいほどの落ち着きようが、多恵を不安にさせた。

多恵は携帯電話を取り出して、清里の番号にかける。コール音が続く。清里は出ない。もう一度、かけ直してみる。同じだった。

おかしい。清里とはしつこいほど手順を打ち合わせた。昼食を終えた乃々香と多恵が客室に入るのはだいたい二時頃だろうと踏んでいたので、二時前には尾上の部屋を辞去し、その後、多恵から連絡があるまで、清里は乃々香の家の前で待機している手はずになっていた。多恵から電話があったら、何を置いてもすぐに出るはずだ。

もう一度かけてみる。清里は出ない。いや、出ないのではない。出られないのだ。いやな予感に胸が騒いだ。いったい清里に何があったと言うのか。多恵からの電話にも出られないような何か……。

トラックにひかれて亡くなった鉤沼いづる。階段から落ちて命を落とした森良和。薬物入りコーヒーを飲んだ田村湯一。彼らのことが次々に頭に浮かぶ。

「いやだ、何て顔をしてるの」乃々香が多恵の顔を指差して笑う。「幽霊にでも会ったみたい」

「うちの編集長に何をしたの？」

「何もしてないわよ」

「じゃあ、どうして電話に出ないのよ。出られない状況にあるとしか思えないわ」

「出られない状況ねえ。そうなのかなあ」乃々香が首を捻る。

「乃々香さん！」

「興奮しないでよ。しょうがないわねえ。ちょっと待って。訊いてみるから」

今度は乃々香が携帯電話を取り出してかけ始めた。相手はすぐに出たようだ。

「お母さん、私よ」と乃々香は言った。「うん、そうなの。多恵さんと一緒よ。お食事、おいしかったわよ」

先付けは何、お造りは何、といった具合にレストランでの食事についてひと通り話し始める。多恵はじれた。料理のことなど悠長に話している場合ではない。睨み付けると、乃々香は、分かったという手振りをして見せ、で、どう？　と訊いた。

で、どう？　とは何なのだろう。

事態が呑み込めない多恵は気が気ではない。とにかく清里の安否だけでも知りたい。

「そう。やっぱり。お母さんに頼んでおいてよかった」乃々香が嬉しそうに言う。

それに対し、母親が何か言ったらしい。

「その人ね、『週刊フィーチャー』の編集長さんなんですって。そう。多恵さんの上司」と言って軽く笑う。

「うん、うん、大丈夫よ。心配しないで。無理はしないから」それだけ言うと、乃々香は電話を切った。

多恵は乃々香をじっと見つめる。

「編集長さんはすぐに解放されるわよ」

「解放される？　じゃあ、今は拘束されているってこと？」

「拘束って言えば、拘束なのかなあ。あのね、お巡りさんに連れて行かれちゃったそうなのよ」こともなげに乃々香は言う。

「え？」

「だから、不審者としてね、連れて行かれちゃったのよ。『あのじいさん』の事件があって以来、うちのマンションにも、警察やマンションの管理会社から不審者に注意しましょうって呼びかけが頻繁にあってね。怪しい人物を見かけたら、通報するようにって。だから、それで」

清里は不審者として警察に連れて行かれたということか。そう考えれば、清里が携帯電話に出ないのも納得できる。

ついてない。よりによってこんなときに……。何という不運だろう。

とは言え、ひとまず清里が無事でいることに安堵した。が、すぐにほっとしている場合ではないのだと思い直す。

先ほどの乃々香と母親の電話が甦る。やっぱり。お母さんに頼んでおいてよかった。そう彼女は言ったのだ。

「警察に不審者がいるって通報したのは、乃々香さんのお母さんなのね？」

「そうよ。母に留守を頼んできたの。私が出かけてる間に、お掃除やなんかしておいてくれるって言うから。そしたらね、玄関のドアの外でなんだか物音がしたんですって。ドアスコープを覗いてみたら、知らない男が立っているのが見えたんだそうよ。恐ろしくなって、慌てて警察に電話をしたと言っていたわ。その男性が、多恵さんのところの編集長だったなんてねえ」

多恵は奥歯を嚙みしめた。

違う。乃々香は母親に掃除をしておいてほしいと頼んだわけではない。乃々香は予想していたのだ。多恵が乃々香を呼び出し、一緒に食事をしているその隙に、誰かが、おそらくは編集部の人間が、乃々香のマンションを訪れるであろうことを。

つまり、乃々香は多恵が表札に目を付けていることを前もって知っていた。どうやって察知したのかは分からない。おそらく、乃々香の家の表札の写真を撮ったときに何かミスを犯したのだろう。乃々香に多恵の行動を悟らせるようなミスを。

既に乃々香の家の表札の下から、湯一のネームプレートは抜き取られているに違いない。罠にかけたつもりだったのに、逆に乃々香の罠に引っかかってしまった。

気の毒な清里は警察で絞られ、乃々香は今ここでのんびりとお茶を飲んでいる。

「中国茶は消化を助ける働きがあるのよねえ。効果が強すぎる場合もあるから、妊婦は飲みすぎない方がいいって聞いたような、聞かないような」などと呟きながら。

「どうして分かったの？」多恵は押し殺した声で訊いた。

「何のこと？」

「きょうのことよ。乃々香さんと私がこのホテルにいる間に、誰かが乃々香さんのマンションに行くって、なぜ分かったの？」

「そんなの、分かるわけないじゃない。偶然よ。さっきから言ってるでしょう。留守番をたまたま母に頼んできたって」

「嘘よ」多恵は立ち上がった。「嘘に決まってる」

「嘘じゃないってば」乃々香は目を細めてお茶をすする。

「ごまかすのは、いい加減にして」

乃々香の手から茶碗を取り上げようとした。勢い余ってお茶がこぼれ、乃々香の膝を濡らす。

「熱い！」

濡れたスカートを肌から浮かせるようにつまみ上げ、乃々香は化粧室に駆け込む。水の流れる音がする。多恵は体の両側で拳を握りしめたまま、なすすべもなくその場に立ちすくむ。

化粧室から戻ってきた乃々香は、意外なことに笑顔だった。

「ほんとにもう、多恵さんったら。気を付けてよ。やけどしたら大変でしょう」

それから突然、乃々香は声を立てて笑い出した。いかにも愉快そうな、多恵にとってはこれ以上ないほど耳障りな笑い声だった。

「何がおかしいの?」多恵が低く訊く。

「だって、多恵さんったら」くくっと喉を鳴らして笑い続ける。「うちの母が、多恵さんのことを切れ者だって言ってたけど、あれはやっぱり誉めすぎだったのかも」

多恵は無言で睨み付ける。

「そんなこわい顔をしないでよ。私のせいじゃないんだから」

「あなたのせいでしょ」

「よく言うわ。私こそ被害者だと思うけど。殺人事件の犯人だなんてとんでもない言いがかりをつけられて、自首しろなんて迫られて。胎教に良くないことばっかり。おいしかったお食事が、これじゃあ台無し。マスコミの人ってみんなこういうふうなの? お礼をするとかおいしいことを言って、お腹の中ではろくでもないことを考えているの?」

乃々香は多恵を小馬鹿にしたように見て、

「何がルーム&ランチよ」と低く言う。「笑っちゃう」

多恵は奥歯をぐっと嚙みしめた。

「ねえ、もしもよ、多恵さんの言う通りだったとしたら？」からかうような調子で乃々香が言う。

「え？」

「今、多恵さんは殺人犯と一緒にいることになるのよ。こわくないの？」

答える言葉が見つからず、多恵は押し黙った。

乃々香は部屋の中を気ままに歩き回る。リズミカルと言ってもいいような歩調。立ち止まり、小さな中華菓子をひとつつまんで口に放り込んだと思ったら、すっと多恵の後ろに回り込んだ。何かが首筋を撫でた、と思った次の瞬間、乃々香の手が多恵の首に回っていた。顎の下で両手を交差させて多恵の首を絞め上げる。多恵は大きく身をよじり、乃々香の手を振り払った。

「なにするのよっ」

怒鳴りつけると、乃々香は、やだ、と小さく言った。

「多恵さん、本気にしたの？」

そのとき、多恵の右手が動き、乃々香の胸を突き飛ばした。加減はしたつもりだった。乃々香のすぐ後ろにはベッドがあったから、そこに倒れ込む程度ならば大丈夫だろうと咄嗟に頭の隅で計算していた。

乃々香は『あ』の形に口を開き、右手は何か摑まるものを探して空を搔いた。バランスを崩し、乃々香の体が右側にぐらりと傾く。そのせいで乃々香の体はベッドの上ではなく、ツインベッドの間の床にどすんと落ちた。運の悪いことに、ベッドの角に腰骨をいやと言うほど打ちつけたようだった。そのまま、うっとうなってうずくまってしまった。

「ご、ごめんなさい」多恵は慌てて屈み込んだ。「大丈夫？」

乃々香は答えない。腹を押さえ、荒い呼吸を繰り返している。

「乃々香さん」

「い……た……い」乃々香が切れ切れに言う。

「痛いってどこが？」

「腰……と……お腹」

乃々香が嫌がらせをしているのではないかと思った。多恵を困らせようとして芝居を打っているのだろうと。顔色を失っておろおろする多恵を見て、バカじゃないの、と笑うつもりなのだろうと。

けれど、乃々香は腹を押さえて、体を海老のように曲げたままだ。笑い出す気配はない。

「ちょっと、乃々香さん、本当なの？　本当に腰とお腹が痛いの？」

「い……た……い」

「立てる？　ベッドに横になって休んだら？　その方がいいわ」

乃々香は弱々しく首を横に振るだけだ。動くことさえできないらしい。多恵は何度も乃々香の顔を覗き込んだ。乃々香はぎゅっと両目を瞑り、唇を噛みしめている。心なしか、顔色も青い。額に汗が滲んでいる。

「い……しゃ」

「何?」

乃々香の口元に耳を寄せる。

「お医者……さんを……呼んで」

これは演技ではないのだ。

どうしよう。

今になって、乃々香が妊婦だという事実が重くのしかかってくる。

乃々香があんな憎々しげな顔をしてみせるから、多恵を嘲るような笑い声を上げるから、ついかっとしてしまった。でも、まさかこんなことになるなんて。取り返しのつかない思いに多恵は唇を噛む。

「い……た……い」

「分かったわ。すぐフロントに電話するから、待ってて」

乃々香をそっと床に横たえ、多恵は電話を摑んだ。震える指でフロント呼び出しボタンを押す。

「フロントでございます」きびきびとした女性の声が聞こえた。

「すみません。病人なんです。お医者さんを呼んで頂けますか」

「承知致しました。ご容態は？」

「妊娠中の女性なんです。お腹が痛むようで、痛い、痛いと言いながらうずくまってい
て」

「分かりました。すぐにドクターを連れて参ります」

受話器を置き、多恵は乃々香のそばに戻った。

「すぐお医者様が来るから。もうしばらくの辛抱よ」

懸命に励ますが、反応はない。

洗面所に行ってタオルを取ってくると、乃々香の額の汗を拭った。乃々香はされるままになっている。乃々香の体が震えていたので、ベッドのブランケットを引き剝がして巻き付けた。その上から体をさする。

すぐにドクターを連れて参ります、と言ったくせになかなか来ない。多恵は何度も時計に目をやった。実際に流れた時間はほんの数分だったが、もう一時間も経ったような気がする。

「大丈夫？」返事がないのは承知で声をかける。「しっかり」

乃々香の背中をさすりながら、どうしてこんなことになってしまったのだろうかと思う。

考えに考えた上で、やるべきことをやろうとしただけなのに。

乃々香のために、乃々香のお腹の子供のためにと思ってのことだったのに。

もしも乃々香のお腹の子供に何かあったら……。

そう考えると、いても立ってもいられない。多恵はドアを開けて廊下を見た。医師の姿はない。部屋の中から乃々香の声がした。

「何？」

急いで乃々香のそばに戻り、床に膝をついた。

「お水」

多恵は弾かれたように立ち上がる。冷蔵庫を開けて、ミネラルウォーターのペットボトルを取り出した。

「はい、お水よ」

ボトルを差し出すと、ゆっくりと顔を上げて口を開いた。乃々香の唇にボトルを当て、少しずつ傾けて水を飲ませる。ひと口飲んだと思ったら、激しく咳き込んで吐き出してしまった。多恵は慌てて、タオルで乃々香の口元を拭った。

そのときドアフォンが鳴った。救われた思いでドアに駆け寄り、開ける。ホテルの従業員二人と一緒に医師らしき男性が入ってきた。すぐに乃々香に気付くと、医師は傍らに膝をついた。

「妊娠何ヶ月目ですか」多恵に向かって訊く。

「ええっと」と言ったところで詰まってしまう。

乃々香の出産予定日はいつだっただろう。聞いてあったような聞いてなかったような、それさえ定かではない。

「急に痛くなったんですか。転んだり、ぶつかったりはしていませんか」医師が質問を変えた。

多恵は自分の右手を見る。乃々香を突き飛ばした右手。

「彼女、さっき転びました。床に尻餅をついて、そのときに腰を強く打ったかもしれません」

ようやくのことで言うと、医師が眉を寄せた。

「どの辺りが痛いですか。出血は？　かかりつけの病院はどちらですか」と乃々香に訊く。

乃々香が囁き声でそれに答え、医師はひとつひとつにうなずく。

「病院に運んだ方がいいですね。かかりつけの医院までは距離があるようですので、この近くの病院に。U病院に電話をして、すぐに診てもらえるか確認してください」と医師は、ホテルの従業員に指示を出した。

従業員がうなずいて部屋を出ていった。医師は多恵に向き直り、ご家族ですか、と問う。

「いえ。友人です」

「ご家族に連絡して、来てもらった方がいいと思います」

「分かりました」と応じてから、乃々香のそばまで行く。「乃々香さん、お母様は乃々香さんのマンションにいらっしゃるの？」

乃々香がうなずいた。

「電話番号を教えて」

携帯電話を取り出し、乃々香が囁くように言う数字をプッシュする。呼び出し音が鳴る。五回、六回、七回、八回。不在かと諦めかけたときに受話器が取り上げられて、柴田でございます、と応じるおっとりとした声が聞こえてきた。

「相馬です。『週刊フィーチャー』の」早口で言う。

「ああ、どうも。きょうは乃々香がお昼をご馳走になったそうで、ありがとうございました」

あの、と多恵が言いかけるのを遮って、「あのことで、お電話くださったんでしょう。ごめんなさいね。まさか、お宅の編集長さんだったなんて。玄関先に様子のおかしい男の人がいたものだから、もう恐ろしくて、その人の身元を確かめる余裕なんてなかったんですよ。それで一一〇番しちゃったんです。申し訳ないことをしました」乃々香の母親は言い訳がましく言葉を継ぐ。

「その件は聞いています。お電話したのは違うんです。乃々香さんのことで」

「乃々香のこと？」

「乃々香さん、ホテルの部屋で気分が悪くなってしまって。今、ホテルのお医者さんに来てもらっているんです。すぐに病院に運んだ方がいいそうです」

「なんですって！」母親の声のトーンが上がる。「どうして？　さっきあの子と電話で話したときは、そんな様子は何もなかったのに」

「あの……」

多恵は言葉に詰まる。弾みで乃々香を突き飛ばしてしまったのだと正直に打ち明けるべきだと分かってはいても、言えなかった。喉の奥に石の塊があるようだった。

「乃々香は？　乃々香はそこにいるんですか。代わってください」

ホテルの従業員が床にマットを敷き、そこに乃々香は寝かせられていた。医師が血圧を測っている。

「今、お医者様が診察中です」

「いいから、早く代わってください！」母親が鋭く言う。

電話の送話口を掌で覆って、多恵は乃々香の横たわっている近くまで歩いていった。医師に、いいですかと訊くと、少しならとうなずいた。乃々香に受話器を差し出す。

「お母さん」乃々香が言った。

その途端、彼女の両眼から涙が伝い落ちる。

「乃々香！　大丈夫なの？」

受話器を耳に当てていなくても、乃々香の母親の声は聞こえた。

「お腹が痛いの」乃々香が言う。

「赤ちゃんは大丈夫なの？」と母親。

乃々香は答えない。

「乃々香、しっかりして。いったいどうしたっていうのよ」

あのね、あのね、と涙ながらに乃々香が言うが、その先が続かない。医師が乃々香に落ち着いてください、と声をかけ、代わりましょう、と言って半ば強引に電話を取り上げた。

「ご家族の方ですね？　できるだけ早く、病院に運びたいと思います。病院が決まり次第、ホテルから連絡がいくようにしておきます。そうです、はい。今の時点でははっきりしたことは申し上げかねます」

医師が電話を切ったとき、まるでそれを待っていたかのように部屋の電話が鳴った。ホテルの従業員が受け、「U病院に確認がとれたそうです。救急車を回してもらいます」と告げた。

「分かりました」

医師は応じ、乃々香に向かって、すぐに救急車が来ますからね、と優しく声をかけた。

ホテルから病院まで乃々香は救急車で搬送された。多恵も同乗した。病院に着くまでの間、救急隊員が、少し揺れますよ、大丈夫ですか、あと少しですからね、などとひっきりなしに乃々香に励ましの声をかけていたが、多恵の耳にはそれも遠く響いた。

多恵の右手が乃々香の胸を押し、乃々香がびっくりしたように目を見開いたまま床に倒れたあの瞬間が、何度も脳裏に浮かんだ。

乃々香が何かを摑もうとして手を伸ばしたときに、腕を摑んでやっていたら……。そうしたら、乃々香は転んだりせずに済んだのだ。いや、そもそも、乃々香を突き飛ばしたりしなければ……。

取り返しのつかない思いに苛まれながら、救急車の中で多恵は両手に顔を埋めた。

そして今、病院の待合いロビーでも、多恵は同じように両手に顔を埋めている。ときどき顔を上げて、ロビーの一隅に据えられたマリア像をぼんやりと見つめる。

乃々香は救急処置室に運び込まれたままである。ときどき看護師が慌ただしく出入りするが、声をかける隙もない。本音を言えば、声をかけるのがこわい。声をかけて、今の乃々香の容態を教えてもらうのが恐ろしいのだ。

ああ。

多恵は声にならない叫びを上げた。

患者や看護師が廊下を行き交っている。ときどきストレッチャーが廊下を行く金属的な音が響く。

なんだかとても寒い。多恵はジャケットの襟元をかき合わせた。そのとき、ジャケットのポケットで携帯電話が振動した。病院にいるのに電源を切るのを忘れていた。見ると、清里からである。多恵は急いで席を立ち、小走りに玄関に向かった。表に出たときには電話は切れてしまっていた。多恵がかけ直そうとすると、再び振動した。

「もしもし」

「おう。俺だよ」と清里が言う。

その声を聞いた途端、緊張の糸が切れた。嗚咽《おえつ》が喉から漏れた。

「おい、どうしたんだ」清里が慌てている。「俺のことを心配してたのか。大丈夫だ。なんともない。晴れて自由の身だから、もう泣くな」

「違うんです」多恵はしゃくり上げながら言った。

「違うって何が？」

「乃々香さんの具合が悪くなって、病院に運ばれて」

「なにっ⁉」

「私も今、病院にいます。U病院。乃々香さんの具合が悪くなったのは、私のせいなんです。私がいけないんです」

「おい、とにかく落ち着け。俺もすぐそっちに向かう」

清里がタクシーを摑まえているらしい声が聞こえた。U病院、と運転手に行き先を告げている。

「何があったのか順番に話せ」

はい、と言ってから多恵は少し考えたのだが、順番に話すようなこともないのだった。事実はあまりにも簡単だった。

「私が乃々香さんを突き飛ばしたんです」

「今、何て言った?」清里が鋭く訊き返す。

「ホテルの部屋で、乃々香さんを説得しようとしたんです。自首するようにって。でも彼女、やってもいないことだから自首できないって言い張りました。ひどく憎々しげな顔で、小馬鹿にするように私を見て。挙げ句の果てには、私の首を絞める真似までしたんです。それでついかっとして」

「かっとして妊婦を突き飛ばしたっていうのか」

「申し訳ありません。乃々香さんのすぐ後ろにベッドがあったから、大丈夫だろうと思ったんです」

「結果的には、大丈夫ではなかったってことだな?」

「はい」

清里が黙り込む。普段は饒舌な清里の沈黙に、多恵は怯える。

「それで、乃々香の容態は？」押し殺した声で清里が訊いた。

「分かりません」

「馬鹿野郎！　分かりませんなんて言ってる場合じゃないだろう。医者に確かめろ。それが無理なら看護師を摑まえて訊け。ぼやっとするな。泣いていても何にもならん」

「はい」

「乃々香の家族は？」

「まだいらしてません」

「いいか。家族が来たら、ひたすら謝れ。謝って、謝って、謝り続けろ。今、お前にできるのはそれだけだぞ」

「分かりました」

「じゃ、一旦、電話を切る。とにかくお前は医者か看護師から乃々香の容態を訊け。話はそれからだ。俺も急いでそっちに行くから。いいな？」

「はい」

清里との電話を切り、多恵は病院に戻る。重い足取りで救急処置室に向かった。乃々香の容態を訊かなければならなかった。ちょうど治療室から看護師が出てきたので、声をかけようとすると、後ろにばたばたという足音が迫ってきた。続いて、すみません、という高い声が聞こえた。振り返ると、小柄な女性が息を切らせて走ってくるところだった。その後ろに白髪の男性の姿もある。

「救急で運ばれた柴田乃々香の母です」乃々香の母は看護師に走り寄った。「娘は大丈夫でしょうか。お腹の子は？」

「どうも。娘がお世話になります」

少し遅れてやってきた男性は、乃々香の父親だった。

「ご両親ですね」と確かめてから、看護師は、こちらへ、と誘う。「今、先生を呼んできます。お話は先生から聞いてください」

「相馬です。乃々香さんと一緒に救急車でここに来ました。私もお話を聞かせて頂いていいでしょうか」乃々香の両親と看護師を等分に見ながら、多恵は慌てて言う。

「まず、ご家族にお話しさせてください」

看護師は、多恵に遠慮するようにという意味のことを言った。乃々香の母は多恵をちらりと見てうなずき、父親は会釈をした。

それ以上どうすることもできず、多恵は少し離れたところの椅子に腰を下ろした。

家族だけに話したいというのは、それだけ深刻な状態だということだろうか。

不安で胸がざわつく。

マスクを外しながら医師が処置室から出てきた。乃々香の両親が医師に向かって、何度か頭を下げる。医師は二人に座るよう手振りで示し、自分も隣に腰を下ろした。乃々香の父親はゆっくりとうなずいて医師の話を聞いており、母親は口元にハンカチを押し当てている。多恵はその様子をじっと見つめた。医師が話し終わり、今度は乃々香の母親が口を開いたようだ。それに対し、医師が何か答える。多恵のいるところからでも、母親の表情が見て取れる。心配そうではあるが、泣いたりはしていない。

やがて医師が立ち上がり、乃々香の両親を伴って処置室に入っていった。処置室の中で、乃々香とどのような会話を交わすのかが、多恵は気になってならなかった。

今の乃々香はどの程度、話ができるのだろう。

まだ痛むのだろうか。それとも、落ち着いているのだろうか。

今すぐにでも、処置室に駆け込みたい衝動に駆られる。膝の上で握り合わせた両手が震える。

そのとき、処置室から乃々香の母親が飛び出してきた。左右を見回し、多恵の姿に気付くとまっすぐに近付いてくる。少し遅れて治療室を出てきた乃々香の父親も妻と並んだ。

「相馬さん」

乃々香の母親は小柄なので、多恵を見上げて物を言う格好になるのだが、多恵は、とても高いところから彼女に見下ろされているような気がした。

「どういうことなんでしょうか」母親が訊いた。

「申し訳ありません」多恵は深く頭を下げた。

「どうぞ頭を上げてください。謝って頂くより先に、どういうことなのか説明してほしいんです。乃々香は、あなたに突き飛ばされたって言ってます。本当なんですか」

多恵はゆっくりと頭を上げた。

「どうなんですか」

それは……、と言って多恵は口ごもる。沈黙が流れた。口内も唇も乾ききっている。言葉が出てこない。母親の後ろに見えるマリア像を多恵は見つめた。

「娘は今は落ち着いています。今夜は、大事をとって病院で様子を見た方がいいとのことですがね」

気まずい沈黙を破ったのは、乃々香の父親だった。

多恵は黙ったままうなずく。乃々香が落ち着いていると聞いて、ひとまず安心した。

乃々香の母親は相変わらず、多恵をじっと見ている。その視線に耐えかねて、多恵はうつむいた。

「こうなった原因は相馬さん、あなたにあるんでしょう?」母親が言う。

「申し訳ありません」

「申し訳ありませんじゃ、分かりません。ちゃんと説明してくださいな。乃々香は、相馬さんにランチに誘ってもらったって、とても喜んで出かけていったんですよ。それなのに、こんなことになって」

「ランチのあと、部屋でゆっくりお茶をしていたんです。そのとき口喧嘩と言うか、言い争いのようになってしまって、それで」

「それで乃々香を突き飛ばした？」

「そんなつもりはなかったんです。でも、気が付いたときには、乃々香さんがベッドとベッドの隙間に尻餅をついていて、運の悪いことにベッドの角に腰をぶつけてしまって」

「相馬さん、乃々香は妊娠中なんですよ。分かってらっしゃるでしょう？」

はい、と応じて多恵はうなだれる。

「しかし」と言ったのは、乃々香の父親だった。「相馬さんと乃々香は、楽しく昼食をとったわけですよね。その後、部屋でお茶を飲んでいるときに言い争いになったとおっしゃいましたね。父親の私が申すのもなんですが、乃々香はおっとりとした、どちらかと言えばおとなしい娘です。人様と激しく口論するようなことはないと思うんですよ。いったい、何が原因で言い争いになったんですか」

何と答えればいいのか分からず、多恵は黙り込む。乃々香に自首するように勧めて、心当たりのないことをどうやって自首すればいいのよ、と一笑に付されたのだとこの場で言っていいものかどうか。冗談にしろ、乃々香が多恵の首を絞めたことを知らせたものかどうか。多恵が迷っていると、乃々香の母親が口を開いた。

「私には分かる気がします。きっと、相馬さんは乃々香のことがうらやましかったんでしょう」

「うらやましかった？」多恵はそのまま繰り返す。

「乃々香から相馬さんのお噂はいろいろ伺ってます。乃々香と同い歳だそうね。でも正反対のタイプだって、あの子、言ってました。相馬さんは仕事を持っていて、とても賢くてしっかりしている。確かに、私も以前、お目にかかったときはそういう印象を受けました。でも、あなたはきっと乃々香のことがうらやましかったんでしょう？　結婚して幸せな家庭の主婦で、もうすぐ子供が産まれる。あなたの持っていないものを乃々香は全部持っていますものね。それで悔しくて、乃々香の幸せを壊してやりたかったんじゃありませんか」

「ひどい」思わず多恵は呟いた。

「ひどいですって？」

母親の声の質が変わった。多恵はびくりと体を震わせる。

非は全面的に多恵にある。どんな理不尽なことを言われようと黙って耐えなければいけない。そのくらいのことは多恵だって分かっている。それでも乃々香の母親の言葉は受け入れ難かった。乃々香の境遇をうらやんだ多恵が、悪意を持って乃々香を突き飛ばしたとは。

多恵は多恵なりに乃々香のことを思っていた。少しでも乃々香の罪が軽くなればと思ったからこそ自首を勧めたのだ。

それなのに……。

「何が原因で口論になったのかは、あとで乃々香からも聞いてみることにしましょう」父親が言う。「きょう乃々香は、週刊誌の取材に協力したお礼ということで食事をご馳走になったんでしたね。あなたは仕事中だったわけだ。となると、場合によっては、あなたの勤め先にも、今回のことの責任を問わなければならなくなるかもしれません」

乃々香の両親の足音が遠ざかっていく。それが聞こえなくなるまで、多恵は頭を下げ続けていた。

第三章　回転

1

多恵は毎日、部屋の掃除ばかりしていた。きょうは一日かけてキッチンを集中的に片付け、磨き上げた。おかげですっきりと綺麗になったが、気分は相変わらずどんよりしたままである。

窓から西日が差し込んでいる。その日差しの中で温かいコーヒーを飲む。

自宅謹慎。

そんなものは、ちょっとした悪事を働いた高校生が学校側から申し渡されるものだとばかり思っていた。まさか自分がそういう立場に置かれるとは想像したこともなかった。

そして、このままクビになる可能性は高い。もともとアルバイトに毛が生えた程度の存在だったのだから、『週刊フィーチャー』編集部が多恵を切るのはそれほど難しいことではないだろうし、迷惑をかけてしまった以上、それが当然なのである。

お台場のホテルで腹痛を訴えた乃々香は、幸いなことに大事には至らず、一晩入院したあと、家に帰ることができた。お腹の子も無事だった。とは言っても、多恵が乃々香を突き飛ばした事実は消せない。

そもそもの発端は、多恵が乃々香を食事に誘ったことである。食事を終えて客室に移る頃には、清里が乃々香の自宅前で待機する手はずになっていた。清里と連携を取りながら、乃々香にプレッシャーをかけていく。その計画がすべて裏目に出てしまった。清里までが多恵の先走った行動に協力し、結果として乃々香の自宅前で不審者として逮捕されたこともまた、社内で問題視されているという。

清里には、本当に申し訳ないことをしたと思う。これまでに分かったことをすべて話し、その上で乃々香に自首を勧めるつもりだという計画を打ち明けたとき、彼は危ぶみ、やめるようにと言ったのだ。時期尚早だ、証拠を集め、脇をがっちり固めた方がいい、と。それを振り切り、押し切ったのは多恵だった。もたもたしているわけにはいかない、新たな事件が起こってからでは遅い、清里さんが協力してくれないのなら友人に頼んで何とかする、と言った。事実、そのとき多恵は聖司の助けを借りることを考えていた。清里は苦り切った顔で考え込み、一般人に迷惑をかけるわけにはいかないだろう、と呟いた。それは協力するのを承知してくれたのと同義だった。

浅はかだった。本当に浅はかだった。まさか乃々香がこちらの行動をあそこまで読んでいるとは思わなかったし、ホテルの客室で彼女と向かい合ったときに、自分が感情に走った行動をとってしまうとは多恵自身も予想していなかったのだ。

今でも多恵には分からない。なぜあんなことになってしまったのか。乃々香の言動に腹を立てたのは事実だったにせよ、彼女の体をいたわる気持ちは確かにあったのだ。

「相馬さんは乃々香がうらやましかったんでしょう」

乃々香の母親の声が甦る。

もしかしたら、本当に私は乃々香をうらやんでいたのだろうか。そのせいで、強い力で彼女を突き飛ばしてしまったのか。

自分の弱さを思い知らされた。これまで自分自身のことを強いとは思っていなかったが、弱いとも思っていなかった。多少回り道をしたとしても、こうと決めたことをやり通す粘り強さと行動力はあると自負していたし、感情をコントロールする術も身に付けているつもりだった。けれどそれは愚かな買いかぶりだった。

編集部の人間が送ってくれた、今週号の『週刊フィーチャー』を手に取る。『独居老人の現実』という記事の続報は載っていない。週刊誌が送られてきたときに添付されていたメモによれば、警察は駅前のゲームセンターなどに深夜までたむろしている少年たちから話を訊いているということだった。彼らは、これまでにも万引きや浮浪者に対する暴力などの問題行動が見られ、警察からマークされていたらしい。少年たちがおもしろ半分に缶コーヒーに薬物を入れ、そのままどこかに放置しておいたというのはありそうなことで、それを湯一が拾ってきて飲んだ、というのもまたありそうなことだった。警察がその可能性を追いかけるのは無理もない。湯一の家からネームプレートがなくなった一件さえなければ、多恵だってそう考えただろう。しかし、あのプレートを乃々香のマンションで見つけたのは、動かし難い事実なのだった。

『独居老人の現実』の続報を書くことができるのは、自分しかいないのだと多恵は思う。なのに、このまま『週刊フィーチャー』編集部をクビになってしまったら、それもできなくなってしまう。少しは清里にも認められ、これからというところだったのに。

今まで追いかけ、突き止めた事実をいったいどこに持っていったらいいのか。

記事を書きたい。書かせてほしい。事実を突き止め、しっかりとしたものにしたい。

心の底から湧き上がってきた、仕事を続けたいという強烈な欲求を受け止めようとするように、多恵は胸に手を当てる。

そのとき、携帯電話にメールの着信があった。聖司からである。

〈元気?〉

短いメール。

〈あんまり元気じゃないけど、大丈夫〉

ここのところ多恵からの返信はいつもこんな感じだ。元気よ、とはとてもではないが言えない。けれど、聖司に心配をかけたくないとも思う。

〈何やってるの?〉

再び聖司からのメールが届く。簡単に答える。

〈キッチンの掃除。ぴかぴかになった〉

〈また掃除か。たまには出かけたら?〉

〈そんな気になれない〉

〈今度、何かうまいものでも食べにいこう〉

〈今度かぁ〉

〈ごめん。今週は仕事が立て込んでるんだ〉

〈了解〉

メールが途切れた。本当に忙しいのだろう。

多恵はまた、西日の中でマグカップに口をつける。

聖司には、乃々香のことを詳しく話していない。ただ仕事で失敗してしまい、クビになりそうだとだけ伝えてある。聖司は、あまり気にしない方がいいよ、たった一度の失敗でクビにはならないだろうから、万が一クビになったとしても、また別の仕事を探せばいいよ、などと言って励ましてくれる。彼の見通しは楽観的にすぎるが、それでも優しくしてもらえるのは救いだった。が、一方でくすぶった思いも抱えてしまう。聖司にとっては、多恵の仕事がうまくいっていない方が好ましいのではないか、今の状態を喜んでいるのではないか、と。

多恵が仕事に熱中していたときは、カリカリしているだの、がっついているだのと批判したくせに、クビになりそうだと意気消沈していると、聖司はとても優しい。優しすぎるのだ。

聖司は、妻には家にいてほしいと思うタイプの男なんだろうな。それがいいとか悪いとかは別にして。

多恵は改めてその認識を嚙みしめる。

もしこのまま聖司と付き合い続けて、結婚ということになったら、うまくいくのだろうか。

思ったそばから、いけないいけない、と頭を振る。失意の中にあるときに結婚について考えてはいけないと誰かが言っていた。結婚を逃げ場にしようとするのは愚かなことだと。

また携帯電話が振動した。メールではなく、今度は電話である。聖司かと思って手に取ったが、見知らぬ番号が表示されていた。

はい、と言って受ける。

「相馬さんでいらっしゃいますか」女の声が言った。

「相馬ですが」

「突然、お電話して申し訳ありません。私、柴田乃々香の母、弥生子《やえこ》でございます」

乃々香の母が弥生子という名前だと、今、初めて知った。それにしても、なぜ電話をかけてきたのだろう。まさか、乃々香の具合がまた悪くなったとか……。不安が押し寄せてくる。

「先日は、本当に申し訳ありませんでした」多恵はまず詫びた。「乃々香さんのお加減はいかがですか？」さりげなく、それでいて内心では祈るような気持ちで訊く。

「おかげ様で、乃々香は元気にしております」

ほっとした。本当に……。

「折り入ってお話ししたいことがありまして、お電話したんです」

「何でしょう」

声に不安が滲んでしまう。乃々香を突き飛ばした負い目があるために、相手が何を言い出すかと怯え、また責められるのではないか、詰《なじ》られるのではないかと警戒してしまうのだ。

「直接、お目にかかってお話しできませんかしら。先日、編集長さんが、乃々香のことを心配してお電話くださったんですよ。そのときに、おっしゃってました。相馬は自宅謹慎させていますからって」

「そうでしたか」

「今、ご自宅ですか」

「え？　ええ」

「お住まいは恵比寿ですよね？」

「はあ」

「よかった」

乃々香の母の声が明るんだが、多恵には、何がよかったなのかちっとも分からなかった。

「実は私、今、恵比寿駅にいるんです」

「えっ？」

「乃々香から相馬さんのお住まいが恵比寿だって聞いてましたのでね、来てみたんです。お目にかかりたいと思って」

多恵は密かにたじろぐ。何とか会わずに済ませられないものかと考えるが、会おうと言われたら会わないわけにはいかない相手なのだった。

「お忙しい？」と彼女は重ねて訊いた。

「いえ、大丈夫です。それじゃあ、これから恵比寿駅まで行きます。駅ビルの中のカフェで待ち合わせましょう」

店の名前を告げると、母親は、分かりました、と応じた。

「ごめんなさいね。急に」

ちっとも悪いとは思っていなさそうな調子で言い、電話を切った。

気が重い。電話に出なければよかった。けれど、もしも多恵が出なかったら、あの母親は何度でも繰り返しかけてきたような気がする。

直接会って話したいこととは何なのだろう。あまり良い想像は浮かばない。

多恵はひとつ息をついた。それから、自分を励ますようにして着替え、髪を整え、化粧をした。

カフェに入っていくと、乃々香の母親はピーチのたくさん載ったフルーツパフェを食べていた。多恵に気付くと、クリームのついた柄の長いスプーンを振ってみせる。子供じみた仕草だ。多恵は内心で首を傾げる。

この人はどういうつもりで私を呼び出したのだろう。

「すみません。お待たせして」多恵は軽く頭を下げながら、向かいの席に腰を下ろす。

「無理にお呼び立てしたのはこちらですから」

母親はにこやかだった。許容の気配がある。病院で多恵を睨み付けていたときとは違う、穏やかなものを感じる。

「わざわざ恵比寿までいらっしゃるなんて、驚きました。突然でしたから」

思っていた以上に如才なく言葉が流れ出ることにほっとする。けっこうやるじゃないか、と自分に言ってやりたくなる。そのままの勢いで言葉を継ぐ。

「先ほどのお電話で、乃々香さんがお元気だと伺ってほっとしました。先日は本当に申し訳ありませんでした」

多恵は深々と頭を下げた。ひたすら謝り続けろ、と清里に言われたのが脳裏にこびりついていた。

いいえ、と母親は応じ、「賑やかね」と楽しそうに言う。

「は？」

「この街はとても賑やか」

カフェはガラス張りになっているので、店の外を行き交う人々の姿がよく見える。

「勤め帰りの人が多い時間帯ですから」

「そうよね」と言ってから、母親ははっとした顔になり、ごめんなさいね、と謝る。

多恵は問いかける視線を当てた。

「こんな時間に。お忙しかったでしょう？　お訪ねするならするでもっと早く来ればよかったんですけれども、どうしようかしらと迷ったりしているうちに夕方になってしまって」

「特に予定はありませんでしたから」

「そう？　お友達と会う約束をしてらしたんじゃない？」

「いいえ」

「お付き合いしている男性、いらっしゃるんでしょう？　その方と一緒にお食事とか」

「そういう相手がいないわけじゃありませんけど、きょうは約束していませんでしたし。

彼、忙しいみたいで」

「あら、そうなんですか。男の人っていつだって忙しいのよね。あ、男の人に限らないわね。相馬さんのようにお仕事をしてらしたら、女の人だっていつも忙しいわね、きっと」

「そんなことはありませんけど」

「その彼には何でも話すの？　相馬さんの仕事のこととか」

「いえ、あまり話しません。前は話していたんですけど、彼、私の仕事の話にあまり興味がないみたいなので」

「へええ、そうなの。その方、何歳？」

乃々香の母親は、やけに多恵のプライベートな事柄に踏み込んでくる。返事をしながら、母親の顔を窺う。彼女は切り出しにくい用件を抱えているらしい。面倒なことと向かい合うのを先延ばしにしたいという一種の逃避行動だろう。そう結論づけた。

「今回のこと、相馬さんの彼は知ってるの？」母親の質問は続く。

「私が自宅謹慎をしている理由についてですか？」

母親がうなずく。

「仕事で大失敗をしたってことしか話してません。彼が知ってるのは、私がひどく落ち込んでいるってことぐらい」

「彼、心配してるでしょう？」

「そうですね。励ましてくれます。クビになったら、また別の仕事を探せばいいよ、なんて。あんまり嬉しくない励まし方なんですけど」

「クビって、この間の乃々香のことで?」

「ええ」

「まあ」

母親がいたわりのこもった目で多恵を見る。

「そう言えば、相馬さん、少しお痩せになったみたい」

「そうですか」

母親が気遣わしげに眉を寄せるのを見て、多恵は心の中で笑顔になる。いい感じに進んでいる。思っていた以上に、乃々香の母親は気持ちを和らげ、多恵に同情的になっている。

突然、電話をかけてきて呼びつける強引なやり方にむっとしないではなかったが、今はこの機会が持てたことに感謝しよう。乃々香の母親に許してもらうことが、この先『週刊フィーチャー』で仕事を続けていくためには是非とも必要なのだから。

「実はね、あのあと、乃々香から詳しい話を聞いたんですよ。それでね、相馬さんが乃々香のためを思って、いろいろ言ってくださったんだってことが分かって」

多恵は曖昧《あいまい》にうなずく。乃々香は、何をどのように話したのだろう。多恵が自首を勧めたこと、つまり、乃々香は自らが犯した罪についても母親に話したのだろうか。

「相馬さんがうちの娘を突き飛ばしたのはどうかと思うけれど、乃々香もあなたをカッとさせるような物の言い方をしたんでしょうからね。そのせいで、あなたがクビになるというのは心が痛みます」

「あの……乃々香さんはどこまでお話しされたんでしょうか」思い切って多恵は訊いた。

「いろいろとね、聞いていますよ」母親の答えは漠然としていた。

多恵が次の質問を考えていると、「誤解が生じたのは、仕方のない面もあると思います」と母親が言う。

「誤解？」

「ええ、そう。誤解」

「何を指して誤解とおっしゃっているのでしょうか」

多恵が訊くと、母親は困惑した表情で周囲を見回した。カフェは満席で、入り口付近には席が空くのを待つ人が列を成している。話し声や笑い声、食器の触れ合う音などのざわめきに満ち、向かい合わせに座っていても少し声を張り上げて喋らなければ聞き取りにくい。

「ここじゃあ、落ち着いてお話しできないわね。できれば、人の耳のないところで相馬さんと話したいんです」

「じゃあ、場所を変えましょうか。どこか静かなお店に」

多恵が腰を浮かしかけると、母親はさらに言う。

「図々しいお願いですけど、相馬さんのお宅に伺ってはいけない？」

「家に？」

母親は黙ってうなずく。

束の間、見つめ合う形になる。母親の目は乃々香とよく似ていた。くっきりとした二重瞼で、瞳が茶色味を帯びている。とてもかわいらしい印象なのだが、ふと目を伏せた瞬間に目元から鼻筋にかけて落ちる暗い陰が強調され、どきりとさせられる。

「ご迷惑？」と彼女は小首を傾げて訊く。

「迷惑ってわけじゃないんですけど」迷惑ではないが、困惑する。

「大切な話なんです」

有無を言わさぬ調子と真剣な眼差し。断れるはずがなかった。

「分かりました」

伝票を取ろうとすると、素早く母親がかすめ取った。

「ここは私が」と言う。

「そんな、困ります」

多恵が恐縮すると彼女は安心させるように微笑んで、

「無理なお願いを聞いて頂いたんですから」と言うのだった。

2

リモコンを操作してテレビのチャンネルを変えてみたが、興味を惹かれるものはない。テレビを消し、乃々香は大きく伸びをした。家でゆっくりしていた方がいいと、母も夫も言うけれど、いい加減、飽きてしまった。籠の鳥という感じ。

夕方の六時を過ぎている。そろそろ夕飯の準備をしなくては。材料を買い出しに行く必要はない。母が買っておいてくれたものと、生協の配達品でこと足りる。大根をスライサーで千切りにしてつまにし、冷凍してあったまぐろの切り身を解凍する。あとは味噌汁を作るだけ。簡単である。あまり上等ではないまぐろの刺身を見ているうちに、多恵に連れていってもらった日本料理店のことを思い出した。あの店で食べた刺身のおいしかったこと。刺身だけではない、煮物も焼き物も素晴らしかった。

楽しい食事だったのに……。多恵さえあんなことを言い出さなければ、客室で中国茶を飲んで語らい、幸福な気分で帰宅できただろう。そう思うと、とても残念だった。

あのときの客室でのやりとり。

思い出すと、今でも鼓動が激しくなる。体温がふっと上昇するような気がする。

危ないところだった。想像していた以上に多恵はいろいろなことを知っており、乃々香に自首を勧めるに当たって準備を整えていた。

用心しておいて正解だった。乃々香は安堵とともに思う。

ソファに横たわり、そっと腹を撫でる。

これから先、多恵とはどんなふうに付き合っていったらいいのだろう。

あんな目に遭わされたのだから二度と会いたくないと思うのが普通だろうが、これっきりで縁が切れてしまうのはもったいない気がする。何しろ多恵は週刊誌の記者で、いろいろな意味で刺激的なのだ。

ホテルの部屋で乃々香を突き飛ばしたことを多恵は心から悔いているだろうし、これからはかなり気を遣ってくれるはずだ。それも乃々香には好ましい。

あのとき、ベッドの角にぶつけたところが痛んだのは本当だったけれど、口が利けなくなるほどではなく、少し休んでいればどうということもなかったのだ。それでもあのチャンスを逃がす手はないと思った。多恵が自首しろなどと、やいのやいの言ってくるのをかわし続けるのが面倒になっていたから。やりすぎかなという気はしたが、思いきり苦しんでみせたのは効果的だった。冷房をあまり効かせていなかったせいもあって、体を丸めてうんうんうなっていたら、自然に額に汗が浮いた。あれも演技に真実味を加えてくれた。

医者には芝居が通用しないんじゃないかとひやひやしたが、医者も、患者の、それも妊婦の言うことであればそのまま信じるものらしい。思った以上に楽にことが進んだ。

多恵に電話してみようかな、と思う。

先日は申し訳ありませんでした、その後、お加減いかがですか、という多恵からのメッセージが留守電に吹き込まれていたがそのままにしていた。多恵のことだ。きっと心配しているに違いない。

もう気にしないで。あのときは私も悪かったの。そう言ってやったら、多恵はどんなにほっとするだろう。

携帯電話を手に取り、多恵の番号をプッシュしかけて、やめる。

もう少し心配させておくのもいいかもしれない。そのうち、向こうからまた何か言ってくるだろう。いくら電話をしても乃々香が出ないので、しびれを切らせて直接訪ねてくることも考えられる。

そうなったらいいな、と乃々香は思う。

多恵がそばにいないと退屈だった。

3

「綺麗に片付いているのね」部屋に入るなり、乃々香の母親は誉めた。

「暇に任せて掃除ばかりしていたものですから」

「暇があったって掃除をしない人は多いのよ。多恵さん、いい奥さんになれそう」

軽く笑って受け流し、座ってください、とダイニングルームの椅子を示す。麦茶をいれて、テーブルに置いた。

「ありがとう」

母親は丁寧に頭を下げる。いえ、と短く言って、多恵は彼女と向かい合った。

「それで大事な話というのは？」

「乃々香のことなんです」それだけ言って、母親はお茶を飲む。

早く続きを話してくれとせっつきたくなるが、何とか堪えた。

「先日、お台場のホテルの部屋で相馬さんが乃々香におっしゃったこと、聞きました。あの子に自首するように勧めたそうですね」

多恵は黙ってうなずく。

「乃々香のことを思って、そう言ってくださったんでしょうね。トラックにひかれて亡くなった気の毒なお嬢さんの持ち物や、この間、薬物入りコーヒーを飲んで病院に運ばれたお年寄りの家のネームプレート、そういったものを乃々香が持っているのを何かのときにご覧になって、早合点なさったのね」

「早合点？」

「ええ、そう。早合点なんですよ」

「でも、私、名刺入れを乃々香さんが持っているのも見たことがあるんですよ。葛西の駅の階段から落ちて亡くなった男性の持ち物だと思います」

「そうでしたか。偶然とはいえ、それだけのものが揃ったら、相馬さんが一足飛びに結論に飛びつきたくなるのも無理はないですね」と母親は静かに言った。「実は、乃々香には昔からおかしな癖がありましてね。このことは、私以外は誰も知りません。主人にも話したことがないの。だけど、相馬さん、あなたにはお話ししないわけにはいきませんね。そう思って、きょうお訪ねしたんです」

多恵はきちんと座り直し、改めて乃々香の母親を見た。彼女はわずかに眉を寄せ、両唇を軽くこすり合わせている。

「聞かせていただけますか」

彼女は小さくひとつうなずいてから、話し始める。

「簡単に言えば、乃々香はものすごく野次馬根性が発達してるってことになるのでしょうか。子供の頃から救急車やパトカーのサイレンにとても敏感でね、火事かな、事故かな、お母さん、何だと思う？　って興味津々で、それはそれはうるさかったのよ。見に行きたい、見に行きたいってね。でも、子供なんてそんなものでしょ。だから、それほど気に留めませんでした。ただ物騒なところにわざわざ出かけていくのはどうかと思いましたし、危険な場合もありますから、そんなところに行ってはいけませんって止めましたよ。小さかった頃は、あの子も私の言うことを素直に聞いてましたけど、ある程度の年齢になると、止めたって聞きやしない。行きたいところに行ってしまうの。なぜだか分からないけれど、乃々香はそういう現場に惹かれるらしいんですよ」

小首を傾げて少し考え、彼女は続ける。

「乃々香が中学生のときだったと思います。ご近所にお住まいのおばあちゃまが救急車で運ばれたんですよ。サイレンの音がとても近くで聞こえたものですから、何事かと思って表に出ました。ご近所の方も外に出てきていて、心配そうに見てらした。もちろん乃々香も道路の端に立って、ずっとその様子を眺めてましたよ。しばらくして救急車がいなくなると、その場にいた人たちは家に戻っていきました。私もね、家に入りましょう、って乃々香に声をかけたの。でも、乃々香は私の言葉なんか聞こえなかったように、身動きもせずに突っ立っているんです。ほら、行くわよって手を引いたわ。そうしたら、あの子は私の手を振り払って、先ほどまで救急車が停まっていた場所に向かって走っていっちゃったんです。そこに何かが落ちていたんですよ。乃々香が拾ったのは、数珠《じゅず》でした。たぶん、運び込まれるときに、おばあちゃまの手から落ちたんでしょう。苦しくて、こわくて、おばあちゃまは、縋《すが》る思いでそれを握りしめていたのかもしれませんよね。大事なものでしょうから返さなくちゃだめよ、と諭したんですが、あの子はその数珠を手放すのをすごくいやがった。なんとか説得して、返しに行かせましたけどね」

一旦、話し始めると、彼女の言葉は堰《せき》を切ったように溢れ出した。

「それ以来だったと思います。あの子は事故や火事のあった現場からちょっとした物を持ち帰るようになったんですよ。そこに落ちていたヘアピンだとか、壊れたボールペン、服の切れ端といったようなものをね。それを自分の部屋のベッドに並べて、うっとり眺めているときのあの子の幸せそうな顔と言ったら！　一度、ドアの隙間から覗き見て、私は衝撃を受けました」

そこまで話すと、母親はひと息に麦茶を飲み干した。

多恵は腕を組んで考える。母親が何を言いたいのかはだいたい分かった。乃々香が後生大事にしていたミルクちゃんのストラップ、ふくろうの絵の入った名刺入れ、湯一のネームプレートは、すべて事件のあった現場に赴き、見つけてきた物だということだ。乃々香は犯人ではなく、ただ単に変わった趣味の持ち主だということ。

「ああ、なんだか落ち着かないわ」

ふいに立ち上がると、母親はそわそわと部屋の中を歩き回り始めた。

「娘の恥を人様に話すのが、こんなにばつの悪いものだなんてね」

何と応じればいいのか分からず、多恵は曖昧にうなずいた。

「そうだわ」

急に母親の声が明るんだ。バッグを手に取って中を探ると、四角い缶を取り出した。

「これ、おいしい紅茶なの。相馬さんにと思って持ってきたんです。いやだわ、私ったら。忘れるところだった」

「ありがとうございます」

「図々しく押しかけたお詫びと言うか、お礼と言うか、私が紅茶をいれて差し上げてもいいかしら」

「え？　ええ」

「本当はね、私が飲みたいの。温かい紅茶を飲むと、気持ちが落ち着くんですよ。ティーポットをお借りしますね」

　返事も待たずに、彼女はキッチンで紅茶をいれ始める。すみません、と声をかけながら多恵は考えに沈んだ。母親の言ったことが真実だとすれば、乃々香は一連の出来事と直接かかわりはないことになる。改めて、自分が先走っていたのだと思い知らされた。葛西周辺で、事件なのか事故なのか分からない出来事が立て続けに起こった。乃々香がそれらにまつわる物品を持っていた。そこまでは事実だとしても、鉤沼いづると森良和の死、そして田村湯一が病院に運ばれたことを乃々香のしわざだと決めつけたのは、あまりにも早計にすぎた。

　やかんのお湯が沸騰している。ぴーぴーという甲高い音。乃々香の母親は少しの間そのままにしてから、ガスの火を消した。

「沸騰させたお湯を少し冷ましてから使うのよ」と説明する。

多恵は上の空でうなずいた。

「乃々香さんは」と言った多恵の声はひどく掠れていた。「乃々香さんは、どうして事件や事故の現場に惹かれるんですか」

さあ、というのが母親の返事だった。少し考えてから、彼女は続ける。

「私にもね、よく分からないの。あの子自身にも分かっていないんじゃないかしら。ただどうしようもなく血が騒ぐっていうような、そんな感じなのでしょう」

「血が騒ぐ?」

「そう」

平和すぎるせいなのかもしれない、と多恵は思った。乃々香の生活は平和すぎるのだ。退屈、と言い換えてもいい。だからこそ逆のもの、刺激に満ちたものに惹かれる。

「はい、お茶が入りましたよ。行き付けの紅茶屋さんで、季節のフルーツのフレーバーティーを買ってきたの。どうかしら」

「おいしいです。それにとってもいい香り」多恵は心から言った。

「気に入ってもらえてよかった」

母親は微笑み、多恵の向かいの椅子に腰を下ろした。紅茶をすする。丁寧にいれられた紅茶は、普段飲んでいるティーバッグのものとはまるで別の飲み物のようだ。

「こうやって、相馬さんと向かい合ってお話をしてみると、よく分かるわ。あなたが無闇に誰かを突き飛ばすような人じゃないってこと。相手が妊娠中だったらなおさら」

でも、と言って多恵はうつむく。

「乃々香さんを突き飛ばしてしまったのは、事実ですから。本当に申し訳ないことを……」

母親は顔の前で二、三度、手を振って、多恵の言葉を遮った。

「もうそのことはいいんです。相馬さん、ひとつお願いがあるのよ」膝を乗り出すようにして言う。

「何でしょう?」

「これからも、乃々香の友達でいてやってもらえないかしら」

「え?」

「あの子には、相馬さんみたいなお友達が必要なのよ。ご自分の考えがしっかりあって、はっきり物を言ってくれるお友達。事件や事故のあった現場にのこのこ出かけて行って、記念品を拾ってくるなんて非常識だし、誤解を招きやすい危険な行為だって叱ってやってください」

「そんな、私なんて……」

「いいえ。相馬さんの言葉なら、きっとあの子の胸に響くと思うのよ」

「私なんかよりも、お母様の意見の方がずっと説得力があると思いますけど」

彼女はゆるゆると首を横に振る。

「自分で言うのもなんですけど、私は大甘な母親なんです。一人娘のせいもあって、大事にしすぎてしまったのかもしれません。小さい頃から、あの子の言うことは何でも聞いてやりたいと思ってできるだけのことをしてきたし、それが当たり前だと思っていたの。あの子に厳しいことを言ったり、本気で叱るなんてできやしない。私自身も母からそうやって甘やかされて育てられたものでね、同じようにしてしまうのね」

「そうなんですか」

「だめな母親よね」

「いえ、そんな」

しばらく黙って紅茶を飲んでいたが、やがて彼女が話し出した。

「小さかったときの乃々香は、それはそれはかわいらしくてね。お人形さんみたいだったわ。薄茶色の柔らかな髪、色白の肌、くりっとした目。私は夢中でした。でも、私以上に夢中だったのは私の母、乃々香の祖母よ。乃々香ちゃん、乃々ちゃんって本当にかわいがっていました。残念なことに、乃々香が小学校に入学した年に亡くなったんですけどね」

乃々香の母親のゆったりとした語り口を聞いているせいだろうか、なんだかぼんやりしてしまう。多恵は軽く頭を振った。

「お疲れなの？」心配そうに母親が覗き込む。

「いえ、大丈夫です」きっぱりと言ったつもりなのに呂律《ろれつ》が怪しい。

気付かなかったようで、彼女は話し続ける。

「私の母が言っていたわ。娘はかわいいけど、孫はもっとかわいい。目に入れても痛くないっていうのは本当だって。だから孫のためならどんなことだってできるんだって。私ももうすぐおばあちゃん。今は母の言っていた意味がよく分かるんですよ」

「そういうものですか」

ようやくのことで相槌を打つ。瞼が重かった。しっかりしなければと思って椅子の肘かけを握りしめるが、力が入らない。乃々香の母親が多恵の手にそっと自分の手を重ねた。

「相馬さん、大丈夫？」

答えようとしても答えられない。母親の息遣いがすぐ近くに感じられる。多恵の顔を覗き込んでいるようだ。

「だから、なのよ」と彼女は言った。「娘と孫のためだったら、どんなことでもできるの」

母親は多恵の手をさすり始めた。どこかへ引きずり込まれるような感覚。手を引き抜きたいと思うのだが、できたのはほんの少しの身じろぎだけだった。それでも多恵が動いたことに驚いたのか、彼女は一瞬、手を離した。それから再び多恵の手を取って、さする。

「妊娠してから、乃々香はとても神経質になったわ。最初の頃はつわりがひどくて、つらそうだった。塞《ふさ》いでいることが多かったの。乃々香の夫は優しい人だけど、でも、男の人には女の気持ちは分からないのよね。乃々香を励ますつもりが、逆に苛立たせたり、乃々香が放っておいてほしいと思っているときにあれこれ話しかけたり、そんなふうだったみたい。だから、私が力になってあげなくちゃと思ったの。乃々香の家に行って食事の支度をしたり、話し相手と言うか、愚痴の聞き役になったりね。それでもあの子、暗い顔をしていたわ。家に閉じこもってばかりだったし。気晴らしをした方がいいわよって何度も勧めたのよ。デパートにお買い物に行くのでもいいし、近所のお散歩だっていいから出かけましょうって。だけど、あの子はそんな気にならないって言うばかり。困ったなあと思っていたの。そんなときだった。お友達の結婚式の二次会に誘われたから出席することにしたって、あの子から言ってきたのよ。だいぶ体調が良くなったから、思い切って行ってみることにしたって。あの子、はしゃいでたわ。楽しそうだったから、本当によかったたって思ったの。なのにあの晩、乃々香が苦しそうな声で電話をしてきた」

母親の声が震える。

「地下鉄に乗っている間に気分が悪くなったって言うの。電話をかけるのもやっとって感じだったわ。私は慌てて葛西の駅まであの子を迎えに行きました。一人で帰れないんじゃないかと心配になったのでね。乃々香の顔色はひどかった。駅の外のベンチに腰掛けてしばらく外の空気に当たってから、ゆっくり一緒に歩いて帰りました。そのうちに、乃々香がぽつりぽつりと話し始めたのよ。二次会はとても楽しかったんだけど、地下鉄に乗ってからが最悪だったって。同じ車内にいた太った女のせいで気分が悪くなったんだって。その女のつけている香水がすごく強く香っていたそうなの。おまけにその女、人目があるっていうのに一緒にいた男に体をべったりくっつけて、甘えた声で喋っていたんですって。それにね、そういうことをしてたのが綺麗な人だったのならまだしも、それはそれはひどいご面相だったとか。見ているだけで吐き気がしたって言いながら、乃々香ったら本当に吐きそうになっていたわ。あんな女、いなくなっちゃえばいいのに、って乃々香が言ったの。私も同感でした。それで、その女を探すことにしたのよ。女が葛西で降りたっていうのは乃々香から聞いていたし、風体が目立つから、何日か葛西の駅に通ったら、すぐに分かった。まずそばに寄ってみたの。そうしたら、ものすごい香水のにおいだったから間違いないって思ったわ。乃々香が吐きそうになったのも、うなずけた」

母親は一旦、多恵のそばを離れ、紅茶をひと口で飲んだ。そして再び話し出す。

「別に急ぐ必要もないから、チャンスを待ちましょうってのんびり構えていたの。あの日は乃々香の家に夕食を作りに行って、一緒に食べて、その帰りだったのよ。夜十時過ぎだったと思うけど、太った女が両手に大きな荷物をぶら下げて、駅の方角からよたよた歩いてきた。だからあとを尾けていって、人目のないところで思いきり体当たりを食らわせたの。駐車中の車の陰になっていたから、私の姿はドライバーにも見えなかったはずよ。あの女の持っていたバッグが歩道の脇に吹っ飛んで、ピンク色のお洋服を着た小さなお人形が落っこちてた。見た瞬間、乃々香が喜びそうだなって思ったのよ。それで拾って帰りました。お土産にしたってわけ」

多恵の頭が、がくりがくりと揺れる。構わずに乃々香の母親は話し続ける。

「駅の階段から落ちた森良和さんのことは、相馬さんもご存じよね。あの人のせいで乃々香の具合が悪くなったことも。でも、それだけじゃないの。あの森って男はひどく耳障りなきんきん声をしていたそうなのよ。乃々香がね、あの男の声が耳についていらいらするって言ってたの。ネズミみたいな顔できーきー喚き散らしていた、思い出すと、気分が悪くなる、なんとかならないかしらってね。ほんとね、なんとかした方がいいわね、って私も応じたわ。都合よくあの男が名刺入れを落としていったから、乃々香が駅の忘れ物係を装って呼び出したの。待ち合わせは階段を上ったところ。ちょっと広くなった場所があるのよ。で、約束の日、私があの男に会いに行って背中を押した。それほど難しいことじゃなかったわ。あとは、『あのじいさん』ね。こちらはさらに簡単。あの人の家のドアが開けっ放しだってことは、乃々香から聞いて知っていたから、殺虫剤入りの缶コーヒーをそっと玄関に置いてきただけ。思った通り、意地汚く飲んじゃったのよね、あの人。命に別状はなかったけど、ま、それはそれでよかったのよ。ネームプレートを持ち帰ったのは、乃々香に頼まれたから。お土産は何がいい？　って訊いたら、子供っぽいレタリング文字のネームプレートがあるからそれがいいって、それがあの子のリクエストだったの」

母親の声が、きちんと片付けられた多恵の部屋に響き渡る。

4

やっぱりお母さんの言う通りにしておいてよかった。

乃々香は改めて母に感謝する。

多恵からランチに誘われたとき、乃々香はすぐに母に電話をして伝えたのだ。何を着ていけばいいかも併せて相談しようと思っていた。乃々香の話をひと通り聞き終えた母はしばらく考えてから言った。

「相馬さんには何か魂胆があるのよ」

「魂胆？」

「そう。乃々香をランチに誘い出す。その間、家は留守になる。もちろん、あなたの家に侵入するようなことはしないでしょうけど、それに近いことをしようとしている。相馬さんと話していて何かおかしいって感じたことはなかったの？　不自然なところとか」

おかしなことなどなかった。急いでいるらしく、乃々香がランチに出かけられそうな日を確認すると多恵はすぐに席を立った。そして慌ただしく出ていった。そこまで考えて、乃々香は、あっと思った。

「何かあったの？」母が訊いた。

「多恵さん、ハンカチ忘れたって戻ってきたのよ」

帰ったはずの多恵が再び訪ねてきたのだった。あのとき乃々香は玄関を出ようとしていた。サンダルに足を突っ込んだときに、ドアフォンが鳴ったのだ。ドアを開けたら、目の前に多恵がいた。多恵に言われてソファの周辺を捜したが、ハンカチは見つからなかった。

「それよ」と母が言う。「相馬さんは気付いたのよ。あなた、この間、言ってたじゃない。田村湯一の家から失敬してきたネームプレートの格好の隠し場所を見つけたって。表札の後ろ」

「まさか」

「間違いないと思うわ。どうしてあそこにあるって分かっちゃったのかは知る由もないけど、相馬さんは気付いたのよ。それで玄関の辺りでうろうろしていたんだわ。あなたに見つかりそうになって、慌ててドアフォンを押したんでしょう」

「ちょっと待ってて」

一旦、受話器を置き、乃々香は玄関まで走った。表札をずらして確認した。田村湯一のネームプレートは相変わらずそこにあった。再び受話器を取り上げ、大急ぎで言う。

「なくなってはいないわ」

「なくなっていなくても、相馬さんがネームプレートを見た可能性はあるでしょう?」

「どうしよう」

「うろたえる必要はないわよ」と母は言った。「ネームプレートを捨ててしまえばいいだけのことなんだから」

「それで通るかしら。写真を撮っているかも」

「写真なんて証拠にならないわ。写真に写っているのが、『あのじいさん』のお宅のネームプレートだって証明できないでしょ」

「大丈夫かな」

「平気よ」

母の言葉はいつも乃々香を安心させてくれる。

「だけど乃々香、ちゃんとネームプレートを捨てるのよ。その他の物もね」

「やっぱり全部、捨てないとだめ?」

「だめよ。危険だもの。相馬さんがあなたに近付いてきたときから、捨てた方がいいって、お母さんは言ってたでしょ」

「でも、もったいないなあ」

乃々香は大切な品々を思い浮かべた。ミルクちゃんのストラップ、ふくろうの名刺入れ、ネームプレート。見ようによってはがらくた。けれど、どれほど金を積んでも手に入らないもの。乃々香にとっては、お守りでもある。いつも心を落ち着かせてくれた。そばに置いて、取り出して並べてみるのが何より楽しみだった。

それらすべてを捨てなければならないなんて。

「乃々香、お願いだから、お母さんの言うことを聞いてちょうだい」

そう言われると乃々香は弱い。母がどれだけ自分のことを思ってくれているか、痛いほど分かっているからだ。

「分かったわ」と乃々香は言った。「捨てておきます」

「そうしてね」母はほっとしたようだった。「記念品がなくなったからって、思い出がなくなるわけじゃないのよ」

「そうね」

「そうよ」と言って母は軽く息を抜くようにして笑う。「ねえ、乃々香。三人寄れば文殊の知恵なんて言うけど、三人も必要ない。二人で十分だわね」

「お母さんと私なら、でしょ」

「そう。ほら、なんて言ったかしら。考え方が正しいかどうか、二人で確認すること」

「ダブルチェック」と乃々香が言う。

そう、それ、と母は楽しげに笑った。

「ダブルチェックしながらことを進めて来たから、間違いがないのよ」

その通りだと思う。ああしたい、こうしたい、と言うのは乃々香で、その可否を決めるのが母だったということを思うと、これがまさしくダブルチェックと言えるものなのかどうかは分からないが、いずれにしろ、乃々香一人の考えでも、母一人の考えでもなかったことは確かだ。

太ったブス女、きんきん声のネズミ男。

いなくなっちゃえばいいのに、と乃々香が言ったら、私もそう思うわ、と母も同意してくれた。

ただし、母が反対したケースもある。哲が一緒に食事に行った長谷川杏子だ。あの女、許せない。いなくなってほしい、と乃々香は泣き叫んだが、母は渋い顔をして、それはどうかしらねえ、と言った。哲さんの会社の部下でしょう、おまけに哲さんがその女性とお食事に出かけた、その女性に何かあったら、まず哲さんが疑われる。そして哲さんの妻である乃々香も疑われる。そういう相手はやめておいた方がいいわ、と。そして続けた。その代わり、『あのじいさん』にちょっとしたことをして憂さを晴らしましょう。

母は冷静で頼りになる。

「女はね、最初から強いわけじゃないの。だんだん強くなるのよ。最初は母親になるとき。その次は孫を持つときね」というのが母の持論だ。

いつか私も母のように強くなれるのだろうか。乃々香は少し心配になる。今、お腹の中にいる子供が大きくなり、やがては家庭を築き、子供が生まれる。乃々香にとっての孫。そのとき子供のために、生まれてくるはずの孫のために、強くなれるのだろうか。正直言って、自信がなかった。

「大丈夫よ」と母は乃々香を励ます。「そのときが来たら、自然に強くなれるものなの。私だって、あなたと同じように不安だった。あなたのおばあちゃんが私のために、なんでもしてくれたあのときはね。将来、私に同じことができるのかしら、と思ったものよ」

「お母さんも？」

そうよ、と母はうなずき、「でも、生まれてくる赤ん坊のために、少しでもいい世の中になっていてほしいじゃない。綺麗な世界になってほしい。そう思ったら、いない方がいいって思った人物は排除しておいた方がいいし、その役を自分が引き受けることに、ためらいはなくなったわ。そう覚悟を決めたら、強くなれるものなのよ」母の声は自信に満ちていた。

けれど、その母が一度だけちょっとした失敗をしたことがある。森良和のときだ。階段の上から突き落とし、逃げる際に慌てていたのだろう。家に戻ったら、靴のヒールのソールが剝がれ落ちていたと言うのだ。

「いつ剝がれたのかは分からないんだけどね。もしかしたら、駅の階段の近くかも」と珍しく母は不安そうだった。

たとえ森良和の亡くなった現場に落ちていたとしても、大勢の人々が行き来する駅の階段だ。誰も不思議には思わないわよ、と乃々香は慰めたのだが、だめねえ、私ったら、とすっかりしょげていた。

母はいつもヒールの低いシンプルなパンプスを履いている。丁寧に手入れをしながら長く履くのが母のやり方らしく、ソールがすり減るとリペアショップでまめに貼り替えている。歩き方に癖があるせいで、おかしな減り方をするのだという。

「やっぱり新しい靴を買った方がいいのかしらね」と呟きながら、また古い靴を直しに出していた。

その後、あの靴のソールが問題になった気配もなく、母は相変わらず、いつもの靴を履いて出歩いている。

もしかしたら、と乃々香は考えることがある。どこかの誰かが、剝がれ落ちた靴のソールを拾って、大事にしているかもしれない。ちょうど乃々香がミルクちゃんのストラップやふくろうの名刺入れを大事にするように。その想像はちょっと愉快で、そしてちょっとひやりとさせられる。

5

「乃々香に怒られちゃいそうだわ。今回に限っては、ダブルチェックなしの独断だから」

母親の弥生子は悠然と紅茶を飲む。新しくいれ替えたものだ。

「なんでだか分からないんだけど、乃々香は相馬さんに好意を持っているのよね。危険だから、親しくなるのはやめておきなさい、って何度も言ったのに、聞かないの。困ったものだわ」と言って、眉根を寄せる。

じっと多恵の寝顔を眺めてから、彼女は小さくうなずいた。バッグの中からごく薄いビニール手袋を取り出してはめた。キッチンに行き、シンクの下の扉を開けて果物ナイフを取り出す。

「睡眠薬を飲んでから、眠りに落ちるまでの間に手首を切る。そうすれば眠っている間に逝けるから。女性が自殺しようと思うとき、そういう方法をとることもあるって聞いた覚えがある。残念ながら遺書は用意できないけど、あなたが仕事の失敗で落ち込んでいたっていうのは周知の事実でしょうし。自殺するタイプに見えない人でも、突発的にそういう衝動に駆られることはあるものね。多少の不自然さは、まあ、なんとかなるでしょう」

弥生子はバスルームに入って行った。単身者向けのマンションによくあるユニットバスではなく、バスとトイレが別になっているタイプだ。バスルームは比較的広く、綺麗に掃除が行き届いている。ナイフをシャンプー立てに置いて、またダイニングルームに戻ってきた。多恵のわきの下に両手を差し入れ、よいしょ、と声をかける。

「あら、けっこう重たい」

ずるずると引っ張って多恵を椅子から下ろし、そのままバスルームまで連れていく。バスタブに多恵の体をもたせかけ、温水器のスイッチを入れて蛇口を捻る。手で触れて温度を確かめ、いい湯加減よ、と多恵に声をかける。多恵の右手にナイフを握らせ、その手に自分の手を重ねた。左手首の動脈の位置を確認する。ひとつ大きく深呼吸をした。ナイフを動脈に近付ける。切っ先が多恵の手首に触れる。

「あ、いけない」

弥生子は一旦、動きを止めた。多恵の手からナイフを取り、もう一度、シャンプー立てに置いた。

「ティーカップを洗っておかないと。雑務は先に済ませるに限るものね」

弥生子はキッチンに戻って、自分が使ったティーカップを手際よく洗った。きちんと拭いて、もとあった場所に戻す。終わると、台布巾を絞って、シンクの回りや先ほど触ったと思われる箇所を丁寧に拭う。ぐるっと周囲を見回し、自分のバッグを見つけて手に取った。タオルやビニール袋、ティッシュペーパーなど、後始末に必要なものが入っている。

それも手近に置いておくことにした。

バスルームに戻ると、お湯がバスタブに半分ほどたまっていた。多恵はさっきと同じ格好で、ぐったりとしている。もしかしたら睡眠薬が多すぎて、既に息絶えているのではないか、それならそれで面倒がなくていいと思って、鼻の下に手を当ててみると、呼気が感じられた。睡眠薬というのは厄介だ。どの程度が致死量なのかはっきりしないし、確実性に欠ける。

「やるしかないわよね」と呟く。

手を伸ばしてシャンプー立てからナイフを取り、ぐっと握った。左手で多恵を抱きかかえる。多恵に何か声をかけようかと思うが適当な言葉が浮かばないので、やめた。その代わりに言う。

「乃々香、怒らないでよ。これもあなたのためを思ってのことなんだから」

ナイフを握る右手に力を入れたときだった。

ピンポン。

軽やかなドアチャイムの音が響いた。

弥生子は身を硬くする。

またチャイムが鳴る。適当な間隔を置いて数回。

ああいう鳴らし方をするのは、きっと宅配便の配達員だ、と彼女は考える。早く、いなくなってくれ。早く、早く。

バスルームで息を殺していた。

長い時間が経った気がするが、実際は数分。ドアチャイムはやんでいる。

ふう、と長く息を吐く。背中を冷たい汗が伝った。

よりによってこんなときに。なんて間の悪い宅配業者だろう。

バスタブの端に腰を下ろし、深呼吸を繰り返して気持ちを落ち着けようと努める。

「なんだ、多恵、風呂かあ」

突然、男の声が間近で聞こえて、弥生子は身を震わせた。反射的にバスルームのドアに鍵をかける。瞬時の差で、ドアがノックされた。

「たえー」と呼ぶ。暢気な声だ。

慌ててシャワーの水を流し、聞こえない振りをする。鼓動が激しい。

この男はチャイムを鳴らしても応答がないので、自分で鍵を開けて入ってきたのだ。多恵の恋人だと思って間違いないだろう。

きょうは約束していませんでしたし。彼、忙しいみたいで。

多恵はそう言っていたのに。

忙しい中、時間をやりくりして会いに来たということか。意気消沈している多恵を元気づけてやろうという心づもりなのかもしれない。

「たーえー」また男が呼んだ。

玄関には弥生子の靴が置いてあったはずだが、来客だとは思っていないようだ。黒いシンプルなパンプスを履いてきたのがよかったのだろう。履き慣れた、お気に入りの靴。多恵もあれと似たような靴を持っているのかもしれない。

弥生子はナイフを握りしめたまま、どうすればいいかをめまぐるしく考える。

とにかくこの場から逃げることだ。多恵はこのままにしていくしかない。

思い決めた途端、逃げるのに格好のチャンスを自ら潰してしまったことに気が付いた。最初に男がバスルームのドアをノックしたとき、すぐに開ければよかったのだ。そしてこう言うだけでよかった。バスルームで多恵さんの気分が悪くなってしまったんです。それで介抱していたんですが。

なぜ慌てて鍵を閉めたりしたのか。後悔してもしきれない。

けれど、何か手はあるはずだ。きっと……。必死で考える。

ノックの音も、呼びかける声も聞こえなくなった。その代わりに、テレビかＣＤの音が低く聞こえてくる。向こうで多恵を待つことに決めたらしい。

間取りを頭の中で確認する。玄関を入って短い廊下があり、その片側にバスルームとトイレが並ぶ。廊下の突き当たりがキッチン兼ダイニング、その隣に洋室。男がどこにいるかが問題だが、うまくいけば見つからずに玄関から出て行けるかもしれない。

温水器を調節して、お湯の温度を上げる。しばらくするとバスルームが湯気でいっぱいになった。多恵の体をバスルームの床に横たわらせ、服を脱がせた。彼女の腕がドアにかかるようにする。

あまり長い時間、バスルームにこもっていても男に怪しまれる。そろそろ頃合いだろう。握りしめたままでいたナイフをどうしようか、束の間迷ったが、バッグに突っ込んだ。そして思い切ってドアを開けた。湯気が勢いよく廊下に流れ出る。その湯気に包まれるようにして弥生子も廊下に飛び出し、すぐにバスルームのドアの後ろに身を潜めた。

「多恵、風呂出たの？」

男の声がする。そして足音。ドアと床の隙間から男の足が見えた。

「おい、どうしたんだ。多恵」

男の声を聞きながら、一歩ずつ後ずさりする。玄関まではほんの数歩。なのに遥か彼方に思える。

男が蛇口を閉めた。

「多恵」男の声が緊迫する。

そのとき玄関にたどり着いた。鍵を開ける。あろうことか、男はドアチェーンまでかけていた。金具の噛み合わせが悪いのと、焦るのとでうまく外せない。チェーンを上下させる手の動きが、ついつい大きくなる。

がちゃ。

金属音が響いたのと、男がバスルームから顔を覗かせたのは同時だった。男が目を見開く。

「ちょっと」と彼は言った。

ようやくのことでチェーンが外れた。ドアを飛び出そうとした瞬間、肩を掴まれた。おたく、誰？　と男が訊く。

「放して」弥生子は震える声で言った。

「誰なんだ？　何でここにいる？」

「放して」弥生子はただひたすら繰り返す。「痛い。痛いわ」

男の腕の力がほんの少し緩んだ。その隙を逃さなかった。弥生子は体をぶつけてドアを開けると、外廊下に飛び出した。男が慌てた様子で追いかけてくる。すぐに追いつき、彼女の背中に手をかけた。はねのけると、今度は羽交い締めにしようとする。逃れようとして必死にもがいたが、男の力は強くなる一方だった。無理だと悟った瞬間、弥生子はあらん限りの声を上げた。

「助けてー、助けてー、助けてー」

外廊下に甲高い声が響きわたる。男が弥生子の口を塞いだ。その手に嚙みつく。うっと言って男が手を引いたので、再び叫ぶ。

「だれかー、助けてー、だれかー」

多恵の部屋の二つ先のドアが開いた。ジャージ姿の若い男が顔を覗かせた。無精ひげを生やし、淀んだ目をしているが、廊下の先の光景に気付いた瞬間、男の表情が変わった。

「おい。何やってるんだ」つかつかと歩み寄ってきた。

「おねがい。助けてください」

「違う。違うんだ」

背後で多恵の恋人がうろたえた声を上げた。

ジャージの男は有無をいわさず、多恵の恋人を突き飛ばした。バランスを崩したところを蹴り飛ばす。多恵の恋人は廊下に転がる。ジャージの男は、弥生子を自分の体でかばうようにして立ち、大丈夫ですか、と訊いた。

「ええ、大丈夫。ありがとうございました」弥生子は震える声で応じた。

6

こわくて、こわくて。びっくりして。突然、男の人に襲われたんですよ。ものすごい力で後ろから羽交い締めにされて。どうやっても逃げられなくて。本当にもう、だめかと思いました。このまま殺されるんじゃないかって。居直り強盗だと思ったんです。相馬さんの部屋に強盗に入ったところをたまたま私に見つかって、それで逆上して……。まさか、あの人が相馬さんの恋人だったなんて考えもしませんでした。今になってみれば、申し訳ないことをしたとは思いますけど、あの場合、誰だってああいう反応をしてしまうんじゃないでしょうか。だって、あの人が部屋に入ってきたのを、私、全然知らなかったんですよ。

ああ、そうですね。順番に話さなくては分かりませんよね。すみません。

相馬さんに折り入ってお話ししたいことがあって、お宅をお訪ねしたんです。駅前のカフェで待ち合わせて、その後、相馬さんのご自宅に伺いました。相馬さんとは、何と言いますか、いろいろありましてね。あの人は娘の友達なんですよ。娘と相馬さんの間でちょっとした諍《いさか》いがあったと申しますか、トラブルがあって。一方的にあの人を責めてしまったことがあったんです。でも、娘の方にも悪い点があったと分かって、まずは私からお詫びしておこうと思ったんです。

お話ししているうちに、相馬さん、ご気分が悪くなったようでした。もともと体調が良くなかったのかもしれませんね。私に気を遣って、我慢してらしたんだろうと思います。吐き気がするって言って、おトイレに入ってしまったんです。しばらくして出てきたんですけど、嘔吐した際に洋服を汚してしまったので、シャワーを浴びて着替えたいって、相馬さんが困ったような顔をしておっしゃったんです。大丈夫ですか、って訊いたら、大丈夫ですっていう返事でした。もしかしたら、私は失礼した方がいいのかしら、なんて思いながらも、具合の悪い相馬さんを一人にするのも心配でしたので、ダイニングルームで待っていました。シャワーの音が聞こえていたんですけど、それが長すぎるように思えて。いつまで経っても、バスルームから出てくる気配がないんです。それで様子を見に行きました。声をかけたんですが、返事がなかったのでドアを開けました。そうしたら相馬さんがバスルームの床に倒れていて。シャワーはあさっての方向を向いていました。大丈夫ですか、って呼びかけました。でも、うう、とか、ああ、とか呻くだけなんです。バスルームの床に嘔吐したあとがあったので、シャワーで流しました。胸や腕も汚れていたので、その辺りもシャワーで綺麗にしてあげて。相馬さんの体が冷え切っていたので、温めた方がいいと思って、少し温水器の温度を上げた覚えがあります。相馬さんはぐったりしてしまっていて、一人で歩くこともできません。とにかく体を拭いて、清潔な服に着替えさせてあげようと思って、バスルームのドアを開けました。そのときですよ。ダイニングルームの方に人影が見えたんです。咄嗟に私はバスルームのドアの陰に身を潜めました。人影は男だと分かりました。びっくりして、私は玄関へと逃げました。次の瞬間、背中に衝撃を感じました。がしっと力任せに摑まれたような感じ。男が私の背中を押さえつけていたんです。息が止まりそうになりました。必死で男の手から逃げようともがきました。とにかく必死で。

そのあとのことはよく覚えていないんですけど、なんとか私は外廊下に出て、ご近所の方に助けて頂いたんです。

え？　相馬さんの恋人は違うことを言っているんですか。バスルームのドアをノックして、声をかけたって？　気が付きませんでした。シャワーをずっと流してましたし、私、歳のせいか、耳が少し遠くて。それで聞こえなかったんでしょうか。バスルームに鍵がかかっていた？　どうでしょう。それはよく覚えていません。何しろ、ひどく動転していたものですから。

こわかった。本当にこわかったんです。

そうだわ。相馬さんの様子は、どうなんでしょう。ああ、そうですか。病院に運ばれたんですか。でしたら、もう心配ありませんよね。それを聞いて安心しました。お疲れだったんでしょうね。精神的にも不安定な状態だったのかもしれませんね。無理していたんでしょう。トイレやバスルームに行くとき、足元がふらついてましたもの。あのとき既に意識が朦朧《もうろう》としていたんですね。もっと早く気付いてあげればよかった。

なんだかおさわがせしてしまって、申し訳ありませんでした。こんなことになるなんて……。私が慌て者のせいですよね。ですけど、最近、巷《ちまた》ではこわい事件がたくさんありますでしょう。いつどこで自分がそういう事件に巻き込まれるか分からない、そんな世の中ですからね。警察の皆さんには頑張って頂かないと。大変なお仕事ですよね。やっぱりいざっていうときに頼りになるのは、警察の方ですから。感謝しています。本当に。

7

朝、気が付いたら多恵は病院のベッドにいた。見慣れぬ寝間着を着ている。

血圧と体温を測りにきた看護師に事情を尋ねると、意識を失ったまま救急車で搬送されたという。その後、胃洗浄が施された上でベッドで寝かされていたらしい。寝間着は病院で貸してくれたそうだ。それ以上の子細について看護師は知らなかった。誰か分かる人を呼んでくださいと多恵が言うと、分かる人というのは誰ですか、と逆に訊き返された。多恵が困惑しているのを見て、あとで婦長に訊いてみますね、と言って看護師は病室を出ていった。

食事は重湯《おもゆ》だったが、とてもではないが食べ物を受け付けられる状態ではなかった。見ているだけで、気分が悪くなる。配膳してくれた看護師に言って、下げてもらった。失礼します、と言って、背広姿の男が二人やってきたのはそのときだった。

二人は警察の人間で、多恵の体調を義理程度に気遣ったあと、すぐに、八木聖司という男を知っているかと尋ねた。質問の意図が分からなかったが、知っている、と答えた。促されて、聖司との関係を詳しく話した。聖司に合い鍵を預けていることも含めて。

「それでは、郡山弥生子という女性は？」と訊かれ、すぐにはぴんとこなかった。

「柴田乃々香さんとあなたは友人同士だそうですね。郡山弥生子さんは、柴田乃々香さんのお母さんです」という説明で、ようやく分かった。

乃々香の母親が多恵の自宅を訪れていたことを説明すると、刑事たちは納得顔でうなずき、

「郡山弥生子さんと八木聖司さんが、あなたのマンションで鉢合わせしたのをご存じですか」

「いえ」と多恵は首を横に振った。

記憶が曖昧で、無理に思い出そうとすると吐き気に襲われた。乃々香の母親と向かい合い、彼女の話を聞いていたのは覚えている。その記憶には、フルーツの香りが混じる。甘いあの香り。ピーチと何かが混じったような……。

そう言えば、乃々香の母親はカフェでピーチの載ったパフェを食べていた。フルーツの香りはあのときのものだったのか。それとも部屋でのことだったのか。

多恵は二、三度、頭を軽く振った。

「あなたは急に気分が悪くなって、意識を失ったそうですよ」刑事が教えてくれる。「体調が悪かったんですか」

「そんなことはないと思いますけど。乃々香さんのお母さんと話しているうちに急に眠く

なって」

「寝不足だった？」

多恵は首を捻る。

確かにずっと寝不足気味ではあった。ここのところずっと眠りが浅く、夜中に目が覚めることもあった。そうしては、クビになったらどうしよう、などと考えていたのだ。だから と言って、誰かと話している最中に眠り込んでしまうとは考えられなかった。

いったい、私はどうしたのだろう。

刑事はそれ以上は追及せずに、もう一度、聖司と乃々香の母親のことを話題にした。多恵が意識を失っている間に聖司が部屋を訪れたこと。居直り強盗だと勘違いした彼女は必死で逃げようとし、聖司は彼女を追いかけた。彼女に乱暴を働いたという疑いが聖司にかけられて警察に連れていかれ、留め置かれているというのだ。

「ええっ？」

多恵は度を失った。彼が乃々香の母親に乱暴するはずがない。

「そんなバカな」

「バカなと言われてもね」

「何かの間違いです。ちゃんと調べてください」

いつの間にか涙が溢れていた。そんな多恵をちらりと見て刑事は言った。

「心配ありませんよ。郡山弥生子さんも、勘違いだったかもしれないと認めていますので。何かの行き違いがあったのでしょう。郡山さんと八木さんがあなたの知り合いだと分かり、二人があなたのマンションにいた事実、あるいはその必然性が分かれば、それで」

刑事たちは帰っていき、医師の回診のあと、病院のベッドで点滴を受けた。頭がぼうっとしていた。乃々香の母親と話している途中で、自分が眠り込んでしまったことは分かった。その後、とんでもない事態に陥ったということも。それにしても、どうして私は眠り込んだりしたのだろう。

午後になると、看護師から退院していいと言われた。着替えもなければ、現金も、保険証もない。これでどうやって退院すればいいのか。看護師に訊いてみたが、ご家族に連絡を取ってください、着替えは下の売店で売ってますから、とあっさり言われておしまいだった。

途方に暮れていたら、聖司が現れた。ひどく憔悴した顔をしていた。

「聖司」

「よお」

「大丈夫？」

「多恵こそ大丈夫かよ」聖司は苦笑した。

「なんとか大丈夫。退院してもいいって」

「そうか。なら、よかった」

聖司に付き添われて退院手続きを済ませ、タクシーを拾った。たった一晩、家を空けただけなのに、自分の暮らすマンションがひどくよそよそしいものに思える。

部屋に入る。バスルームのドアが開けっ放しになっていた。恐る恐る覗いてみると、浴槽にはお湯が満ち、多恵が着ていた服はびしょ濡れのまま置いてあった。それを目にした途端、頭の奥がくらりとして膝をつく。

大丈夫？　と聖司が覗き込んだ。改めて見直すと、聖司の顔もバスルーム同様ひどいありさまだ。目の下が青黒く腫れ上がり、頬に切り傷がある。

「かわいそう」と多恵が言った。

「多恵に言われちゃ、おしまいだな」聖司が笑う。

自分の家に帰れば気持ちがしゃっきりするかもしれないと期待していたのだが、バスルームを目にした途端、体に力が入らなくなってしまった。いったいどうなっているのだろう。不安に胸がかき乱される。

「こっちに座った方がいいよ」

半ば聖司に抱えられるようにして、よろよろと立ち上がった。ベッドに向かう途中で、ダイニングテーブルの上のティーカップが視界に入ったが、目を背けるようにして通り過ぎた。なぜか見たくなかったのだ。

静かにベッドに腰を下ろした。

「休んだ方がいい」

聖司に言われて、布団にもぐる。

「心配しないでいいよ。バスルームとか、俺がちゃんとしておいてやるから」と聖司が言う。

「ありがとう」

眠れない、と思っていたのに、不思議なほどすぐに深い眠りに落ちた。長い眠り。多恵はそれから二十四時間近く眠っていた。

そして、先ほど目を覚ましたのである。しばらくじっとベッドに横たわったまま、さまざまなことを考えた。ひとつひとつ順番に、何があったかを思い出そうと努めたが、乃々香の母親と部屋で向かい合っていたところまで考えると、ぷつりと記憶が途絶えてしまう。思い出せるのはフルーツの香りだけ。

多恵は身を起こし、聖司にメールを打った。

〈やっと目が覚めた〉

返事はすぐに届いた。

〈気分はどう？〉

〈だいぶ良くなった。今、何してるの?〉

〈仕事だよ。きょうは早めに終わるから、あとでそっちにいく〉

早く来て、すぐに来て、と伝えたかったが堪えた。これ以上、心配をかけるわけにはいかない。

午後六時。外はもう暗い。ずっと何も食べていないのに空腹感がない。

トイレに行き、冷蔵庫からミネラルウォーターのボトルを取り出して飲む。テーブルの上に置かれた紅茶の缶が目に入った。金色の美しい缶。多恵はそれを食い入るように見つめる。

記憶に焼き付いているフルーツの香り。正体はこれだ。

この紅茶のせいだ。紅茶を飲んだせいで眠くなったのだ。思い至った途端、靄《もや》に覆われたようだった頭の中が少しずつすっきりし始め、同時に、肌が粟立つような恐怖に襲われた。丸二日経ってようやく多恵は、現実に立ち戻った。

私は眠らされたのだ。そして、バスルームに引きずっていかれた。でも、いったい何のために?

その先を考えるのがこわかった。

多恵を眠らせ、その間に母親がしようとしていたこと……。

多恵は恐る恐る流しの下の棚を開けた。果物ナイフがなくなっている。反射的に左手首に目をやると、小さな赤い傷。切り傷とも言えない。本当に小さな、何かでつついた痕のようなそれ。包丁の切っ先が当たったと考えればぴたりとくる。

ああ、やっぱり。

床に膝をついた。

私は殺されかけたのだ。

しばらく動けなかった。自分自身の荒い呼吸音にさえ、多恵は怯える。

警察に伝えなくては、と思う。信じてくれるのかどうかは分からない。警察の人間が病院を訪れたとき、乃々香の母親に殺されかけたなどということを多恵はひと言も言わなかった。あのときはまだ、自分がどのような目に遭っていたのか、遭おうとしていたのか摑めていなかったのだ。今さら告発しても、恋人を強盗呼ばわりされたことを根に持った多恵が、乃々香の母親に仕返しをしようとしていると思われる可能性だってある。

ふと思い付いて、ダイニングテーブルの上を見た。ベッドに横たわる前には確かにそこにあったはずのティーカップが見当たらない。はっとして流しの方を見ると、きちんと洗われたティーカップが食器乾燥機に伏せて置かれていた。

バスルームとか、俺がちゃんとしておいてやるから。聖司の言葉を思い出した。

ティーカップも彼が洗ってくれたらしい。多恵が使ったティーカップには睡眠薬が残っていたかもしれない。事情を話して警察に持ち込めば、調べてもらうこともできただろう。

しかし、今さらどうにもならない。それに、ティーカップが残っていたところで、私は知らない、相馬さんが自分で睡眠薬をいれて飲んだんじゃありませんか、と乃々香の母親はしらを切るのだろう。

ベッドに戻り、どさりと腰を下ろした。両手に顔を埋める。泣きたいのか、叫びたいのか、呻きたいのか分からないまま、多恵はずっとそうしていた。

ドアチャイムが鳴った。聖司だ。多恵はよろよろと玄関に向かった。

「よお」

聖司はコンビニでさまざまなものを買ってきてくれていた。おでん、お弁当、サンドイッチ、プリン、ヨーグルト、栄養ドリンク、雑誌、野菜ジュース。

「何か食う？」

「ありがとう」

何もほしくはなかったが、プリン、と言った。聖司がプラスチックのスプーンと一緒にプリンを渡してくれる。二人でダイニングテーブルに座り、一緒に食べ始めた。

「多恵、大丈夫？」と聖司が訊く。

「うん」

「お互い、ひどい目に遭ったよな」

「そうね」

「あのおばさん、多恵の友達の母親なんだって?」

「ええ、まあ、そうね。正確には友達って言うか、調査対象人物ってことになるのかな」

「調査対象? 仕事絡みか」

「そう。前に話したと思うけど、葛西の事件に関係するの。調べていたら、柴田乃々香っていう女性に行き当たったのよ。昨日、部屋に来ていたのは、乃々香のお母さん」

「どうでもいいけど、あのおばさん、ちょっと異常だよ」

ちょっと異常。

何とも言えない思いで、その言葉を噛みしめる。

乃々香の母親が多恵の部屋にやってきてからの出来事。あまり誉められたものではない乃々香の収集癖についての告白、気持ちが落ち着くからと言って母親が丁寧にいれてくれたフレーバーティー、突然、眠気に襲われ頭がぐらぐらし始めたこと、多恵の手をさすっていた乃々香の母親の手の温かさ。しっかりしなくちゃ、と多恵は自分に必死で言い聞かせていた。にもかかわらず、深い沼に落ちていくような、自分ではどうにもできない感覚に襲われた。

その間ずっと、乃々香の母親は喋り続けていた。いつものおっとりとした口調で。

そう。彼女はずっと話し続けていたのだ。

ふいに吐き気に襲われた。多恵は口元に手を当てる。

「大丈夫?」聖司が多恵の背中をさすった。

「平気よ。大したことない」

「無理しなくていいよ。プリン食べるのやめる?」

うなずいて、プリンのカップをテーブルに置いた。

「ごめんね、聖司。あなたまで巻き込んで」

「もういいよ。それより、多恵、早く元気になってくれよ」

「乃々香のお母さんはどうしているの?」

「俺と同様、警察で事情を訊かれただろうけど、その後は家に戻ってるんじゃないのかな。なにせあちらさんは、被害者だからさ。男に襲われそうになったわけだから」自嘲気味に聖司が言う。

「聖司のことを居直り強盗だと思ったって言ったらしいわね」

「うん。彼女はバスルームで多恵を介抱していて、俺が部屋にやってきたのに気付かなかった。バスルームを出てきたところで、俺に背中から襲われたってね」

「そんなことあるわけないのに」

「あり得ない話だけど、それで通っちゃったみたいだね。あのおばさんが、助けてって叫びながら多恵の部屋を飛び出して、近くの住人が助けにやってきた。でもって、そいつが俺を取り押さえたっていう状況だけを見れば、あのおばさんの言い分も別に不自然じゃないからね」

　バスルームで介抱していたなどというのは、大嘘だ。彼女は私を殺そうとしていた。なくなっていた果物ナイフを思い浮かべる。

　多恵はぶるっと身を震わせた。

　聖司が来てくれなかったら、危なかった。今頃どうなっていたか分からない。

「忙しくて会えないって言ってたのに、どうしてあの晩、来てくれたの？」

　聖司は頭に手をやりながら答える。

「なんかさ、多恵のメール、元気がなかったから」

「そうなんだ。サンキュ」

　感謝の気持ちで胸がいっぱいだった。それを伝えたいと思うのに、肝心なときは言葉が出てこない。

「どうしたんだよ」聖司が慌てた声を出す。「多恵、泣くなよ」

「私がバカだった」それだけ言うと、両手に顔を埋める。「違ったのよ。乃々香じゃなかった。母親だったの」

「よく分からないな」

　どこから話し始めればいいのだろう。聖司にはどこまで話していたのだったか。今の多恵にはそれさえ定かではない。

「急がなくていいよ。今は多恵が元気になる方が先だからね」

聖司の言葉は思いやりに満ちているが、多恵の気持ちは急くばかり。ぐずぐずしている暇はないのだと思う。多恵が推測したこと、間違っていた点、朦朧とした意識の中で、それでも確かに聞き取った乃々香の母親の告白、それらすべてをこれから先、たくさんの人に伝えていかなければならない。そしてもう一度、最初から調べ直さなくては。そのための一歩が、聖司への説明なのだ。

「聖司、聞いてくれる？」

弱々しくはあるが、精一杯の熱心さを込めて聖司に話しかける。

「今、話さないとならないのかな」

「そう」

「多恵が話したいんなら、いいよ。聞くよ」聖司が言った。

「葛西で起きた三つの事件」

「うん」

「私が自分で調べたこと、偶然、目にしたこと、それらはすべて、犯人が柴田乃々香だと示していた。でも、それは私の決め付けの上に成り立っていた推論にすぎなかったのよ」

そう前置きしてから、多恵は語り始めた。聖司はほとんど言葉を挟まずに聞いている。

一旦、話し始めると、言葉があとからあとから流れ出てくる。いくら話しても話し足りない。それほどに多恵の中で、乃々香と、乃々香の母親の存在は大きなものになっていた。

8

「いろいろあったけど、とにかく多恵ちゃんがまた戻ってきてくれてよかったよ」会議室の正面に座った清里が言う。

「ご迷惑をおかけしました」多恵はついついうつむき加減になる。

「それでも、よかった。無事でよかった」

彼の言葉に、その場にいた人々が皆、深くうなずく。

「じゃあ、まあ、そういうことで。これまで通りのオペレーションでいくからな。多恵ちゃんは、引き続き『女たちのアルバイト』をよろしく」清里がそう言って、会議を締めくくる。

皆が立ち上がって部屋を出て行く。多恵もあとに続こうとすると、多恵ちゃんは残って、と清里が言った。うなずいて椅子に座り直す。二人だけになると、清里が口を開いた。

「葛西の事件だけどな、柴田乃々香周辺の」

「はい」

「これからどうするつもりだ?」

「このままにしておくつもりはありません。時間はかかるかもしれませんけど、事実を明らかにしたいと思っています」

「危険がないわけじゃないんだぞ」

「分かってます」

「多恵ちゃんが手を引くって言うんなら、それはそれでいいんじゃないかと俺は思っていた」

「手を引くなんてできませんよ」

そうか、と言って清里が腕を組む。そのまま考え込んでいる。能弁な彼にしては珍しいことだ。

「警察を動かすには証拠がいる」やがて清里が言った。

「よく分かっています。乃々香の母親に殺されそうになったのだといくら訴えても、警察はまともに取り合ってくれませんでしたから」

「実はだな、警察は多恵ちゃんの話にまともに取り合っていなかったわけじゃないらしいんだよ」

「え？」

「ちょっと耳にしたところでは、警察が靴の修理屋を回っているとか」

「靴の修理屋？　ああ、量販店なんかにあるリペアショップのことですか」

「おそらくそうだろう。森良和が階段から落ちた現場で採取していった物の中に、靴のかかとのソールがあったらしい。ほら、ここだよ」清里は靴を持ち上げて多恵に見せる。「警察の手にあるのは、こんなごついやつじゃなくて、パンプスに使われる小さいものらしいけどな」

「パンプス？」

「多恵ちゃん、乃々香の母親が一連の事件の犯人だって訴えたじゃないか。それがきっかけで、警察がパンプスのソールに着目したとしたら？」

「乃々香の母親の物だってことですか」

「分からない。駅の階段に落ちていたかかとの底なんて、誰の物であっても不思議じゃないからな。だけど、犯人が落としていった可能性がないわけではない」

そうであってくれれば、警察が証拠を見つけてくれれば……。

多恵はごくりと唾液を呑み込んだ。

「いいか。今が警察を本気にさせるチャンスなんだ。誰の物だか定かでないパンプスのソールだけに頼っているわけにはいかない。追いかけると決めたんなら、何か見つけてこい。今度こそ記事にできるものを摑んでこい。その上で、記事を書け。そうすれば、警察だって本気で動く。あれは多恵ちゃんの事件だ。やると腹をくくったんなら、最後まできっちりやれよ」

「分かりました」

自分のデスクに戻ると、多恵はファイルやノートを取り出した。これまで調べたことがすべて記されている。メモと写真。最初からざっと目を通していく。もう一度、最初から調べ直していくのだ。慎重に、用心深く、粘り強く。清里の言う通り、危険がないとは言えない。何しろ一度は殺されかけたのだから。

「忘れるわけにはいかないのかな」

乃々香と彼女の母親に関するすべてを伝え終えた多恵に向かって、聖司は言った。

「これ以上、多恵が危険な目に遭うのは耐えられない」

多恵は少し考えてから、きっぱりとした口調で答えた。

「忘れるなんてできない。どうしても事実を明らかにしたいの。そして記事にしたい」

「つらいな」と聖司は呟いた。「見ているのがつらい」

「ごめんね。だけど、私には他の道は見えないのよ」

「そうか」

聖司は悲しげに瞬きをした。

もしかしたら聖司は去っていってしまうのかもしれない。見守っていることに耐えかねて。思った途端、言い様のない不安に駆られ、多恵は聖司の顔をじっと見つめた。

そこまでしてやらなければならないことなのだろうか。聖司を苦しめてまで。

けれど、いくら考えても答えは同じだった。胸の奥がきりきりと痛み、多恵は唇を噛みしめた。次の瞬間、思いがけず、聖司が破顔した。

「しょうがないか。北風と太陽。多恵はどっちもほしいんだもんな」

「ごめんね」

「ごめんねじゃなくて、こういうときはありがとうって言うもんだ」

あのときのやりとりを思い出すと、胸の奥がぽっと温かくなる。支えられていると素直に信じられる。

多恵は軽く頭を振って、事件へと気持ちを切り換える。ファイルを操って、関係者の連絡先一覧を開く。

まずは佐藤という男。鉤沼いづるの恋人。

番号を確認し、プッシュした。

「はい。佐藤です」

「『週刊フィーチャー』の相馬と申します」

「ああ」と佐藤は言った。「何か?」

「力を貸して頂きたいことがありまして」

「いつもそうだね」

「え?」

「いつもそんなふうに言うじゃない。僕に質問してくるときにさ。で、これまで僕は力を貸すことができたのかな」

「もちろんです。とても助かりました」

多恵が言うと、佐藤は、ふうん、と鼻にかかった声で応じた。

この男の声を聞いていると、何となく調子が狂う。はやる気持ちがいき場を失って足踏みさせられる。

「この間、見て頂いた写真、覚えてらっしゃいますか。ミルクちゃんのストラップの付いた携帯電話の」

「うん。覚えてるよ」

「あの写真に写っていたミルクちゃんと、佐藤さんがオークションで入手したミルクちゃんが同一の物だってことを証明したいんです。何か方法はありますか」

「あるよ」

彼の答えは拍子抜けするほどあっさりしていた。

「どうすればいいんでしょう?」

「オークションにかけるときって、物品の特徴を細かく記述するんだよ。たとえば、疵《きず》がありますとか、どこどこに不具合がありますとか、フィギュアの関節部分が自由に動く特注物ですっていう具合にね。いづるが持ってたフィギュアにもそういう特徴があった。

あれはレア物だったんだよ。ブーツに小さくミルクちゃんのMっていう文字が入っていたはず。この間、見せてくれた写真にその特徴があれば同一の物だっていうことになる」

「ブーツのMの文字ですか」

多恵は写真を拡大したものを手にとって調べるが、写っている角度のせいかはっきりしない。

「Mっていう文字以外の特徴はないんでしょうか」

「細かい部分でいくつかあったと思う。どこかに記録が残ってるはずだよ。写真を貸してよ。パソコンに読み込んだデータがあればなおいいな。細かく調べないとね。僕がやってみるよ」

「いいんですか」

「いいよ」佐藤は躊躇《ちゅうちょ》なく答える。

乃々香の携帯ストラップに付いていたミルクちゃんが、いづるのものだったということがはっきりしたとしても、拾っただけだと乃々香が言い張れば、それ以上追及するのは難しい。けれど確実な一歩にはなる。小さいかもしれないが、前進には違いない。

一連の事件の犯人は母親だと分かっているが、それでも乃々香から攻めていくしかないと多恵は思っていた。言い逃れできないよう乃々香を追いつめていけば、いやでも母親が前面に出てくる。そのためにはささやかな事実を積み上げていくしかないのだった。

「いづるが誰かに殺されたのかもしれないって、この間、言ってたでしょ。あれはどうなったの」佐藤が訊いた。

「目星はついています」

「ほんとに？」佐藤の声が裏返る。

「私は確信しています」

「そうなんだ」

「ただ、証拠が必要なんです。警察に本気で動いてもらうためにも」

「で、証拠固めをしている。そのひとつがミルクちゃんのフィギュアだってことなのかな」

「そうです」

「ふうん。だったらさ、できるだけ早く写真のデータを送ってよ。僕のメールアドレスを言うよ。いい？」

佐藤がアドレスを伝え、多恵はメモした。

そのとき、電話の向こうで誰かが佐藤を呼ぶ声がした。彼は受話器の口を塞いで、すぐ行くから待ってて、と応じている。

「すみません、お忙しいところ」

「いいよ、別に」

何でもないことのように言うが、すぐそばで、佐藤さん、と再度催促する声がした。彼も仕事に追われて忙しいのだ。いつもどこかのほほんと、人を食った受け答えを繰り返しているから、とても自由であるような、時間に追われることなどないように錯覚してしまうのだが、そんなはずはない。ソフトウエアハウスの技術者である彼は、おそらくたくさんの仕事を抱えていることだろう。それでも佐藤はこれまで多恵の質問を面倒がったり、時間を惜しんでいい加減な返事をしたことはない。ひとつひとつにきちんと答えを返してくれた。

その瞬間、多恵は気が付いた。

これが佐藤の嘆き方なんだ。

いづるが亡くなったことを、佐藤は淡々と受け入れているように見えた。涙で言葉に詰まったり、いづるへの思いを声高に語ったことはない。けれど、彼はいづるがいないことを、死んでしまったことを、誰よりも哀しんでいたに違いない。だからこそ、いづるの死の真相を調べるのに協力的だった。そのやり方があまりにも不器用で、表情に乏しく、訴えかける力に欠けていたから、今まで気付くことができなかった。

あなたにとっていづるさんは、どういった存在だったんですか。以前、多恵は佐藤に訊いたことがある。そのとき彼は答えた。

〈いづるはいづるだよ。それ以外の何ものでもなかった〉

「佐藤さん」

「何？」

少し考えてから多恵は言った。

「いづるさんがいなくなってしまって、寂しいですね」

うん、と佐藤が答える。

「すごく寂しい」

電話を切るとすぐに、多恵は写真データを佐藤に送る準備をする。そうしながら、考える。次は、森良和だ。彼を痴漢呼ばわりした女子高生、宮下真亜里にもう一度、あのときのことを聞いてみようか。彼女は、あの場に妊婦が居合わせたのを見ている。真亜里はわざわざ自分から多恵を訪ねてきて、その話をしてくれたのだ。もう一度取材に応じてほしいと頼んだら、きっといやだとは言わないだろう。あるいは、森が勤めていた商社の女子社員。知恵の神様と信じられているふくろうを自らのトレードマークにしていた森を嫌みなやつだとも、自惚れているとも彼女は言っていなかったし、思ってもいなかったようだ。森のことを、いざっていうときに頼りになる人だったと素直に評価していた。森が定期券を紛失して困っていたのを彼女は知っていた。その件について、森がもっと何か話してはいなかっただろうか。それに、ロッカーに残された森の私物を整理して肉親のもとへ送ったのは彼女だろう。もしかしたら、何か気付いたことがあるかもしれない。

そして、何度も話を訊きに行った葛西駅の駅員。仕事中だというのに、いつも時間を割いて付き合ってくれた。森良和が亡くなったのは駅の階段である。現場に犯人に繋がる何かが残されてはいなかっただろうか。犯人の痕跡。乃々香の母親が、うっかりして何かを落としていったということだって考えられる。

そしてもう一人の被害者、『あのじいさん』こと田村湯一。彼は今、息子夫婦の家で暮らしている。あの息子夫婦は湯一が暮らしやすいようにとあれこれ世話を焼いているだろう。その後、湯一が薬物入り缶コーヒーを飲んだときのことに関して何かを思い出し、息子夫婦に話した可能性もある。それに、あの都営住宅の清掃員をしている女性。ドアノブやネームプレートまで綺麗に拭いていたという。そうしながら、都営住宅で一人暮らしをしている老人たちに、それとなく気を配っていたのではないだろうか。湯一の身の回りのことで何か変わったことが起きていなかったかどうか、尋ねてみる価値はある。

鉤沼いづる、森良和、田村湯一。

不快感を与える容貌や、耳障りな声、不潔感を伴う老い。乃々香と乃々香の母親は、彼らに対して嫌悪感を覚えた。多恵も、その気持ちが分からないではなかった。けれど、一歩引いて見直してみると、まるで違った風景が広がっていく。

これまで多恵の取材に応じてくれた人々、これから応じてくれるであろう人たちは皆、いづるや森や湯一のために、もしできることがあるのなら喜んで引き受けようと思っている。普段と変わらない暮らしを営みながら、いづるや森が今はもういないことを静かに嘆き、湯一の災難を心配する人たちがいる。

乃々香の母親を一連の事件の犯人だとして糾弾するまでの道は遠いだろう。

けれど、絶対に諦めない。それが自分のやり方なのだと多恵は改めて思う。

9

ベッドの上にお気に入りの小物を並べて、乃々香はご満悦である。

ミルクちゃんのストラップ、ふくろうの絵柄入りの名刺入れ、温泉マークの描かれたネームプレート。そこに新たに果物ナイフが加わった。母がくれたのだ。乃々香に相談なく多恵のマンションを訪ね、行動を起こしたことを負い目に感じていたのかもしれない。

「気が済むまで眺めたら、ちゃんと捨てるのよ」

ナイフを手渡しながら母は言ったが、そんなこと、もったいなくてできやしない。これらの小物が乃々香にとってどれほど大切かを、母は十分に分かってくれていない。記念品などという単純な言葉で片付けてほしくない。いとおしい物。常にそばにあってほしい物。

幼い頃から、折ある毎に、乃々香はこういった品々を集めてきた。最初は数珠。近所の年寄りが救急車で運ばれるときに落とした物だ。紫水晶のあの数珠を見つけたときの胸の高鳴りは今でもよく覚えている。あれを返してしまったのは、つくづく惜しかった。最も美しく、最も記憶に残る逸品であったことは間違いないのに。

そのあとは、交通事故現場に落ちていたヘアピンや、飛び降り自殺の名所と言われる高層マンションの中庭で見つけた布の切れ端や何かの鎖、心臓病で亡くなった同級生の家を訪れた際、こっそりくすねてきたその子の使っていたハンカチ、火事のあった現場で見つけた何かの金具。死と近い現場にある品々に格別の愛着を覚えるのは、どういうわけなのだろう。

それらのものは、今も綺麗な箱に入れて取ってある。けれど、母が持ってきてくれたものは格別だ。母の愛が詰まっているのだから。それを捨てられるわけがない。

などと思っていたら電話が鳴った。出ると、母からである。

「元気?」と母が訊く。

「元気よ」

「お昼は食べた?」

「うん」

「何食べたの?」

「残り物よ。大したものじゃないわ」

「ちゃんと食べてればいいんだけど。明日、そっちに行くわ。食べたい物があったら、持っていってあげる。何か欲しい物ある？」

「そうねえ。ちょっとだけ、甘い物がほしいかな」

「ケーキ？　和菓子？」

「アイスクリーム」

「冷えるからだめよ。じゃ、ゼリーにしましょう」

「コーヒーゼリーがいい」

「はいはい。それから乃々香、あんまり部屋に冷房効かせちゃだめよ。冷えないようにしないと」

「分かってる」

「お茶もね、冷たい麦茶が飲みたくなるのは分かるんだけど、できれば温かいものを飲んだ方がいいわ」

「そうする」

「哲さん、きょうは早いの？」

「あまり遅くならずに帰ってくるって言ってたわ」

「ならいいけど。臨月になったら誰かしらそばにいた方がいいのよね」

「心配しないで。大丈夫だから」

あとね、という母の声にインターフォンの鳴る音が重なった。実家のインターフォンは、小鳥の鳴き声のような音がする。

「あら、誰か来たみたい。ちょっと待って。宅配便だったらすぐ終わるから」

まだ話したいことがあるらしい。母は電話をそのままにしてインターフォンに応じている。はい、はい、と言っていたと思ったら、電話に戻って来て、

「やだわ。警察だって。多恵さんのお宅での一件かしら。私、男性に襲われたかわいそうな被害者だから、警察も心配してくれているのね、きっと。じゃ、またあとでかけるわね」と言って電話は切れた。

かわいそうな被害者、と心の中で呟いて、乃々香は小さく笑う。

ほんと、お母さんと話していると楽しい。

どんなことでも軽やかに笑える話にしてくれる。

再び乃々香はベッドの前に腰を下ろす。哲は優しいし、母は頼りになる。そして、お気に入りの物に囲まれている。

ベッドの上をうっとりと眺める。

出産のときに持っていこうかな。綺麗な布で巾着袋でも作って入れておけば目立たないだろう。苦しいとき、支えになってくれるに違いない。

出産について、不思議と不安はない。

乃々香のかかっている病院では、前もって胎児の性別を知らせる事をしない。生まれて

きてからのお楽しみというわけだ。

女の子だといいな。女同士なら話が合うし、大人になってからもずっと友達でいられる。一緒に買い物に行ったり、食事に行ったり、お茶を飲みながらとりとめのない話をすることだってできる。ちょうど乃々香と母のように。

皆に祝福されて生まれてくる女の子。女の子らしい、淡いピンクやアイボリーのベビーウエアを着せてやろう。そして、何でも言うことを聞いてやり、思いっきり甘やかして育てるのだ。母が乃々香にしてくれたように。

乃々香は本当に母親になるのが楽しみだった。

文庫版特別インタビュー

「文庫刊行によせて」

聞き手／門賀美央子

――『ダブル』は二〇〇五年四月号から〇六年五月号にかけ、約一年間「小説推理」誌上で連載されていた作品ですが、まずはこの物語の着想を得られたきっかけからお話しいただけますでしょうか。

永井　女が女を追う話を書きたいというのが、そもそもの始まりでした。今年（注：インタビューの収録は二〇〇九年年末に行われた）になって、女性の連続殺人犯が立て続けに話題になりましたけど、これを書いた当時は、女性が何人もの人を殺すというのはあまり聞かない話でした。もちろん、まったく例がないわけではありませんが、それでも男性に比べると圧倒的に少ないですよね。そこで、もし女性が連続殺人を犯すとなると、そこにはどんな理由があるのだろうと考えてみたんです。男性の連続殺人犯には、殺人そのものに性的興奮を覚えるタイプがかなりいるようですが、女性においては少々考えづらいでしょう？　実際の例でも、このタイプの殺人者は女性にはあまり見られないのではないでしょうか。だからと言って、経済的な理由で、というのも今回の作品にはちょっとそぐわない気がしました。もっと、一般的な価値観とはズレたところに動機がある話を書いてみたいなと思ったんです。

――確かに「追われる女」である柴田乃々香の妙なズレっぷりは、本書の中でも特に印象に残る部分です。普通にしていたら「可愛い女」である彼女の、自らの行為についての罪悪感のなさというか、ためらいのなさには戦慄さえ覚えました。

永井　乃々香の人物像は、本書で描いたような犯罪を犯すのはいったいどんな人間なのだろうか、という自問自答を繰り返した果てに生まれたものでした。彼女は一見、どこにでもいるような普通の女性です。しっかりした会社に勤める夫を持つ専業主婦で、もうすぐ初めての赤ちゃんを授かる若い妻。人付き合いもよく、友だち思いの面もある。順風満帆な人生を送っているように見えます。ですが、本人は必ずしも幸せじゃないんです。非常に自己保全の欲求が強いというか、他の人なら「なんだ、それぐらいのこと」と思うような些細なことでも、彼女にとっては非常なストレスになります。そして、そのストレスの元は絶たなければ気がすまないから、ほんのちっぽけなことでも、非常に強い犯罪の動機になりうるわけです。

――つまり、己が快適であるためなら他人が犠牲になることに、何の疑問も躊躇も感じないわけですね。

永井　そうですね。彼女にとっては、今、自分の目の前にある不快なものを取り除く程度の感覚でしかないのだと思います。

――そして、それ以上に恐ろしいのが、彼女がなにか嫌なことがあったときに心を慰めるため、手元に置いている「記念品」の存在でした。

永井　彼女って、内面的には粘着質なんですよ。それの象徴になっているのが「記念品」です。

――結局、乃々香は最近よく言われるところの「人格障害」を持つ人物ということになるのでしょうか？

永井　そう言ってしまえばそうなのかもしれませんが、でも、乃々香のような人って案外周りにもいますでしょ？　もちろん、現実では犯罪者になるほどのことはしないだろうけども、資質としてそういう面がチラリと見える人なら、珍しくないと思いますよ。たとえば、褒めているのか貶しているのかわからないような言い回しで周囲を攻撃する人もいますし（笑）。

――確かにどこにでもいますね、そういう人は（笑）。やはり普段からじっくりと人間を観察するように心がけていらっしゃるんですか？

永井　どうでしょう？　そんなに意識しているわけではありませんが……。日常生活では鵜の目鷹の目になっているわけではなくて、むしろぼーっとしている方だと思うんですけど。ただ、プロットを立てている段階や、いざ原稿を書き始めると、昔に言われたりされたりした嫌なことをふっと思い出すことがあるんです。自分では全然根に持っているつもりはなかったのに、その場面が鮮やかに蘇るんですよ。それを小説に使うとうまくいくことが多いので、小説家としてはプラスになっているのですが、もしかしたら自覚している以上に執念深い性格なのかもしれませんね、私（笑）。

ともかく、普段からシニカルな目で人を見たり、小説のネタにしようと思って観察をしているわけではまったくないんですけど、普通の生活で見聞きするちょっとした場面や、カチンときていることを無意識のうちにストックしているのかもしれません。それとね、性格の悪い女の人を書いていると楽しかったりするんですよ。不思議と気分よく書けるんです。だから、もしかしたら私自身が意地悪で嫌なヤツなのかなあと思ったりすることがたまにあります（笑）。

――永井さんの作品では主人公が女性であることが多いですが、それには今おっしゃったような理由も影響しているのでしょうか。

永井　女性のほうが書きやすいというのはありますね。同性だから考え方や心の動きを追いやすいのはもちろんですが、それ以上に今の社会では、女性の方が多様な生き方をしていると思うんです。三〇代や四〇代になると、男性はどうしても仕事の比重が大きくなり、価値観の尺度も仕事中心になってしまう。ですが、女性の場合は仕事中心の人もいれば、家庭中心の人もいる。同じ世代でもいろんな生き方があるぶん、お互いの葛藤も生まれやすいんじゃないでしょうか。

女性って、物質的な所有物よりも、仕事や家族など自分の周囲を構成するもの次第で、他人への目線が変わる気がするんですよ。自分自身の外側にあるものにすごく左右されて、別にいがみ合う必要のないところでいがみ合ったりする。女性のサスペンスは、そんな日常から生まれるんじゃないでしょうか。

――おっしゃる通りかもしれません。本作でも主人公二人の生き方の対比が鮮やかですね。「追う女」である多恵は、自分が過ごしやすい環境を保つことに腐心する乃々香と違って、仕事上の野心を達成することに生きる目標を置き、自分の価値を見いだそうとしている女性です。

永井 そうですね。多恵の行動原理はわりとわかりやすいんです。正義感と自分の仕事上の損得がない交ぜになって、事件を追っていく。その途中で、乃々香には親近感も覚えます。そういったとまどいに心を沿わせると、おもしろく読んでいただけるのではないかと思うのですが。

――永井さんは、仕事にせよ何にせよ、目標を持って進もうとしてる人物へは優しい視線を向けられているように感じます。多恵しかり、『マノロブラニクには早すぎる』（ポプラ社刊）の世里しかり……。

永井 若い主人公の時は、特にそうなるのかもしれません。自分ではあまりそういう自覚はなかったのですが。

――身を守ることに汲々としている人物には、あまり共感できないのでしょうか。

永井 どうなんでしょうね。確かに、人間は守りに入ろうとすると、エゴが強くなるものなのだと思います。でも、私自身もいろんなものを守ろうとしている方なんですね。だから、一概に保身を否定したりはできませんし、するつもりもありません。保守的に生きようというのも決して悪いことではないし、女性にそういう傾向が強いのも、多くの女性が置かれた立場を考えると当然だと思います。

ですが、一方では守ることにばかり懸命になりたくないという気持ちもあるんです。保身が行きすぎると、時として人はとても残酷な事をやってのけるものですから。そうならないように、常に自戒はしています。

——読者としては、永井さんのその自戒が、乃々香や、『義弟』（双葉社刊）の彩のような、利己的に行動してしまう人物への冷めた視線につながっているようにも感じられます。

永井 そこまで批判的に思っているわけではないんですけど。実際、乃々香や彩は、やったことはともかく、やってしまうに至った心情は理解できるという人も多いんじゃないでしょうか。私自身もそうですし。ただ、やはり自分を客観視できない人というのはいやですね。乃々香はまさにその典型です。自分では、己がエゴイスティックな人間であることに気づいていない。普段からいろんな人に会って、違う環境にも積極的に飛び込んでいくようなタイプの人は、自分を客観視できるんでしょうけど、狭い行動範囲で満足してしまう人には客観的な視点を持つのが難しいのでしょう。そういう人に対しては批判的に見ていると思います。あるいは、そうした目が作品に反映されているのかもしれません。

——違う環境にも積極的に飛び込んでいくというのは、まさに永井さんの経歴そのものを言

い表しているようにも思えます。略歴を拝見したところ、音大に進まれたあと、中退して別の大学の農学部にお進みになり、卒業してからは当時最大手だったＩＴ企業にお勤めになって……。

永井　なんだかもう支離滅裂な経歴で、ほんとお恥ずかしいんですけど。

――いえいえ、とても素晴らしい経歴です。

永井　外側だけを見たらそういう風に見えるかもしれませんが、逆に言うと全てが中途半端で、自分としては嫌だったんです。本人的には挫折の連続というイメージです。

――ですが、音大にせよ、国立大学の農学部にしても、一朝一夕で入学できるものではありません。

永井　たまたま試験では、実力以上の力を発揮することができたんでしょうね。音大に入学した時は、今まで弾けなかったバッハの曲が試験の時だけはうまく弾けたり、筆記の小論文では練習していたテーマが運良く出ちゃったりとか。だから、入学してからがかえって大変でした。その結果、音楽の道はあきらめて農学部に進んだんですが、これは大きな挫折になりました。自分は一生音楽の道を歩んでいくんだと心に決めていましたから。

――では、小説家になろうと思われたのは？

永井　それが、はっきりとした理由は覚えていなくて……。ただ、今振り返ってみると、「一筋の人間」になるためのラストチャンスだったように思います。

――「一筋の人間」とは、これと決めた道に脇目もふらず邁進するタイプの人間ということでしょうか。

永井　そうです。昔から、そういう人に憧れを持っていましたし、自分もそうありたいと思っていました。

――なるほど。それでは、小説家になろうと決めた時は、はじめからミステリー作家を志望して？

永井　いえ、実はそういうわけでもなかったんです。初めて書き上げた小説が、たまたま恋愛小説のようにも、ミステリーのようにも読める作品だったんですよ。そこで、『公募ガイド』で投稿先を探したら、東京創元社の賞が締め切り日といい、枚数といい応募するのにうってつけで。募集作品の定義が「広義のミステリー」とのことだったので、だったらこの作品でも受け付けてもらえるかな、ぐらいの気持ちで原稿を送りました。

——では、ガチガチのミステリーマニアだったというわけではなく？

永井　全然！　東京創元社が、どんなカラーの出版社かすら知らないような人間でしたから（笑）。でも、幸いなことに作品は最終選考に残って、当時編集長でいらした戸川安宣さんが「もっと長いものを書いてみたらどうですか？」と勧めてくださったんです。そこで書いたものが第一回新潮ミステリー倶楽部賞をいただいた『枯れ蔵』でした。

——そして、同年には「隣人」で第一八回小説推理新人賞もお獲りになりました。

永井　ええ、ありがたいことに短編と長編の賞をそれぞれ同じ年に頂いたことが、その後の仕事に繋がったと思います。最初から、短編と長編を並行して執筆依頼をいただくことができましたから。

——永井さんは、これまでに多種多様な題材の作品をお書きになっていますが、初期の作品では農業やコンピューターの二千年問題、そして音楽ミステリーなどそれまでの経歴を生かした作品を次々に発表されました。作家になる以前の経歴を思う存分駆使していらっしゃるように見えます。

永井　もとは取らなきゃという気持ちはありましたから。せっかくいた世界のことは、一度は題材にしたかったですし。そうでもしないと、親にも顔向けできないですよ。「あんなにおっきいピアノを買ってあげたのに、あなたなにをやっているの？」という声が、ずっと聞こえる気がしていましたので（笑）。

——学ばれてきたことが、ストーリーづくりの上で役にたったのですね？

永井　ええ。単純に知識が役立ったというのもありますが、やはり業界ごとの空気の違いのようなものを知っていたのは、作品でリアリティを出す上でプラスになりました。実体験に勝るものはありませんので。それに、今現在は離れてしまった世界のことでも、たとえば音楽関係のことだったら音大時代の友人に聞くなどして、取材ができる環境にあるんです。私の迷走気味の経歴も、作家としては利点になっていますね。

——私のような芸術的才能も理系センスもない人間からしてみれば、うらやましくさえある経歴が、ご自身にはコンプレックスになっていたというのは意外と言うしかありません。ですが、今お話を伺っていて、そのコンプレックスが作家・永井するみを生む原動力になったようにも感じました。

永井　そうかもしれません。繰り返しになりますが、私としては音楽を志した時は音楽一筋に生きていく自分というのをイメージしていたし、そういう生き方がしたかったんです。周囲も音楽で生きていこうとしている人たちばかりだったので、途中でドロップアウトしたという挫折感はとても大きいものがありました。その後も、すごく回り道して、ジグザグした人生になってしまって、それが嫌で嫌で仕方なかった。ですが、小説を書くにあたっては、それがプラスになりました。そう考えると、小説を書くことを仕事にできて本当によかったとしみじみ思うんですよ、正直言いまして。

――そう思えるのも、永井さんが内なる柔軟性をお持ちだからではないでしょうか。そういったご性格と、実体験の豊富さがあいまって、心理サスペンスからヤングアダルト向けの読み物まで、多彩なアイデアの物語をコンスタントに発表し続けることができていらっしゃるのだと思います。

永井　いえいえ、もう必死になって絞り出しているって感じです。いいアイデアが突然ぱっとわくというタイプでもないですので。

――実際にお書きになる時は、どのような感じで？

永井　物語の大枠は作りますけども、書いているうちに話がふくらんでいったりとか、登場人物が私の思っていたのとは違う動きをしたりすることはよくあります。最終的には、当初思い描いていた着地点にもっていくようにはしますが、ふくらんだ部分は自由に書いていくようにしていますね。特に、長編の場合は、キャラクターの判断任せで話が展開していくことが多いかな。

――これからも、ミステリーやサスペンスを中心としたエンターテインメント小説を中心に執筆されるのでしょうか？

永井　そうですね。『ダブル』は、私の小説には珍しく連続殺人という派手な事件が起きているものなんですけども、他の作品ではそれほど大きなことは起きず、むしろお互いのちょっとした誤解とか行き違いとか、価値観の違いから齟齬《そご》が生じて、その軋轢《あつれき》から悲劇が起きてしまうという小説をよく書いています。それは、人間のちょっとした悪意とか、だれでも持っているエゴイズムに興味をもっているからだと思うんです。最近は、事件の派手さと言う面では現実のほうが小説を凌駕《りようが》しているので、私はむしろ人の心理が起こす事件を書いていきたいと思っています。

――今後のご予定は？

永井　二〇一〇年は「小説推理」での連作短編と、別の出版社になりますが、三月に女性の逃避行をテーマにした新刊が出ます。また、刑事物にも初挑戦する予定になっています。警察ものは、一度書いてみたいと思っていたんですが、これまでに優れた作品が多くでているジャンルですし、男性作家のものだととても緻密に警察組織のことを書いていたりするでしょう？　だから、私はそういうアプローチではなく、女性刑事を中心にした心理サスペンス的なミステリーにしようかなと思っています。

――また、新しい魅力ある作品を読むことができそうで、一ファンとしてうれしく思います。本日はありがとうございました。

（二〇〇九年一二月二九日収録）

本書は二〇一〇年二月に刊行した文庫を、
大きな文字に組み直した新装版です。

双葉文庫

な-24-06

ダブル〈新装版〉

2020年 2月15日 第1刷発行
2024年11月19日 第4刷発行

【著者】
永井《ながい》するみ

【発行者】
箕浦克史
【発行所】
株式会社双葉社
〒162-8540 東京都新宿区東五軒町3番28号
［電話］03-5261-4818(営業部) 03-6388-9819(編集部)
www.futabasha.co.jp（双葉社の書籍・コミックが買えます）
【印刷所】
大日本印刷株式会社
【製本所】
大日本印刷株式会社
【カバー印刷】
株式会社久栄社
【DTP】
株式会社ビーワークス

【フォーマット・デザイン】
日下潤一

ISBN978-4-575-52316-4 C0193
Printed in Japan